河南评论家文丛

新世纪散文观察

刘军 著

河南大学出版社
·郑州·

图书在版编目(CIP)数据

新世纪散文观察 / 刘军著. -- 郑州：河南大学出版社，2021.12

ISBN 978-7-5649-4986-0

Ⅰ.①新… Ⅱ.①刘… Ⅲ.①散文评论－中国－当代 Ⅳ.①I207.67

中国版本图书馆 CIP 数据核字（2022）第 000623 号

项目总策划	侯若愚
责任编辑	侯若愚
责任校对	韩　露　廖尚可
封面设计	翟森森
出版发行	河南大学出版社
	地址：郑州市郑东新区商务外环中华大厦 2401 号 邮编：450046
	电话：0371-86059701（营销部）　网址：www.hupress.com
印　　刷	河南瑞之光印刷股份有限公司
版　　次	2021 年 12 月第 1 版　印　次　2021 年 12 月第 1 次印刷
开　　本	890 mm×1240 mm　1/32　印　张　11.5
字　　数	211 千字　　　　　　　　定　价　33.00 元

版权所有·侵权必究

本书如有印装质量问题，请与河南大学出版社营销部联系调换

新世纪散文观察

刘 军

作者简介:刘军,男,1973年生,河南省商城县人。文学博士,硕士研究生导师,河南大学文艺学研究中心研究员,河南大学文学院副教授。第一届中国文艺评论家协会会员,河南省文艺评论家协会理事。致力于当代小说散文评论工作,有相关研究论文及评论文章刊发于《读书》《随笔》《小说评论》《郑州大学学报》《河南大学学报》《中国现代文学研究丛刊》《文艺评论》《扬子江评论》《创作与评论》《名作欣赏》《飞天》《莽原》《文学界》《艺术广角》《文迅》《红岩》等刊物,以及《文艺报》《文学报》《中国艺术报》《中华读书报》《都市文化报》等报纸。业余从事散文写作,有散文随笔刊发于《青年文学》《中华散文》《散文百家》《西部》《延河》《随笔》《黄河文学》《北方文学》《山东文学》《草原》等刊物。曾主持《东京文学》"散文窗"栏目,现主持《广西文学》"散文新观察"栏目,兼任河南省文联主管刊物《奔流》编委会委员。出版有专著《多元叙事与中原写作》、散文集《城与乡》。曾获第二届杜甫文学奖理论批评奖。

内容简介：《新世纪散文观察》是一本关于当代散文的批评专著。本书以新世纪以来的散文写作实践为考察内容,是跟踪散文作家、散文刊物、地方性文学单元所推出的文本成果,以及时性的形态介入散文写作和散文批评两个场域。在大量的文本分析和解读的基础上,于理论批评层面提炼出新世纪以来散文场域内出现的几个焦点问题,其中包括：散文的代际问题——"70后""80后"两大散文群落的基本特性和写作指向,散文的地方性问题,综合性文学刊物散文栏目的定位和辐射力度问题,民间散文的基本状态问题,散文写作主体文体意识不足问题等等。问题意识、基于学理性的客观描述、准确度、对传统的印象式批评以及对西方日内瓦学派印象性批评的吸纳与兼容、批评话语的文学性,上述内容构成了本书的特色。

目 录

第一辑 散文的代际考察

"80后"新锐散文概观//3

"80后"新锐散文扫描//10

"70后"散文创作群体概略//71

"70后"散文作品扫描//82

第二辑 散文的地方性

新世纪以来的河南散文//113

山西地方性散文观察//162

广西地方新锐散文述评//179

湖南地方散文的两个切口//193

第三辑 散文刊评

2012—2014年度《东京文学》散文栏目刊评//207

《牡丹》杂志2015年度散文栏目述评//249

《山东文学》2016年度散文栏目综述//258

第四辑 散文批评与经典品读

散文的困局:机制、路数与文体意识//269

当下散文场域的几个问题//282

"在场主义":理论建构的得失//300

散文写作应该注意的几个问题//316

学术随笔的个案探查//325

《堤契诺之歌》:黑塞的疗伤与自我治愈//337

《城门开》:人·岁月·生活//349

后记//356

第一辑 散文的代际考察

"80后"新锐散文概观

自打20世纪90年代起,作为弱势文体的散文逐步兴盛起来,无论是"散文时代"的命名(见吴秉杰语),还是"太阳对着散文笑"(韩小蕙语)的比拟,皆是对散文热的概括性描述。二十余年来,散文的分体细化(学者散文、文化散文、历史散文、小女子散文、新散文等不同类别散文概念的推出),新思潮的涌现(主要指新散文、在场主义、新媒体散文的异彩纷呈),以及纪实性散文的巨大社会冲击力(其中包括如《暗访十年》《巨流河》《看见》等散文集子的巨大发行量,以及由此形成的文学热点效应),凡斯种种,皆为散文界所目睹。在这样的一个大背景下,水流中所潜藏的另一股旋涡——"80后"新锐散文,因其潜隐的姿态,往往被人们所忽视。所谓"80后"新锐散文,乃是一种隐约的指向,而非严格意义上的学理概念。或许,他们的出现难以称得上典型的文学事件,更遑论思潮、风格学上的归类。不过,就个体而论,他们中的一些人,比如草白、吴佳骏、阿微木依萝、乔洪涛、王威廉、朱强、胡竹峰等人,在各自的写作实践中,皆取得了不俗的成绩。这里述及的"80后新锐散文"之提法,仅仅是缘于代际的区别而做出的简单化勾勒,其文化化约性指向尚不够成熟与稳定。在这个提法之前,"80后青年批评群体""80后小说新锐"以及"80后诗歌力量",这些命名或者提法,已经见诸媒体。"80后新锐散文"的提法只不过是最后一块拼图,增补入新生文学力量的方阵。就这一新锐散文群落来说,对其进行精神特性的归类,显然风险重重,不过描述他们的某些共性,却存在着某种可能。比如就写作主体的素养而言,他们固然因为阅历和积淀不足,在学与识方面有所欠缺,不过,相对自由和宽松的社会语境,使得他们的才和气与"60后""70后"相比较,无论是经验的传达还是个性的呈现,都更加透亮和逼真;或许是受到思维认知以及艺术清规戒律的束缚较少,他们更勇于直面自我与现实间的关联。这种返诸自身的观照方式,彰显出后现代语境里中心崩塌之后重建主体的努力。他们的书写,绕过了经世致用的实用哲学或者启蒙主义传统,消解了黑白美丑二元对立的基本模式,如黑格尔所言,作为一个矛盾的综合体,在纷纭变迁的时代快速列车上,忠实于自己的本色,在纸上大团大团地涂抹自我镜像的色彩。此外,就成长历程而言,他们在20世纪

90年代开始接受人生的启蒙,奠定了他们新世纪之后的各种认知维度,市场化、媒介影响、娱乐等元素不自觉地渗透到他们的精神血管里,顺从、妥协、对抗的对象相应也发生了巨变。因此,他们的书写抛却了乡土和抒情两种常见的路径,烙下的恰是流动性社会进程的种种印痕。

判断好散文的基本标准是什么?在思维认知单一的时期,其答案相对明确,比如十七年文学时期(中国当代文学的一个时期,从中华人民共和国成立——1949年到"无产阶级文化大革命"开始——1966年),描写新生活中的人情美、山川美、社会美的篇什堪称典范;而在20世纪80年代,对应着真情实感论之导向,真诚人格的底色、饱满而深情的篇章则引领风尚。进入新世纪,这些范式以及范式后面的标准基本全部塌陷,林贤治、祝勇、陈剑晖、孙绍振等学者围绕着散文文体展开深入思辨,关于好散文的标准似乎被悬置了,或者说简单化的几个指标难以成为判断优秀散文的依据,于散文而言,同样迎来了多元性评判的语境。笔者曾经在一篇文章里阐发过如此观点:"好散文的基本品格有这些——优美的文笔、文体嬗变的先锋意识、悲悯的人格底色、痛感的真实、锐利的思想发现、丰厚的学识和浩然之气。当然,一篇散文全部占有以上因素,那是可遇而不可求的。"如果用一句话加以总结的话,它必须触及生命个体灵魂的复杂性,原因很简单,因为这是一个前所未有的复杂的时代,没有这个复杂性,则遑论思想发现和灵魂深度。

与"70后"散文群体致力于形式上的语体实验和内容上的个人极致经验的书写相区别的是,"80后"散文群体在整体上彰显出某种回归的倾向。魏晋笔记、明清小品、民国随笔,甚至西方古典主义后期确立的散文范式,皆成为他们随需随取的资源。他们并不特别关注怎么写的问题,而是致力于重建个体经验的独特性。像山东作者乔洪涛的《大地笔记》系列,阅读这样的文章,很容易让人想到梭罗、黑塞以及北京的苇岸,他们的散文皆透出强烈的自然气息,不过,他们之间却有着不同的精神指归:《瓦尔登湖》的后面是18世纪回归自然的启蒙哲学思潮,也是梭罗的一次对简单生活方式的亲身验证;《堤契诺之歌》对应的是黑塞欲以自然风景和恬淡的生活方式治疗中年心理危机的努力;苇岸的《大地上的事情》则是法布尔的《昆虫记》与"道法自然"的传统美学思想的无缝嫁接。而对于乔洪涛而言,暂且脱离机关生活,回到乡村的土地上从事劳作,以此治愈物理性的身体隐疾;与土地的零距离相切,得以体察昆虫、植物以及在这土地上生活的人们的生命状态,其间丰沛的元气和地气也逐渐牵引着个体的灵魂,向着精神完整之境界进发。这些篇章让读者体会到久违的劳动之美,他所接续的是陶渊明躬耕南山的伟大传统,透出中国式知识分子少有的稼穑的气息。马尔库塞在《爱欲与文明》中明确指出,唯有劳动才能培育出健全的人性,才能从本源上恢复人自身的幸福感。在异化劳动充塞社会、人人讳言"劳动"二字的今天,这位年轻作家的文字,除了令人震撼之外,必将带来神谕般的启示。

　　秦羽墨的散文叙述味道特别,叙述主体常常游离于文本中的人物和事件之外,如同小说叙事中的零度写作。一方面,主体的非介入姿态使得事件和人物得到强化和凸显;另一方面,叙述的独立性避免了叙事进程中情感扩展、思想繁乱等肿胀因素。这使得他的散文文字效果尤其冷静,审美效果也获得相应的陌生化效应。浙江草白的散文读上去温情感人,温情主题并不鲜见,但是像草白这样在细部勾勒上如此动人和丰满的,却不多见。而来自四川凉山的彝族姑娘阿微木依萝,初中毕业后即辗转东西南北,她笔下所述及的皆是其四处流浪的打工生活,是那种充溢着混乱、带有浓郁江湖气息的草根生活。对于打工题材的散文,这位少数民族作者拥有两把锋利的宝刀,一个是本色化的童真语言,一个是在一片混乱中发现光亮的天赋直觉能力。有了这两把利器,其散文如一场秋末的大风,扫落了多余的情感诉求和话语泡沫。吴佳骏和朱强两人有诸多相似之处,比如生活中的他们皆是文学刊物的编辑,比如他们的文字具备同样的练达和从容,更为可贵的是,在这两位作者身上,可以寻见年轻一代少有的严谨系统的知识素养。在他们的笔下,历史人文与现实场景的对接笔法熟练自如,视野的宽阔奠基了良好的散文品格。客居广东的郭伟,同样拥有打工者的身份,也拥有文体探索的自觉意识,其散文呈现出典型的新散文写法——场景拼接和碎片化叙事,看似无序,实则相互暗示。移步换景的后面,传达出流动性社会中个体身体和灵魂的双重飘零。来自湘西的王爱,作品浸染上了苗地特有的巫文化的色泽,她以逼真的笔触准确呈现了少时魂魄出窍的瞬间,如维特根斯坦所言:"神秘的并非世界为何如此,而是世界竟然如此"。居于皖南的晚乌是一名高校教师,其创作多为短章,语言安静而沉稳,尤其擅长氛围的营建。胡竹峰的文字尤其晶莹剔透,散文"大可以随便"的精神在其笔下得以准确地呈现:结构上,他的散文似乎可以从任何一个地方开始,也可以在任何一个地方结束,从而照应了散文文体自由的本质特性;松弛、自然、娓语的话语风格后面,藏有写作主体特有的文化自信。毫不夸张地说,他的散文写作延续了以苏轼、张岱、汪曾祺为表征的中国文脉的风流气韵。

除了上述言及的几位作者之外,沈书枝、纳兰妙殊、王威廉三位作者也风头正劲,而其他作者,如羌人六、茅店月、付大伟、陈亚伟、端木赐等皆悄然跟随。"生生不息谓之易"!对于这些"80后"新锐来说，能够呈现如此驳杂的生命景观，确实令人惊诧和敬畏，他们面前还有很长的路要走，山峦连绵固然漂亮，但是如何高耸起来，穿越流云，探视更玄远的瓦蓝，才是最重要的。

"80后"新锐散文扫描

1. 胡竹峰散文:一涧清溪入梦来

如果推举表征中国古典文化精神最充分、最坚实的符号型人物,按照李敖的句式,我会在心里将那个他默念三遍:"苏轼,苏轼,然后还是苏轼!"苏轼的一生足够坎坷,也足够精彩,当然,他留下的精神遗产也足够多元和广阔。单拿古典诗学的理论建设来说,就有两个原点星光璀璨。其一为"诗中有画,画中有诗"论,如果将之与西方古典主义时期的《拉奥孔》对照观摩,里面则大有深意。作为读者,可洞见自南朝以来"气韵生动"之说于诗、书、画间的流通,以及这一审美精神的流转承续。其二为"作文如行云流水,常行于所当行,止于不可不止"之说,看上去为作文之法,实则乃关于文章法统如何无限趋近自由状态的形象化描述。法度森严、中和之美为头顶高悬之物,立于法度,似破非破,何其难也!好在苏子能够"指出向上一路,新天下耳目"。作文之说,虽然后世征引甚多,但这个理念对于古典散文的意义,笔者认为开发得还不够彻底。王国维先生《文学小言》里对文学、文章的相关问题有精当的论述,两相比较,我觉得王国维的论说更具备某种普适性,向着不同层次的作者、读者敞开,而且,其言说是处在文学的现代观念初步确立、文学写作范式及受众发生转换的基本语境之中。而苏子的作文之说则彰显了某种高端性和纯粹性,他是与之对应的唯一拥有一流资质的作者。"文以载道""文章合为时而著"等观念,尚掺杂有非文学的诉求因素,至于独抒性灵、不拘格套等,仍然是在法度之内探讨作文之法。而苏子所言,自成高格,灌注了丰厚的神圣精神,可谓古典诗文天空中的北极星,居其位而众星拱之。

自白话散文兴起以来,散文范式虽然经历了剧变,但行云流水式的中国文脉并没有断绝,鲁迅的《野草》、周作人的饭蔬类小品、废名的冲和之文、汪曾祺拿得起放得下的笔墨,皆有神韵之或出或入。汪老故去后,有一些散文作者被指认为这一文脉的承继者,这却总让人觉得色相虽备之,味道与韵致却差了一些。在此有必要敞开我个人对"行云流水"之说的理解:文章行止,如流水随物赋形,指向散文形神兼备后步入自由大达的境地。此时此刻,作者的人格襟抱、性情、见识、历练与体验的鲜活性等要素与外在世界交融汇合,天地造化,以手运心,渊然而深,泼墨于纸张之上,无中生有,空色趋一。当然,上述所指多为虚言,作为散文批评的标准很难被量化,更难以绝对化,关键在于对其间精气神的理解和把握。

近日翻阅胡竹峰《豆绿与美人霁》一书,再加上要编发其文章入新一期刊物,笔者便又读了其刚草就的近万字的随笔小品,遂有"紫陌红尘拂面来"之感。笔者进入知识训练的初级阶段时,是以西方文学经典和哲学为主,后涉足古典诗文及其理论,知识体系杂乱而无章法,且无沉溺某一学科或方向之倾向;不过,对于特别的格调和气韵,尚有初步辨别的能力。阅读胡竹峰之随笔小品,心头猛然滑过"有谁曳杖过烟林"的句子,如果再夸大一点,则有把臂入林的念想。这位来自安徽的"80后"新锐不独在"80后"散文群体中风姿卓然,即使放在当下散文语境中,虽不能将其作品的艺术性无限推高,但有一个判断还是可以下的,即他的随笔小品内蕴的精气神特别接近汪曾祺小品,再往远处上溯,可追至魏晋笔记、唐宋文章、明清小品处。

晚年的张中行先生甚推崇"顺生论","顺生论"的核心藏于《中庸》"天命之谓性,率性之谓道,修道之谓教"这三句话里。张先生的"负暄"系列为案头之书,可惜行文干枯,如老树虬枝。道者,形而上之境界也,率性者,天然本性,从心所欲而不逾矩是也,与苏子"行云流水"说相贯通。率性之谓道,就作文之法而言,先要经历谨严的阶段,然后破之,再然后才是法在无法之间。以之比照,竹峰之习作,似乎从开始阶段就放得开,也因此,结构上的全然洞开就成为其散文特别醒目的地方。无论是谈书法、美食,还是日常记录、茶话、尺牍,甚至是序跋,皆飘然洒脱。如《茶话之三》一章,总共也就二百来字,先说自己对翠兰这种绿茶的钟爱,然后叙及给饮水机插上电,下面有这么一小段:"饮水机真好,叫机的电器都好。电视机、录像机、抽水机、焙茶机,还有发电机、柴油机、碾米机。只有机关不好,一来机关算尽太聪明,反误了卿卿性命,二则机关的人有官气。"由电器发散到尘世间的机心,再到社会结构挤压下个体具有的习气,非居高临下式的指摘,而是点到为止,收放自如。放得开的前提是思维上的拘束要彻底拿掉,然后才是行文上的纵横自如。

鲁迅曾言,散文是大可以随便的。此话乃大家的肺腑之言,可惜的是文学史经验告诉我们,散文的书写非常不容易抵达"随便"的程度,废名和周作人皆为冲淡平和,晚年的孙犁走的是真纯路线,至于林语堂、梁实秋、钱锺书等散文方家,则是另外道路上的马车。符合"随便"这个标尺的散文作家,除了汪曾祺之外,其他作家皆不够典型和完整。胡竹峰的文字,吾手、吾口、吾心浑然一体,"随便"的尺度比之汪先生似乎有过之而无不及,他的笔下,几乎全部是烟火痕迹,却又让人不觉想到烟火之外的东西,"江流天地外,山色有无中",是耶非耶?唯大达而已!鲁迅的杂文,嬉笑怒骂皆成文章,摘掉其间的批判性要素,就作文之法而言,老先生举手投足之中,尽显个体的狡黠和文化自信。单一的狡黠容易让人生厌,而将之和文化自信组合在一起,则游戏精神通透,换成大白话就是:太好玩了!比之鲁迅式的杂感,胡竹峰的随笔小品圆润许多,他还没有宽大到狡黠的程度,而文化自信浸透于笔墨,再加上敦厚处凸显的智慧之光,也相当不得了。

从体例上看,胡竹峰的习作多短章,两三百字,四五百字,或者千字以上,有话则长,无话则短。其文往往从不起眼的地方进入,随之铺展,"乘兴而来,尽兴而返",既维护了真正的自我,又使之訇然洞开,撒豆成兵,每个豆子拎出来皆韵味悠然。尤喜《足衣癖》中批示格式的行文,如下:"足衣癖:天下收藏无奇不有。足衣披:鞋帮子开了,披在脚背上。足已劈:足能走路,亦可劈腿。足一批:肉摊猪蹄杂陈。组已批:组织批准比什么都重要。足矣批:够了,就这样吧。"这里面有长期焦虑的国人少有的放松与趣味。放松不是唱歌和吹啤酒,也不是跳拉丁和打麻将,放松是主体内心与周遭世界的和解。趣味不是衣服和鞋子的搭配,也不是"丝袜控",更非食物之咸淡,而是清风徐来式的美的绽放。

近二十万字的集子中,甚对我胃口的是书法系列。碑帖的后面,不仅有那些大书法家的轶事及其行走江湖的方式,更重要的是文本中内蕴的识见因素。当下流行的历史散文或人文随笔,多知识的偏门,以奇险之路攫取名声,少观乎人文以化成天下的识见。散文里的识见要素与大局观密切相关,所谓大局观包含了写作主体对历史与人的本体认识。再奇异的事件,也仅仅是倒影一片,唯历史中人物的多维侧面才构成了湖面整体。在此之前,我的阅读触及了笔记小说家张晓林的北宋书法家系列作品,也偶遇了山东散文作者简墨的《书法之美》系列篇章。一路览胜,还是觉得胡竹峰的书法随笔更为通透。诸如其评述颜真卿之《祭侄文稿》——被誉为"天下第二行书"的书法作品,言道:"颜真卿一身硬骨头,其字若拿铜锤敲之,必铮铮作响。"颜氏书法,千古高绝,关键的问题是其为人之气节、做人之坦荡、行事之磊落,如岩岩孤松,有足够资格担当起"盛唐气象"这四个大字。

在我的理解,胡竹峰的书法系列可写至大品,而饮食系列可达至真至纯的趣味之境。诗词曲赋、琴棋书画,对于他而言,不求遍及,但求对味。为自己而写,为趣味而写,不知我这样的揣测是否准确?

行文至此,再添加美誉,似乎多余。仅解释一下"一涧清溪入梦来"的题名:汪老有一次下榻鼎湖山处,夜里听泉水叮咚,早起后有"一夜清溪入梦来"句,因胡竹峰和汪先生趣味格调近似,所以拿来使用,稍作修改,作为题名。

2. 简单与深刻:草白散文的双重面孔

"简单是文章的最高境界",这是周作人所立下的一个散文评判标准。从发生学的角度来看,这句话有其特殊的语境,一方面使用了"文章"这一术语以对应以诗文为主的古典文体传统,暗示现代散文与古典辞章的内在联系;另一方面,其审美判断也延续了"大道至简"的基本艺术精神。所以,此处的"文章"既不能置换为"文学"一词,也不能以"小说"加以取代,否则,容易蹈入歧义的陷阱。所谓"简单",有两个指向,其一为美学品格方面的判定,即由绚烂而归入平淡的境界,这种境界乃整体性观照后的一种结果,对接古典诗学中"绘事后素"的理论命题;其二为艺术特色上的标识,即主体所具备的化繁为简的艺术处理能力。无论哪一种指向,皆涉及对文本对象的较高评价。

作为"80后"散文新锐势力中的一员,来自浙江的草白(原名麻华娟),拥有小说作者和散文作者的双重面孔。2008年开始散文创作,迄今为止,已出版散文集两部;其小说《木器》曾获得第 25 届台湾联合文学小说新人奖。在阅读其散文的过程中，不禁惊叹其化繁为简的艺术能力。经过其翻飞的巧手，那些飘浮于半空中相互缠绕的事物纷纷解开所打之结，落定于地面之上，恢复其原初的本性，也正是因为如此，另一重意义上的深刻在文本中才得以树立。

草白的散文，与其他"80后"新锐力量比如乔洪涛、朱强、胡竹峰、吴佳骏等相类似，若从风格上辨识，正走向某种程度上的回归。这里所指的"回归"并非回归到 80 年代的真情实感，也不是回归到十七年文学时期的国家抒情形态，而是回归到现代散文确立时期的性灵、小品和智识的路数。若将"80后"新锐散文与"70后"散文群落放在一起加以比较的话，这种回归尤其显明。"70后"散文作家或多或少地受到新散文、在场主义这些散文思潮以及刘亮程式的诗化路数的影响和制约，在艺术表现上不自觉地流露出个性化以及繁复的话语风格，塞壬、傅菲、江子、王族、谢宗玉等人的散文，话语繁复程度尤其突出。比较而言，"80后"新锐散文在话语呈现上总体趋于简约，其中山东乔洪涛走向了朴素与平实，安徽胡竹峰走向了练达，江西朱强走向了某种随性从容，而草白则走向了叙述和刻画上的简单。上述林林总总，皆可统摄于简约的话语风格之下，作为一种代际区别，驻留在各自的文本之中。

以长度来考量，草白的文章大多简短，即使是一些较长的作品，也多由短章组成。其中每篇的字数基本在3000字以下，与动辄上万字的历史散文、文化大散文、新散文有着很大区别。短制之作，或许是缘于文体上的某种考虑。从文体特性来看，草白的散文和明末清初的性灵文字气息相近，独抒性灵，不拘格套，从小事件和小场景中洞见世事人伦的真相，以其小而观其大，其间虽有感悟，却又不是思辨式的哲理之路。这种特别"中式"的气息，在当下散文诸家中殊难发现，因此也极易形成陌生化的审美效果。不过，在性灵之路上，草白散文对于古典传统也不是无差别地承续，这一点和贾平凹早期散文、孙犁晚年作品以及汪曾祺式的性灵之作，还是有一定区别的，上述诸家在性灵之路上以求美为指归，而对于草白而言，则以去伪存真为指归，这也是她的创作既延续传统又超越传统的一面。当然，"性灵"这个标签并不代表草白散文特性的全部，闲暇之余，她还写了部分随笔作品，这些文章在处理上就比较靠近现代小品文的路数了。

回到简单的话题上，在我看来，草白之所以具备化繁为简的能力，与其小说创作经历有着某种必然联系。尽管当下的散文正经历着叙事的转向，面临跨文体写作的复杂局面，草白却并没有简单地将小说中的密实细节嫁接到散文之中，而是借鉴了小说处理中线条勾勒的简练手法，如一横一竖的汉字书写方式，将散文的经纬确立下来。如《一个懂鸟语的人》一文,叙述了一个哑巴对鸟类的偏爱,以及她和人在交流之道上越走越远、和鸟越走越近,并最终成为村落中一个懂鸟语的人的一个小故事。中间穿插了哑巴因为怀孕而被他人强行拖拽到卫生院做人流的细节,其丈夫也是残障人群中的一员,在乡土社会中基本上没有话语权,所以无法阻止自己妻子被强制人流的事态,这样的细节若是放置于小说文体中,颇有周旋的余地,不过在这里,草白仅仅是轻轻一带,笔锋马上转入后来的她和鸟类的更为亲近之上。万物有序,乡村中的弱者依然有其活着的理由和特殊性诉求,每一个个体也都有寻找自我的天然权利。当然,这些内容皆含蕴于简短的叙述之外。由这个案例可知,草白的散文篇章,虽然短小,但在精神气质上并不窄小,也不封闭,似乎可用"含不尽之意于言外"这样的命题涵盖之。

或许是归于她学医的经历,草白的部分作品直接朝向对身体的解读。《骨头》《解剖》《手术》《心病》《乡村医生》《面容研究》等篇章,触及了身体的组件。从具体处理来看,她避开了疾病隐喻的方式,将生老病死这些永恒的话题加以悬置;也避开了欲望化的处理方式,去除了附着于身体部件上的个体欲望燃烧、疼痛经验等;而是将这些身体部件还原到物理属性的基点,进而去发掘常常被人忽略的因素。比如《骨头》结尾处是如此描述的:"他们说骷髅是凶悍、丑陋的,可我觉得不。

你看它们多么简洁,线条流畅,神态安详,那是真正的骨头,是一个灵魂破碎之后的安静。再没有多余的依附,没有附着在骨头上的肉,没有任何的细节、装饰,一切附加的丑陋与美丽早就与它无关了。再也不用担心什么,再没有什么可期待的,作为一具骨头,它没有更多的话要说。那剔除一切修饰之后的存在,才是事物最终的骨头。"这种回归事物本性和真相的叙述方式,凸显出洞彻的意味。四时有明法而不议,散文的过度叙述在草白这里得到了有力的矫正。就如同我们常说的一句话"事实的真相只有一个",这仅仅是一种认知,实际上我们自身的行为模式,在各种话语力量的覆盖下,在因果律和逻辑论证的威逼下,往往会化简单为复杂。也因此,历史与生活的真相常常被弄得云山雾罩,无谓的跋涉也由此而衍生。18世纪的美学家莱辛曾经说过:"最明晰的对我来说始终就是最美的。"明晰的艺术风格,在古典艺术诸如书法、绘画、诗词中皆为常见,却在当下愈发繁复的文学叙事中难见影踪。明晰由简练的线条而来,如此方得以准确勾勒事物的本相,本相以简洁的方式浮上水面,其力度则不言而喻。

《嘘,别出声》这部散文集子,集聚了草白关于童年经验的书写,如其所言:"这里所写的一切,都发生在我童年的村庄里。黄昏的游戏,下雪日的欢腾,一个给自己扫墓的老人,那个没有出嫁的女孩子……所有人事代谢,万物生死荣枯的命数,我忘不了她们。我相信,很多发生在童年的事情是可以不朽的。"这部集子里的散文篇章,在保留了化繁为简的艺术手法之外,另采用了童年化的视角,不过,草白在使用这一视角的同时,对诗意化具有足够的警惕,因为诗意化的处理易造成对象之上飘浮着一团水汽,从而对事物的本相造成某种程度上的伤害。也正是因为没有注入其他要素,叙述中童年的视角才生成真正的童年视觉,如此,那种相对纯粹的诗意方含蕴于文本之中。其中,草白写到了许多童年时代她所不能理解的事物,比如祖父除了给逝去的亲人供奉食物之外,还要留出一些,给予那些孤魂野鬼,还有村庄消失的孩子(小孩子们不能食用鲜艳野果)、痴迷于烟酒的傻女人等等。诸如这些篇章,她皆保留了当时原汁原味的"不理解",通过记忆的通道,草白准确地打捞起"我"的五官感觉所触及的万物形态。这也让我想起马克思的一个判断——五官感觉的形成是以往全部世界史的产物。这部集子中,我最喜欢的是《对它说》一文,全文约500字,叙述了祖父恼怒于枣树果实的零落便提斧而去,结果被祖母阻止,在祖父的"威吓"下,这棵枣树第二年挂上了累累果实,后来作者在村庄其他树木上发现了累累刀斧之痕。一棵棵乡村树木,在作者的描述下,拥有了听懂人类语言的能力,它们纷纷向主人妥协,虽然也有裂隙的存在,但最终走向人、牲畜、植物相契合的风土形态。这个短章,内含了童年的她的误读,不过,这误读是充满灵性的,也是诗意盎然的。

散文是个人与世界相遇的方式,作为一种偏于智慧的文体,年轻的草白尚未在自己的作品中树立智慧的大达,不过,她却依靠出色的叙述能力,将个体与世界相遇后的真切体验元气淋漓地叠加在纸上,奔跑,转身,然后将最初的温软收入怀中。

3. 经验写作之外

十年之前,也就是新世纪的最初几年,我一度迷恋上贾樟柯,并从贾樟柯出发,对第六代导演充满个人的期待。十年过去了,我为自己曾经的迷恋懊恼不已,如果加以回望,我似乎犯了两个错误:一个是本不该有的关于民族电影的宏大情结;一个是终归明白自己仅仅是发烧友级别,距离处置话语的权力可谓有着渺远之途。想明白这些事情之后,日常所举也仅仅是将眼睛投放到光影世界里,智力和思维的因素也就此冰冻起来。

我之所以要抬出贾樟柯或者张元等这些第六代导演,是因为我在阅读 durasman99 散文的过程中所产生的感受,与最初观看以上导演制作的电影,有着一定的相似性。新奇、兴奋、期待,当然也伴随着忐忑,这是不一样的散文,不一样的叙述方式。不过请记住，上面的描述仅仅是针对我最初接触的时候，并不代表我现在的态度。

需要承认的是，就目前来说，我自身正遭遇着散文阅读的疲劳，从国外名家到白话经典，从知名作家到网络写手，一本本，一篇篇，压得自己透不过气来。过量的阅读带来一定的错乱，一方面是评价标准，一方面是感兴生发。也因此，自己偶尔会这样反诘自身：我到底是热爱散文阅读，还是为了写出评论方便发表，抑或是为了其他？错乱的发生导致了新奇感和兴奋感的普遍远去，即使是遭遇durasman99超常规的文本实验亦是如此。面对这个情况，我想给出的解释当然不是自己的保守落后，而是因为自己在阅读过程中树立起的审美标准开始定型且难以动摇，从而抵御着一切标准之外的东西。

durasman99是一位"80后"散文写作者，他的写作个性与我所熟悉的其他"80后"写作者似乎是格格不入的。他是那种能把自我淹死在文本中的作者，或者说，作品中的气息，才是他真正的精神气息，充溢着自我迷恋、忧郁、先验的绝望，如同"二战"之前居住在巴黎塞纳河左岸的左翼青年，写作成了其内心透气的窗口，以深刻的怀疑对抗着外部的世界，也只有在写作中才会如释重负。这一切，与信奉"出名要趁早"的众多同代作者相比，形成了鲜明的反差。也因此，他的散文叙述是封闭式的，是一种极端向内转的路数，在某种程度上，他甚至害怕自我写作被大众化。

这种极端个人化的叙事方式放在散文写作的大背景下，也可归属于极端的个案，不过他也有同路者，我在鱼禾的散文写作中也嗅到了这种独有的味道。他们的写作，似乎皆有一种精神的洁癖，即他们的书写氤氲着特殊的艺术气息，追求感觉化、内在化的叙述路径，文本内部节点遍布，形成模糊化的迷宫式写作风格。这些因素，共同搭建了一个内心的宫殿。文学作品中，感觉主义的路线向来是小众的，因为其内向性和封闭性，因为其需要主体保持长久的生命激情，以及特别的感受能力。这种内向性写作往往疏离于普通读者的心理定式，有时会带去新奇感，有时会带去拒斥感。在这个意义上，我将其定义为小众写作的类型。

来自异域的艺术家的心灵经验或者说灵魂，在现代性语境中的撕裂、碰撞、突围，是durasman99散文观照的重点。这些因素，皆在作者自身经验之外。他的写作，多是对他者灵魂的纯粹精神解读或者对话，并在对话中树立自我精神的倒影。同样是书写异域物事，杨永康作品中呈现的更多的是物理性的，比如地名、人名、植物等等，这些物理性指向的后面掩藏的其实是作者自身的中国经验，他不过是借助这些标签来完成经验能指的陌生化。作为文体创新意识超前的作者，他的新文体实验表现在叙事模式上，这一点，与durasman99的散文形成鲜明的对照。从新散文写作的多样性角度来观察，我们可以说杨永康走的是文体至上的路数，而durasman99走的则是个人至上的路数，两者不可同日而语。虽然durasman99的文本内部，大量引入了隐喻以及诗歌式的跳跃，但无论取材还是手法，其目的不是为了创造一种文体新形式，而是努力制造一个梦境的空间，这空间里填满艺术的气息，填满精神独白的气息。

如果说小说倚重经验和想象的话，其中经验构成密实的台基，想象构成超拔的品格，那么散文这种文体倚重的则是发现的能力以及呈现之后灵魂的平静。当然，这发现的后面也需要依托于写作者自我的经验，而更重要的则是思维的能力，至于灵魂的平静，非大家所不能为。虽然，durasman99的散文写作拥有非常多的现代性气息，能够带来致命的锋利和锐度。但就我个人而言，对待这种写作方式却保持着警惕，我还是认为，散文不是写给自己的，不能仅仅围绕着个体与世界的尖锐对抗来书写。恰恰相反，散文应该是写给他们的，写给外在这个并不完美的世界的，以及在这个世界中正在遭受这样或那样精神之苦的我们，让人们更简单地认识理解世界、接受世界，并在其中实现自我的超越。

4. 秦羽墨散文:叙事之冷

来自湘南,出生于 20 世纪 80 年代的散文作者秦羽墨,是一个早慧者。这里的"早慧"有双重含义——生活上的与写作上的,讨论其散文作品,这两个因素无法割裂。生活上的"早慧"指的是其早年的贫困及当下在城市中寄居与漂泊的状态,由此生发的敏感、紧张关系作为情绪经验和情感基调被带入到作品中;写作上的"早慧"指向笔法上的老练,指向其自身具备的才气因素。从秦羽墨出发,我们会看到"80 后"写作群体的某种分化,商品因素、市场化的深入及娱乐至上的基本背景,推动着这一代作者向着明星化的文学生产方式靠近,张悦然、韩寒、郭敬明等,迅速地抓住了特定时代文学转型的机遇,走到了时代的潮头中来。不过,还有不少"80 后"写作者依然恪守着传统的文学生产方式,或潜心探索,或初露锋芒。他们的写作,很像是要在密实的围城中打开一个缺口,如浑浊之水中的鱼儿,文学就是他们在水面上呼吸的方式。当然,这批作者的基本理念就是:这口气必须是自由的,也是自我的。

在秦羽墨的散文书写过程中,抒情的要素几乎被完全放逐,甚至言志载道的诉求也不见其踪影,他的笔下是一系列故事的堆积,这些故事从题材上看,基本上装填的是乡村生活的内容,很少触及其当下在城市生活的背影,《幽暗的小屋》是个例外,这篇我会在下面单独展开。乡人、双亲、"我"是这些故事的主体,与诸多散文书写者不同的是,他笔下的这些故事,不是为了启动还乡的旅程,或者说不是美丽愁人的纸上回家之途,也不是为了强化自我的经验生长,而是以此作为镜像,在其中寻见更清晰的自我。他的系列散文中讲述的故事,在功能上类似于小说家的故事,欲从这些故事中观照出人心,即生活本身对人自身的切割、挤压、捶打,也正是因为日常生活的残酷性,人心才逐渐偏离最初的曲线,走向沉沦或者它的反面。从这个意义上来说,他并不是位温情叙述者,而是位冷静的观察者。在处理自我经验方面,他觉得那些物理性的经验是不可靠的,而应该依赖心灵经验对人生过往的观照。在其写作观念中,弥合也好,温暖的慰藉也好,皆不够真实,真正的真实唯有伤口,所以,他的笔端需要向着伤口出发,往伤痛的深处掘进。

如果从文体特性上来判断,秦羽墨的部分作品完全可以排除在散文之外,上面提到的《幽暗的小屋》堪为代表,这篇充溢着梦境格调和强烈虚幻色彩的作品,不单是所贯注的想象力以及绝对的虚构性因素,更重要的是,他所开掘出来的自我的分裂,世界的陌生和敌意,类似罗丹所言的现代艺术就是写丑的艺术的独特味道,与现代派小说可谓同宗。我不敢肯定这篇作品是否受到其乡党先锋小说家残雪的影响,不过可以肯定的是,这个小篇章处处皆有先锋小说的味道。在文体风格上接近于这一篇的是其另一篇作品《巫韵飘荡的村庄》,气味上虽然赶不上前者,不过,这篇作品中小说的元素显然高于散文的元素。在文体上做出严格意义上的区分并不重要,举出上述这些例子,我想说明的只有两点:一是作者具备写小说的潜力,二是作者的散文书写中无疑融入了一些小说的元素,即使是那些相对写实的作品也是如此,其间叙事的偏重、性格的凸显、人心层面的透视等等,即为明证。

也正是因为偏重伤口的书写,他所讲述的故事,普遍带有冷冷的色调。《巫韵飘荡的村庄》中众多人物的死亡,《蜂季节》中陈六的死,《父亲是一只羊》中父亲的死,还有其他篇章中葡萄的被砍削、柿子树的消亡、懵懂情爱经验的挫伤等等,这一系列故事中,人也好,事件也好,物也好,大多以毁灭或者挫败的结局呈现在读者面前。作为对比,陕西作家李汉荣有一短章写到了母亲手上因岁月磨洗及高强度的劳动造成的诸多伤口。在李汉荣的笔下,这些伤口最终回归到劳动和爱的主题,而在秦羽墨笔下,这些伤口就是伤口本身,它们一直在自我心灵经验上驻扎,也许会淡化,但绝不会消隐。故事色调之冷缘于写作主体内心之冷,缘于其价值观念的偏重,由此看出作者和世界的一种关系,它是紧张的,也是焦虑的,这也构成了其写作初端中的重要标识。或许是创伤性经验的凸显,在部分篇章中,愤激与怨恨未经过沉淀就直接进入文本之中,宣泄的因素越过静观的因素,使得情感经验的生发未能进入深层。超越精神对于文学来说是必须要具备的,这也是主体情绪转化为情感的必由之路。与秦羽墨相比,鲁迅的写作也是基于创伤性经验,他的作品多是阴郁而深沉的色调,但是鲁迅之所以是鲁迅,不仅仅是因为他由个体走向了民族和家国的经验书写,还因为他以反抗绝望的姿态建构了他的生命哲学,尤为关键的是,他那深沉的博爱精神也没有完全被摒除,在《朝花夕拾》和《社戏》中,关于爱的诉说同样抵达了极致。

愤激和怨恨的情绪表达使得文本中融进了一些杂质,这也是秦羽墨写作实践的限制性所在,越过这一瓶颈,需要其自身在文化人格上的进一步提升。

就艺术能力来说,秦羽墨虽然年青,但其天赋却是突出的,其对叙事的处理异常简洁、干净、凝练,直达对象的本质所在。与同样也是"80后"写作者的阿微木依萝相比较来看,阿微笔下的叙事更多地带有原生态色彩,主体与对象之间呈现出一种不可分的状态;而秦羽墨的书写方式,类似于尼采所言的"一切文学,余最爱以血书者"。其笔下的简洁也接近于鲁迅式的,即简洁而有杀伤力,很难想象这种老练的笔法能够在这个"80后"写作者身上展露端倪,这是个很好的兆头,不过,也需要更进一步地深入。

其系列散文中,我最喜欢的有两篇,一是《父亲是一只羊》,一是《那头牛像我》。在这两个篇章中,作者向内贯注了少有的温情,因为温情,文本便具备了明朗的光泽,更重要的是,这两个篇章内蕴了提升的品格,即作者从羊和牛这两种动物出发,延伸到亲情和童年记忆的密实性,又从这个主题出发,一路向前,抵达人、动物、自然界浑然一体的本体性存在方式,从而使文本具备了厚度和宽度。

5. 王爱散文

与诸多"80后"散文作者类似,王爱的写作生涯开始得甚晚,以我所见,她写出的作品也不算很多,不过,从中却可见出两个显明的标识:其一为阅读接受层面的逼人之气;其二是写作起点之高,潜力之巨,不免为之惊诧。

王国维先生说过:"散文易学而难工。"就文学史经验来说,因为"难工",这个古老的文体几乎无争议地被命名为老年文体。繁华落尽见真淳,若缺乏人生经验和智慧的双重历练,散文也许永远难以与"炉火纯青""行云流水""返璞归真"这些字眼形成有效感应。俗话说"文无定法",好的散文作品并不拒绝年轻,出道之作,虽不大可能抵达大化之境,然却摇曳生姿,自成一体。此处所言之现象,在新世纪以来的散文写作中,权重愈大,甚至可以构成一种文学史现象,值得理论上的审视和探讨。60年代出生的宁肯和格致,70年代出生的李娟、塞壬、傅菲,80年代出生的阿微木依萝、秦羽墨,当然还有王爱,他们的写作,皆具备某种突兀性,他们身上似乎具备天然言说的品质,可以越过通常的模仿阶段,在起点上直接树起个人风格的旗帜。与之相对应,大多数散文从业者,在前五年,甚至是前十年的写作历程中,往往难以去除那种特有的酸腐之气。这种酸腐之气来自两种因素的作用:一个是模仿阶段必然的笨拙,一个是成名成家这一内心欲求的阴魂不散所导致的庸俗气息的缠绕。从这个意义上说,对于众多读者而言,尽早建立心理自省机制则至关重要。

湘西,是一个令众多文化人着迷的地方,其间的因由来自沈从文先生对小说的贡献。散文中的湘西,却是个体的,也许无法撑起宏大的"边城"。生于湘西土家族一处寨子中的王爱,从一开始就没有展开对文化湘西的建构,她的心灵指向是曾经负载其童年生活的特定寨子,寨子中光阴的味道、鸡飞狗跳、亲人故事,以及山川树林的独特气息,皆是其亲缘的对象。在阅读的过程中,我注意到一个有趣的现象,在其笔下,但凡能上升到文化湘西符号式的物象,如吊脚楼等,她的处理往往贫弱、疲软,一旦遭遇近距离之物,比如一只兔子、一缕炊烟、一只懒散而高傲的公鸡,她的书写则色彩斑斓、灵动十足。

王爱擅长于讲故事,或者说故事性是其散文的一个突出的地方。她的那些具备故事要素的篇章,如《虫祸》《湘西花儿》《一九九三年的兔子》《炊烟,山寨的心灵版图》等,皆具备某种特别的魅力。之所以能够特色鲜明,在我的理解,一方面是其良好的直觉能力,无论是克罗齐的"艺术即直觉",或者是维科的诗性智慧,皆强调直觉能力和深刻发现的对应关系。因为直觉能力的具备,所以,她可以轻松地将生活气息的跳脱感与浓郁的地方气息直接结合起来,也因此,她的心灵经验抵达了某种宽阔。另一方面,在场景处理和细节勾勒上的良好能力,给予散文品质以足够的支持。比如《一九九三年的兔子》这一篇章中,一只野兔兀然闯入寨子,她将笔墨集中朝向寨子中各种家禽牲畜,呈现它们的好奇之心、蠢蠢欲动的架势等等。由这篇文章也可见出她那独特的写作立场,即她并没有采取通常的人类中心主义或自然中心主义,她的中心主义很小,也很低,即寨子中心主义,这个寨子为人、树木、家禽、云彩、灰尘等所共有。有了这样的写作立场,场景叙述或者细节再现,想不鲜明都很难。因为,这种立场对于我们来说构成了异化性很强的他者。

除了融入直觉性叙事之外,王爱的部分篇章还在尝试着论说或思辨的路子,这也表明了她的多元化写作的努力。不过,就目前来看,依照这个路子写出来的文章,尚显得平庸。才气因素为其所长,而学与识的欠缺必然会导致论说或思辨的平面性。我这样说并不意味着要鼓动其专心于直觉叙事之路,因为风格的单一,会很快成为某种局限,一个作家的园地里不能总是盛开一种花朵,繁花似锦乃抵达顶峰之必需。

最后,我想单独说一说《虫祸》这一长篇叙事散文。这个篇章,王爱在做着另一种尝试,即结合地域性传统,试图将更原始、更富于幽灵色彩的元素融入文本之中。从整体上看,这篇文章具备惊悚的气息,背后支撑这一气息的绝非中原汉文化的阴阳学说和神鬼世界,而是更原始的巫术思维机制。古老崇拜、图腾化的仪式和幽灵细节融会在一起,散发出令人难以名状的味道,这味道太与众不同了,在我的阅读经历中,几乎没有遭遇过。当然,也可以说,唯独这个篇章,可以说是非个体的,更趋近于前面所言的那个宏大的湘西世界,能否建构出散文式的"边城",尚需作者的系列实践和深入。

6. 向迅散文:乡土书写的真与深

收到向迅(笔名:景阳)的散文集《谁还能衣锦还乡》之际,2014年的大门尚未洞开,待及掩卷,已近仲春时节。这本散文集子隶属于中国作家协会推出的"21世纪文学之星丛书"

中的一卷,且是2013年卷中唯一的散文作品集。这样的幸运之于向迅这位"80后"新锐作者,除了是一种激励之外,其实还应该是一种警醒。荣誉对于写作者来说,有时会成为止步的利器,并由此进入自我重复的通道,尤其是散文这种文体,曲折往复,向上攀爬的道路异常繁杂,稍不留意,就容易将脚下的岩石当作山顶。"登东山而小鲁,登泰山而小天下",而泰山之于梅里雪山或乔戈里峰,又相去几许!

向迅原籍湖北,现居湖南,归类于湖南"80后"散文新锐,尚无大碍。就散文而言,湖南的青年近卫军令人不可小觑,湘西有王爱,湘南有秦羽墨,皆为让人眼前一亮的作者。算上向迅,则三足鼎立。王爱与秦羽墨之间虽有不同,但在叙事经验上的锋利性上有着近似之处,他们的散文已非传统路数所能涵盖。向迅与之相比,仍可归于传统写作的框架之下,诸如取材上的乡土与人伦,技术处理上的写景咏物,情感投射上的真挚与诚恳,章法上的层层推进等等,综合考察之下,与20世纪80年代的叙事散文,有着诸多切合之处。

"文章之作,本乎情性",《周书》上的这句话,用作向迅散文的备注,可谓恰如其分。在中国文艺思想史上,主情之说与言志载道的学说互为补充,乃个体本位与社会本位两种角度在文学实践中的不同投射。主情路线延展到明清,逐渐脱离了个体的情思而走向某种宏大,汤显祖之《牡丹亭》欲以情本位力挽时弊于狂澜之间,曹雪芹之《红楼梦》则以情爱为本色,试图疗救倾颓的人心。回到"本乎情性"这个提法的发轫之初,情性的缘起指向感知之切,世道人心和草木清秋于人心皆有所投射,郁结其中,情思的潮水便会破壳而出,然后形于言。发愤著书也好,不平则鸣也好,皆指向情思释放的一种状态。关于这个问题,钟嵘《诗品·序》有着详尽的阐发。当然,情之一字,与情绪之内涵相差甚大。情绪的释放往往携有日常生活非理性的特质,情思抑或情性则对应了"平静当中回忆起来的情感",有着深厚与绵延的特性。对于向迅而言,这位来自湖北建始的土家族少年,笔下的历历往事,不全是温暖而明亮的,成长经验中的切割之痛、人伦之重、山地生活的苦与乐,经过异乡目光的洗礼和观照,透出整齐而明晰的色调。取材上的集中,也彰显出其对故土家园的一往情深,无论如何,童年生活对于写作者而言都是丰盛广袤的区域,如何烛照出其间的明净和素朴才是问题之所在。向迅的笔力,固然未臻至大境,却因真与深的精神特性而别具一格。

"不精不诚,不足以动人",庄子的这句话对于情性之作而言,可奉之为圭臬。当然,诸多散文也会顶戴精诚之幌子大行其道,实则伪言与饰言也。精与诚的考察基准,在于个体经验叙述的透明性与逼真性。在这部散文集中,我注意到向迅的经验叙述呈由内向外的形态,先是关于祖父、祖母,然后是父亲和母亲,再然后拓展到乡野与少年往事。关于祖父祖母,他致力于发掘性格背后的人性,以此观照鄂西山地男人与女人在历史因袭过程中的抗争与妥协。在其笔下,众兄弟中祖父的文化程度最高,曾做过小学教师和仓库保管员,后因被诬告而返乡,挣扎于贫瘠而薄凉的土地之上,脾气暴烈,甚至达扭曲之境地。与众多儿女的严重不和、与对孙辈在读书上的殷切期盼融为一体,而在其逝去前的最后一段岁月,久违的平静重新伫立于这个衰微的肉体之上。关于祖母,含辛茹苦之外,一生纠结于投诉儿媳、控制儿媳的巨大烦恼之中,以至于最后成了多余的人。奶孙相见,无言相对,这沉默里所内蕴的世事沧桑,让我想起刘禹锡的诗句:"常恨言语浅,不如人意深。"涉及父爱与母爱的书写,虽然有着多角度的叙事特点,却非如写祖父母那样奇崛的路数,或许是距离的远近决定了观照之焦点所在。这两个部分,总体上中正和平,只是情感的专注度和诚挚度成了某种唯一。其笔下父亲的坚韧和母亲的隐忍与牺牲,会让人想起鲁迅在为萧红的《生死场》所写序言中提及的中国人"生的坚韧"这个命题。

  向迅对于家族的历史与精神隐秘情有独钟,因为钟情,所以进入之深,所以情思的呈现逼真显明。集子中第一辑收录的篇章皆可归于其中;而在第二辑《一条落在泥灰里的鱼》中,叙述角度转而由外向内,书写鄂西大地上的道路、村庄、山谷等要素。《乡村笔记》中有个细节,作者踱步于村落之外,观察视距之内的向家院落,观察母亲和妹妹的日常形态,突然觉察到诗意牧歌不仅仅是在纸张上和想象中铺展,它就直呈在眼前:树木、屋舍、劳作中的人们构成大地上恬静的画卷。因为这一发现,作者对这一方苦难的土地有了更丰富和深刻的体认。发现美的眼睛,需要主体出乎其外的人生态度,也正是因为出乎其外的了悟,他者澄明的一面方会显现,向迅的敏锐捕捉,于其写作上的精进,是一件幸事。

第三辑中收录的作品,为其少年往事的集成,我注意到部分篇章中其采用了少有的随笔式的处理方式,不过却受限于自身的识见、经验积累等因素,纵横间有力不从心之感。陆游曾言"工夫在诗外",散文作为偏于智性的文体,对于学与识的丰厚性有着必然的要求,我想这也是向迅以后的写作要努力跨越的地方。

"那个回不去的地方,叫故乡",是散文集子中的一句话,我想这句话不仅埋在向迅这位年轻作者的心口,它也一定镌刻在所有拥有乡土经验的人们回望的眼神里。

7. 阿微木依萝:本色之蕊,抛洒韵致

英国的贝尔曾经给艺术下了一个这样的定义:艺术即有

意味的形式。对于其中"意味"一词,东方文化熏染下的作者和贝尔心有灵犀。美、韵味、性灵、意在言外等理念,不独在古典中国的语境里普遍存在,哪怕是在经过转型后的现代中国语境里,这些命题依然灼灼其华,尤其是在散文这种文学体裁之中,它们如百转千回的溪流中含带的细沙,每遇转折处,必会抛洒到岸边,成为相对恒定的一个话题。

经过 90 年代各种语体的跨越式发展,散文的藩篱内早已根植诸多新品种,新散文就是其中比较夺目的一株。阿微木依萝的写作实践,从文体特性上来判断,就属于较为典型的新散文写作这个路数。这位来自四川凉山、80 年代出生且归属于少数民族的青年女性作者,为新散文思潮第二代群体中的后发者,她的出现不仅对于新散文写作来说,对于新世纪十几年来的散文写作实践,无疑也是一种惊喜。

祝勇在《散文:无法回避的革命》一文中曾经就新散文的文体特征提出了几个对应指标,它们分别是:长度、体例、跨文体、想象与虚构、个体性言说。对照阿微的写作,我们就会发现,她的路子并不完全符合上述指标,而是在长度、体例、个性化言说这三个因素上更加突出。翻开其作品,作为读者会有一个强烈的感觉,即她的作品与传统散文之间有云泥之别。阿微的文章写得一般都很长,每篇在 6000—10000 字之间浮动。跨文体这个因素在她身上体现得并不明显,其作品也没有像张锐锋、祝勇那般融汇诸多想象的因素。但在个体性言说方面,却是非常突出。凡斯种种,恰恰是第二代新散文作者与第一代的一些区别,或者说,第二代写作者强化了第一代写作实践中的某些要素,而又舍弃了模糊散文文体根本特性的内容。当然,"强化"这个词主要针对阿微个体的写作实践而言,具体到新散文思潮的代际划分,以及后来者的文体探索,则凸显出纷纭复杂的向度。相对而言,第一代新散文作者大多集中于词语诗学的建构之上。于坚、马叙的日常话语堆积模式彰显出反智、去精英化的话语格调;张锐锋将激情、诗性、想象融会在一起,使得原本涓细的语言走向宽阔和宏伟;而周晓枫的修辞至上和格致的巫灵化处理,使得散文语言披上魔法的外衣;祝勇、庞培、钟鸣等,将语体的杂糅实验推向深入;杨永康则走得更远,高度的陌生化及隐喻性,彻底撕裂了散文话语真实性的逻辑根基。需要备注的是,他们之前大多拥有诗人的身份,且能敏锐地捕捉到诗歌领域内的语言实验风向,也因此,他们对散文语体的重构,如同一场风暴,涤荡了长期笼罩在散文语言之上的陈旧的、宣教式的、集体主义的话语泡沫。新散文思潮经历了第一代的披风沥雨之后,渐趋于沉寂,然而在"80后"新锐散文群体中,则暗流涌动。转向内心写作、致力于心理经验深层挖掘的祝峰杰,试图打通小说、诗歌、散文间的藩篱,且维持彼此间文体平衡的后叙事。将肉体经验极致化的羌人六、高锋科,以巫术思维切入日常经验的王爱、秦羽墨,以及以本色化叙事塑造棱角分明的画面和场景的阿微木依萝,皆为新散文写作接力棒的持有者。

  阿微的散文写作,在题材上主要涉及两个方面,一个是她的童年生活,一个是她流落南方各地的打工生活,出租屋、路边小店、工厂车间,是其写作的常见对象。这两类题材按说都不属于新鲜题材,但经过其艺术处理,却达到了让人既熟悉又陌生的效果。她规避了或倾诉或批判或猎奇的处理方式,而是选择了直呈的手法,将活泼泼、水灵灵的生活形态准确再现出来,情景的处理既沁人心脾又豁人耳目。在她的笔端,你看不见对威权、媒介、读者的主动迎合,她的书写更加强调内心生活的原生态性,尤其是在处理童年经验上,那种带有野性色彩的烂漫情调,将原本贫苦寂寞的伤痛经验覆盖。为了保证这种原生态性,她将情境真实与心灵真实捆绑在一起,并绝对化,或者说她的文章不仅将真诚与真实融为一体,而且将之作为最高的创作原则来对待,这一点与祝勇所提出的以真诚原则取代真实原则的观点形成错位式的对应。《彝族年》一篇,叙及了一个由父子三人组合的家庭,一个因女人自杀而自然存在的奇怪家庭。他们在本身就已偏远的彝族寨子里离群索居,沉默木讷的父亲,始终无法为两个儿子做出合乎大小的鞋子,出于某种难以言说的原因,他对邻居们的取笑和同情表达出简单的不触及根部的憎恨,却又并不拒绝因年节之故而获取的肉食馈赠。文化程度、温饱问题、离群之故,使得他难以发声,只有在特别偶然的间隙,他会拿着绳子来到妻子自杀的山洞里,如最小的切口一般,暴露出这个汉子内心的悲戚。而处于放养状态的两个儿子,母亲的离去带来的天然悲伤,似乎和他们绝缘,有作为游戏内容的甲壳虫,有馈赠而来的肉食,这些最简单的物什就能够给他们带去充足的快乐。《彝族年》一章,看上去处理的是边缘群体,恰如阿微散文常常触及的打工生活一样,但若是以社会学的考量权衡之,必南辕北辙。对于阿微而言,她直击的只是生活的现场状态,是一种存在。这种存在,或者位居偏远,或者处于容易被遮蔽的位置。不管怎样,大致可归入日常经验之外的经验,而经过其本色话语观照之后的这些经验,无疑独特而新鲜,进而提示着我们日常生活的宽阔性和别样性。在写作路数上,如果进行细化的话,我们会发现,阿微的散文基本上可归入叙事散文的范畴,她的作品摒弃了抒情和议论的因素,仅仅是让事件,让事件中的人与物来说话。阿微的叙事进程看上去好像有点小说的味道,实际上与小说叙事却相去甚远,因为小说叙事强调冲突,强调人物性格,事件与事件间因内在的逻辑演进形成一种递进的关系;而阿微笔下的叙事,却构成一种并置的关系,它们互相独立,又互相暗示。就散文的叙事来说,常见的多是集中于一个故事的描述之上，而阿微的笔下，却是平面化的多层关系，每一小段皆构成元气淋漓的场景，这个场景并不突出某个因素，而是将某种生活形态直接悬浮到读者面前。如果将她的散文放到"80后"新锐散文群里去考察，就会发现，在画面感和场景的原生态性的营造方面，阿微的写作实践无疑是最充分的，当然也是最鲜明的。我还注意到，为了确保自我经验传达的准确性，阿微调动了诸多对话元素为场景叙述服务。而这种幽微、生动、注重细节的场景叙述恰恰是新散文写作的重要表征之一。

阿微似乎和众多写作者走了一条不同的道路，她几乎没有经历过模仿、积淀再到突围，然后形成自我风格的路子。其作品凸显了强烈的去逻辑化色彩，马克斯韦伯所言的"去魅"之说，对于现代作者来说，确实强化了他们的认知能力和思辨能力。而过于强大的逻辑思维，无疑会损伤文学自身的灵性和神性内容。没有经历过系统教育的阿微远离了逻辑的训练和思维植入，对于生活，她首先调动的是五官感觉，而非思维判断，从而保有一种感知之切的能力。她的写作一开始就光彩照人，其后，只不过是做了两件事，其一是强化，其二是修正。她也不是依靠灵感来写作，而是依靠经验的直接表达和团块状的回忆来写作。就笔法来说，她的写作扬弃了新散文诸家的诗性、过度描述和感觉化的表达，大力挖掘传统文学中的白描功夫，以直呈的形式道出。在具体手法上，象征、隐喻等现代派常用的技巧在她的作品中是不常见的，似乎除了白描还是白描。

结构因素在她的作品中同样是多元的。比如题目和开头，她的处理特别随性，尤其是开头部分，说好听点是天籁之音，正常说就是自然切入，随手取来，作为打开记忆大门的一只手。其作品的中间部分并没有像其他散文那样高高鼓起，除了稍有起伏外，并无异常，表面上似乎平了些，实际上却内蕴了极强的张力。她的文章，不是靠人为的曲线来吸引读者，而是靠场景的连续性取胜。现如今，语言成了诸多散文作者努力强化的因素，不过，在阿微笔下，她也选取了独属于她的路子，这个路子可以概括为：自然、随性、烂漫、本真。说起来，举重若轻的话语风格不仅需要一生的努力，还需要特殊的机缘，而阿微却在这么年轻的时候就做到了。她的手中好像有一个魔法棒，或者她的脑子里似乎始终飘荡着女妖的歌声。

王国维先生在评价李后主的词时曾指出：毛嫱、西施，天下之美妇人也，淡妆佳，浓妆亦佳，虽粗头乱服，不掩国色。这位大学者将后主的词归入"粗头乱服"的行列，此"粗头乱服"者，即本色语。而在我的理解，阿微的作品在文体特性上也可以以"粗头乱服"来比喻，那些粗糙的、湿漉漉的枝杈挂满整个枝干，一经遭遇，灵魂则狂跳不已。

最后想说的是,对于阿微来说,还有很长的路要走,我的评析只是曾经的一枚石子所击打起的浪花一朵。对于她的作品,我个人觉得还有两个方面需要再上一层楼,其一是场景叙述中的细节沉迷,即过度的细节陈述影响了文章的简约,而简约精神恰恰是中国散文最优秀的传统之一;其二是结尾部分,作者自我力量的过度投射也造成了文本小小的裂口,我个人的建议是,自然一点,再自然一点,尽量忘掉凝练和升华这些因素。

8. 端木赐:迁徙者在路上

"80后"新锐散文作者中,端木赐为最年轻的作者之一,他生长于草原城市包头,求学于南方之南的广州,大学里学的是医学,与疾病和各种各样的肉体打交道,2013年大学毕业。从常规上考察,他更像一位校园作者,不过,翻阅其作品,很少得见怅惘、感伤、美好拟想、自怨自怜等青春写作的特有气息,相反,其书写有一种和其年龄不大相称的冷静和老练。作为一个在一线从事教学的大学文科教师,近十年来,笔者接触了各种类型的校园文学写作者,他们的写作,即使触碰到不少社会学的因子,比如童年、故乡、往事、亲人、校园等,但归根到底,不过都是衣服的表层,里子依然是自我的怜爱和茫然。这种永远朝向自我的写作,其社会指认力度如此之弱,恰如未断奶的孩子。当下文坛,热得发烫的郭敬明,尽管其本人已经离开校园多年,然而他的创作路向依然可归入"未断奶式"的写作模式。

　　散文,从某种意义上说是个人与世界相遇的一种方式,缺少对外在世界的观照与叠映,散文几乎是无法成立的。也许是经验的匮乏,逼迫着端木赐将笔触转向当下,即正在发生的一切,我们也正在遭遇的一切。这一切对于端木赐来说,可概括为:作为迁徙者的个体必然关注命运以及世界的碎片化。迁徙,不断地迁徙,是我们这个时代正在涌动的巨流,裹挟着每一个人,打工、求学、经商、工作调动、旅游等经历,皆隶属于这个主题。从北方横跨到南方,以及南方独特的地理和人文景观对端木赐本人形成极大的冲击力,于是,他以文字为思考的武器,对抗突然变得斑驳的生活图景,以此来抚平零落成泥的心理印痕。《雨伞》一章,准确地对应了这一心理折痕,其主题词为:南方、多雨、雨伞、淋得透彻。并在此之后,雨伞这一物事,才真正切入到心底,以至于在异地他乡,每一次落雨皆有那一次落雨的影子,每一把雨伞皆藏着那一把雨伞的灵魂。日常现实之间形成了互文性。在处理迁徙者的心理经验方面,我觉得《虫日》一篇相对出众,花斑蚊子、死去的流浪狗、闷热的出租屋、实习医院的密闭空间、病患者异样的肉体,以组合件的形式兼容于文本。那种南方城市特有的阴郁气息充塞于文本空间,这不同于植被南方、高楼南方、工业南方,乃南方城市的另一面。这个令人窒息的瞬间也许很快会被一场雨冲走、被一阵风吹落,但它的味道注定会席卷而来。当然,这种气息对心理的敲打细致到令人战栗的境地。丹纳有时代、种族、环境之文学三要素说,而文学的地理因素则往往为散文这一体裁所钟情,如同帕慕克笔下的周遭的景物,以及卡夫卡笔下大千世界自动向我们涌来的图景。对于独特的地理因素所带来的心理经验来说,说出它的细小是困难的,但是感受它,则如同风吹皮肤。

世界的碎片化意味着完整意义的丧失,如此,带给写作者的是错愕和惶然。生活过往,人事、景物、图像、故事等等,皆是这碎片的一部分,每一个人皆不知道明天会发生什么,所能把握的只有今天,甚至是在今天,我们也不知道哪一个碎片会锋利地切割自己。记录和呈现这些碎片,成了写作者寻找意义的过程。《表演者》一章,端木赐以少有的讲故事的形式,拼贴这些碎片。堂姐、大娘、骗婚的堂姐夫和身体残疾的孩子,他们彼此的纠葛,出现与消失,如同不同的梦境混淆在一起。每个人的人生片段皆是敞开的,但也是茫然的。碎片一旦滑过,再也无法握在手中。整个故事可作为镜像直立在读者眼前,不是让人惊异,而是让人悲怆。

作为一个写作者,端木赐诚实地书写了当下的自我。其对系列文字的处理,多采用场景拼接的结构处理方式。并立且相互暗示的场景处理,是新散文在结构上的一个重要特色,尤其是跨度较大的场景拼接,有很多心理经验的带入,这需要相当水准的类似绣花和雕刻的功夫。在这个方面,端木赐尚需努力,其场景处理尚有不少烦冗之处。此外,其散文语言正处于渐渐成型的时期,一些文章的开端部分,还存在词语迷恋的现象,这些皆需要其本人在写作实践中慢慢克服。

9. 清音婉转的晚乌散文

"80后"新锐散文群落中,来自皖南的晚乌拥有两个特别的标识:一是文字上所氤氲的清音婉转的气质,一是其高校教师的职业身份。在入题之前,我很想谈谈这第二个标识。高校教师群体当然是个巨大的群体,通俗意义上说,这个群体在公知和精英的产出比上毫无疑问高居首位,尤其是大学文科教师,他们的传道诉求尤其强烈。西学东渐以来,不仅知识无国界,知识分子亦是如此,恪守人类的道义、批判精神以及对普世价值的追求成了全球思想型知识分子的通用标签,正是因为如此,现代中国知识分子才得以摆脱传统的家国诉求和济世情怀,而融入面向世界、面向未来的潮流中来。近几十年来，举凡重大思想话题，总少不了大学教师这一群体的身影，不过在最近，情势发生了重大转变，即公知和精英的污名化，这一污名化稍稍滞后于大学教授的污名化。不管如何评述，大学教师作为产出思想学说和价值体系的特殊群体，即使是部分的妖魔化，也表征出当下社会评价体系的病灶所在。另一方面，若是就文学创作的队伍而言，似乎高校教师这一队伍所占比例趋于极低。尽管，近几年有不少作家入驻高校，如阎连科、莫言、格非、刘震云、邱华栋等，但就高校本身来说，学术研究的本位极大地压制了高校教师们文学创作的冲动，即使偶尔为之，也多为学术随笔，作为学术生活的调味品。至于像曹文轩兼具两重角色的大学老师，只能说何其少也！

晚乌走的并非是学术随笔的路子，而是恪守纯正的传统散文的书写方式。他之所以没有参与到新的写作潮流中来，一方面来自其本人的温婉性格，另一方面取决于其不那么长久的写作实践。读他的文章，脑海中常常浮现"在水之湄"式的古典情境。虽然他是一名男性作者，但安徽中部的山水滋润了他的躯体和灵魂，使得幽弱的水汽渗透进文字细节中，尤其是他写于2012年以前的文章，《在徽州水边》《这些年，我丢失了我的月亮》《冬日笔记》等，所画出的性灵派路线相对显明。所谓性灵之路，对于散文来说，指向性情、个性、才气，尤其性情因素，乃本体因素，按照袁枚的说法——性情外本无诗。长江中游地区多山多水的地貌带给晚乌的并非古典式的愁绪,而是一种柔化的因子,他的散文,执情而不强物,与吴山"点点愁"式的写作路径,相去若许,《冬日笔记》篇堪为典型,其笔端控制了过多个人情绪的流淌,但这篇文字,却又是一篇情感性文字。春秋多佳日,山水有清音,晚乌的笔下,触及诸多自然的因素,尤其是植物的元素和水的元素,以此投放自我的性情。其叙述的调子,温和中有丝丝的苦味,节奏上舒缓有致,如溪流之随物赋形。不过,这些性灵文字,尚存在若许笔力不逮的情况,比如刊发于《散文百家》的《在徽州水边》,有若许模仿的痕迹,文字间的跳脱感,也是主体笔力不济的一种结果,相比较而言,没有《这些年,我丢失了我的月亮》这一篇透彻和纯净。

  文学在某种意义上乃体验的凝结,表现在散文文体上,更为明显。体验和经验有相同之处,却也有着根本的不同,体验的后面堆砌着饱满的情感因素,经验的后面累积的是感受与认知。或者可以这样说,体验和情感、价值取向相关,而经验更多地和经历、见识相契合。12年之后,晚乌的文字有了一些新的变化,这个变化更多地呈现在体验的凝结方面。这一年,指的是2013年,从题材内容上看,他所钟情的是两个方面,其一是亲情的残缺面,其二是校园遭遇。这两个方面构成了他最熟悉的生活,他对人性或者人生中暗黑的部分有一种特有的敏感。《当年的星光》触及亲情中必然的悲伤,底层生活的严酷性冲毁了人伦的基本疆域,奶奶的死、传言的黑子的死,以及外公的被遗弃,使得一大块阴影附着于其童年经验之上,我注意到作者在行文中使用了"撕碎"一词来形容这一美好的人生岁月。掘开伤口,重新体味,当然需要一种勇气,也正是敏感和直面的勇气,使得晚乌一向温和的行文拥有了某种锐度。《她在春天来到皖南》以及《你,还好吗》两篇文章,触及的是日常现实的重。有两个学生和他有过很多交集,他们人生的苦味深深地撼动了他,让他试图维系的平静瞬间塌陷。在这里,温润的底色与人生的暗面形成一种矛盾,置放在文本间,这也造成了细节处理上少许的急迫感,如何去重建一种平衡,是晚乌以后的写作要解决的问题。

  日常生活中的体验来自现场的直击,也可来自静思,所有的夜晚皆是锋利的刀刃,足以切开那些从心湖中泛起的往事。不过,体验的饱满只是一个方面,确实也能够带来冲击力,而让体验进入沉静的通道,则需要主体心性的安静和关怀的玄远,恰如丹麦哲学家克尔凯郭尔所言:"只有关怀的问题在人的心灵中萌生之后,内在之人才在这种关怀中显明自己"。

10. 雷宇的纪实散文

　　文字,是思维的直接果实,尤其是系统性文字,可以让读者分享一桌思维的盛宴。微博盛行以来,尽管可以传递海量的信息,然则这些只言片语终究支撑不起思维的大厦,如犹太未来学家托夫勒所言:"信息和知识越多,我们就越难以知道到底发生了什么事情。"从这个意义来说,纸质的阅读具有某种不可替代性,可以将大量的材料整合在一起,定向性地朝向某个思维认知的支点,从而能够与读者一道展开集中深入的对话。

　　近二十年来,纪实性文字,以其还原历史事件抑或现场的能力,以其情感的热度以及思维的穿透力,以其直面真相的勇气,每每在社会大众语境中掀起波澜,促发社会学意义上的讨论和关注。2002年的《我向总理说实话》,2003年的《中国农民调查》,这两本纪实文学作品所触发的"三农"问题至今仍余波未平,而杨显惠所著的《定西孤儿院纪事》及《夹边沟记事》则分别于2007年和2008年出版。写作这两本书之前,作者历经数年,搜寻和采访了近百名当事人,以"贵在实录"的史家笔法,再现了"反右"运动这一尘封已久的历史史实。2009年,一位名为李幺傻的记者以写手身份登录天涯杂谈,连载其纪实作品《暗访十年》(后结集成书,2010年由云南人民出版社推出,为这一年度十大畅销书之一),作者以手记的形式向社会大众敞开了边缘社会群落的生存状态和法则,地下乞丐王国,非法采血,酒托,医托,代孕等等,不为公众所知的阴暗与潮湿,经过其冷静笔锋的透视,大白于天下。这部连载的纪实作品,人气如潮,迅速盖起一座高楼,其百万以上的点击率也创下当年的一个历史纪录。距离再近一点,这两年的散文界,堪称重磅级的两本书——齐邦媛的《巨流河》与高尔泰的《寻找家园》——之所以引起轰动,概在于两位作者纪实的笔触以及直面历史的诚挚人格。

在2013年,央视《新闻调查》栏目的王牌记者、后主持《看见》栏目的柴静推出其新书《看见》,迅速横扫各类图书排行榜,其辐射力度可堪当年的"老徐的博客"。虽然来自外围的讯息也曾将我覆盖,但是需要承认的是,这本书到现在为止我还没有翻开一页,不过这并不妨碍我对这本书的大致判断。我个人觉得这场风暴的背后有两个因素:人学支点和纪实风格。当然,我的判断来自其主持的新闻节目以及对其部分散文的有限阅读。虽未来得及翻阅《看见》,不过,对类似书籍《现场》的阅读多少弥补了这一缺憾。

《现场》的作者雷宇,供职于凤凰卫视,这位来自中原省份后游学英伦的女性,担当了外派记者和连线主持人的双重角色,从其参加工作以来,亲赴许多重大事件的现场,几无缺席。这些事件堆积起来,在线性的时间流中,不仅磨炼了她本人的专业能力,更重要的是,这些事件由云化雨,如重金属般进入到她的灵魂世界,燃烧、分解、沉淀,于是有了《现场》这样的结晶体。

翻阅《现场》前一章的过程中,我有点漫不经心,或许是前面叙及的求职经历太像大众读物中的励志故事,这种成功学模板所掩藏的畸形价值取向一直为我所警惕,北大的马楠、哈佛女孩刘亦婷、马云、王石、俞敏洪等,当作一个社会潮流未尝不可,但必须严格限定在工具理性的范畴之内,如果他们的成功模式侵入价值理性的领地,那将是一件极度危险的事情。一个将发财致富当作最高价值原则的社会,在贡献了"道""仁""中和"等思想学说的本土辉煌传统面前,在倡导博爱和宽容的现代文明面前,是没有资格抬起头颅的。不过,第二章的玉树地震采访手记很快让我专注起来,细节、场景、插曲,以及建基在大量"看见"之后的反思,使得我的内心产生诸多悸动。也正是从第二章开始,我的阅读开始一马平川,直至书的结尾。掩卷之后,玉树地震,山西、河南两省的矿难,山西的溃坝,西藏骚乱,舟曲泥石流,蚁族生活,援助非洲的医疗队伍,三鹿奶粉事件,慈善的困顿等等,诸多渐趋漫漶的影像一一再现。这些事件无疑是那几年中国社会的风暴之眼,它们的出现既推动了当时社会结构的变动与转型,也是认识当时社会的重要窗口。

如果加以总结的话,《现场》一书有两个显明的支点,其一是手记特色,其二是作者本人的人文立场。先说第一个手记特色,手记意味着要将事实和真相作为最高准则加以推知。首先要阐述的是,凤凰卫视这个牌子绝非这个最高准则的佐证,因为再权威的媒体,也无法和公正、正义完全画等号,媒体的牌子仅仅代表着立场、特色和传统操守。对于读者而言,在信息不对等的条件下,验证作者本人是否诚实的道路有三条:直觉、逻辑推理和根须皆及的实证主义。直觉不容易靠谱,绝对的实证主义受条件限制普通读者难以企及,那么也就剩下逻辑推理可作选项。《现场》中,每一事件皆构成一个独立单元,进一步分解的话,那么每一单元皆包括如下共同因素:抵达现场的过程,当事人面对面,现场之中容易被忽略的特别细节,各种话语的角逐,结尾处作者本人的人文考量。这些因素构成了逻辑推理的诸环节,抽丝剥茧,层层深入,如此环绕在一起,事件现场和心理现场得以准确还原。从话语呈现的层面来看,作者的行文整体上是去文学化的(这一点与《看见》有着重要区别),虽不具备海明威式的有力,却有着海明威式的简洁和干练,而且力避新闻体的干涩和枯燥,如此明白晓畅的文字,很容易和公众之间达成沟通和对话。话说至此,"去文学化"的提法并非要损文学的牙眼,文学固然可以通过个别反映一般,提炼出更高的历史真实和心灵真实,但也仅仅是针对杰出作品而言,问题的关键是,文学的当下生态中,往往充斥着大量的伪劣产品,打着真实的旗号,贩卖的是瞒和骗的文艺,这也是鲁迅先生临终时特意嘱咐孩子以后切不可做空头的文学家或美术家的原因。记者更容易接近事实的真相,医生更容易体察到人性的纵深,这是职业的优势,必须加以承认。

  行知一体的中国知识分子,在我们的历史与现实中向来少见,孔夫子、顾炎武、苏轼、司马迁、顾炎武、陶行知、晏阳初等,虽然偶见,一旦涌出,往往光芒四射。《现场》作者雷宇年龄并不大,令人惊喜的是,书中透出的正义感、同情心和理性思辨能力,让人敬重并珍惜。作为记者,她不仅看见了皖北农民脸上的麻木、几无欲求的神色,也看到了高级官员孟学农身上的无奈,同时也看见了蚁族成员的躁动和苍凉,以及普通市民警惕眼光背后的实用主义。在此基础上,她展开了公民式的反思,虽然其持有的价值体系即理性、公平、正义、宽容等对于大众而言并不新鲜,但在民智渐开、民众觉悟尚未整体提升的当下,依然意义非凡,当然,我也读出了她通过反思意图搭建一个各阶层和解、思维开放、多元并存、宽容至上的语境的努力。叔本华认为知识分子是以启蒙和自我启蒙为指归,以追求知识为根本目的的人;马尔库塞则认为,知识分子是以思想批判为武器,以理想的未来世界为重点,进行现实批判的人。所以,批判和反思社会的运行机制并不是为了炫耀和挑刺,而是因为作者在乎我们的国家和社会,并希望通过健康的理性反省,推动其走向有序和美好。

手记的形式是对内容真实性的某种保证,而人文立场则是对书的品质的提升,两者的融合,恰是摆在面前的《现场》所散发出的独特气息。海德格尔告诫世人无家可归正成为世界的命运,"每个人的故乡都在沦陷"成为对个体准确的指认,凡斯种种,感荡心灵。还是听听马尔克斯的忠告吧——真实永远是文学的最佳模式。

11. 作为非虚构的《南方》

与这二十几年中国经济高速发展同步进行的是中国社会结构所发生的深刻裂变。人口红利、劳动密集型产业、打工潮的涌动等构成了贡献国民生产总值的基座部分。学者秦晖曾指出,中国经济这一高速列车,其持续性挺进是建立在低人权和低福利的基础之上的。如果其所言成立,那么提及的低人权和低福利的对象是哪些群体?这里面的答案不言自明,也许最先想到的就是农民工,庞大的农民工群体,他们是我们的父老乡亲,与我们血肉相关,贴近当下的现实,却似乎又生活在另一个世界。作为个体的价值、权利和尊严,遭遇资本大面积地整饬与删改,宿命般的无奈与软弱将其裹紧。相比他们的经济收入,或者所在社会层级的地位问题,以及他们集体的失语似乎更令人担忧。多年前的孙志刚案可为佐证,他的悲惨遭遇只能以一具冰冷的尸体说话,就此激发起人们的普遍关注,进而推动整体架构中某一制度层面的改进,如此这般,岂不为之而感慨!

二十几年过去了,一些声音正努力地冲破这一失语的语境,其中有来自外围的社会学方面的调查手记,也有内部声音的鹊起,自媒体时代的微博和博客是其中的信息分散点,而话语的聚合则集中在打工文学的涌现这一事件之上。郑小琼、王十月、塞壬以及《南方》的作者张谋,作为打工族中的一员,分别以不同的体裁,承载自我鲜活的打工体验,以此切入等级森严、生铁一般沉默冰冷的生活整体。恰恰是因为采取内部迸发的形式,所以,他们的撼动才会如此真切。

从某种意义上而言,文学偏爱苦难,偏爱苦难叙事中的独特体验。韩少功曾经说过:"人很怪,很难记住享乐,对一次次盛宴的回忆必定空洞和乏味。唯有在痛苦的土壤里,才可以得到记忆的丰收。"即使是同一个群体,苦难的姿态也不尽相同,对于沉睡者来说,苦难是肉体的,是一种短暂的存在,其精神投射的力度偏弱,与他者相切之际,或者被赏鉴,或者施之以同情;而对于苏醒者来说,苦难将越过具体之上,进入记忆,成为永远抹不去的心理原点。他们并不在乎他者的拍打手法,之所以长久地面对苦难,最大的诉求仅仅是从中照见自己,即"照我思索,能理解我;照我思索,能理解生活"。

《南方》系列组章计十六万字,作者以散文体的形式,将那些逝去的打工生活片断(1999—2009年十年打工生活)加以连缀和组合。从青春少年到近而立之岁,自我精神的倔强生长映射其间,当然,再次从记忆中打捞那些苦难的细节,书写它们,还原它们,非"精神""勇气"这样的客套用语所能解答。作者张谋,为"80后"散文新势力群体中的一员,《南方》之前,通过论坛形式,我接触了不少他的散文作品。在我的理解,《南方》似乎更像一个拐点,因为他此前的写作形式,如同飘荡在空中的风筝,虽然有若隐若现的细线连接于大地,但是依然空旷和游离。当然,这些问题的存在和其处理方式以及文字的传达能力紧密相关。在拾级而上的过程中,对于散文作者的自我重复,以及由此生发的写作困境和情绪上的苦恼,我自身有着深切的理解。跨过去不一定就是海阔天空,而跨不过去却总是幽闭的洞穴,这一点是毫无疑问的。

在《南方》里,作者张谋换了一种方法来书写自己。从手法上看,走的是纪实的路子,一方面致力于物理性要素的落定,比如打工阶段的衣食住行等,皆一一得以还原。在《南下》一节中,从列车的极端拥挤中,读者可见出作为个体的生理上的极限,二十多个小时的旅程下来,只有两瓶水来对付。在拘留所里,恐惧和绝望压在肉体之上,使得年轻的他遗忘了生理排泄。在《饭堂》一节中,为了控制支出,他在三元一碗的刀削面和五元一碗的家乡面食间纠结。在其他地方,我们会看到三十元一件的衣服成为他一生中穿的最昂贵的上衣,还有由二元五角的散装酒给工友们带来的快乐,等等。诸如这样的细节很多,我们很容易算出其中的经济账,当然,由经济账也很容易透视个体的生存状态。另一方面,作者又致力于去情感化以及去价值判断化的话语建构。他的语言表达近乎贴近地面的低语,即使是涉及感情经历的场景,他也总是努力控制悲怆的情绪,面对宿命般的挫败,他坦言:"工厂,养不起爱情,爱情是上层建筑,需要物质这个基础。"去情感化并不意味着叙述中没有情感,只是让情感经过沉淀之后变得低沉,隐藏得更深。作为社会信息的交集点,他在讲述周遭的世界的时候,同样带有控制自我的倾向性,或者可以这样说,张谋努力地讲清楚事实,让其具象化、场景化。比如《死亡》小节中的结尾,一个工友是电工高手,死亡后才被人发现是故意触电而死,他为家庭的巨大压力而殉道,用一份保险单来还生存之债,这种巨大的生存之重,将是个永恒的秘密,所以,作者在结尾处使用了"猜想"这个词语,以免打扰逝者。生存真相高于一切,窥见它的秘密,不是来自个体的学问训练,而是来自苦痛细节的一点点积累,也因此,先验的价值判断,在塞尚所言的令人可畏的生活面前,有时是失效的。从技术处理上看,作者将打工生活分割成一个一个的单元,让其重新陌生化。这些单元一一对应生活历程中重要的精神地理标记,它们包含工厂、流水线、旱冰场、录像厅、城中村、黑职介、集体宿舍等等,这些标记的聚合,实际上就是一个个生活场景的聚合,进而实现对个体生活史的整体还原。书写这些场景的心理状态,凸显出冷静和客观的色泽,这就是王国维先生所言的"出"的问题,出乎其外,故能观之。散文写作离开观照意味着太多的紧张,太多个人情绪的带入必会影响传达的深度,以及审美效果的接受。有了观照,记忆的片断、曾经的过往,包括"我"自己,皆会得以重新陌生化,这也是文学作品具备审美感染力的必经之途。在《南方》这部集子里,可以惊喜地发现张谋这位"80后"年轻散文作者在艺术上初步的成熟。

类似纪录片式的风格,在场景的叠加过程中,细节如刀锋般冷冷地揳入,摇晃的影像稳稳地扎根于个人史的各个端点之上,构成深入的根系,诸如此类,这些特性,对应了非虚构写作的主体内容。当然,涉及打工生活的非虚构文本,如果仅仅是个人苦难生活的还原,还是远远不够的,它必须有所投射,比如长期的流水线操作带来的人与机器同质化的结果,比如等级架构对个体精神的碾压以及对大量工人的意志的摧毁,还有权力话语体系下个体的扁平化,还有长期恶劣的环境所形成的负面因素的传染性。这些更为宽阔的社会学主题对于文本来说是个很大的挑战。《南方》系列,作者对上述问题也有所触及,不过,很显然是以压缩的形式。总体而言,这部作品自我的色彩浓厚一些,如何打开自己,让更多外围的影像进入心理的沉淀,是作者以后的写作实践中所必须解决的问题。虽然马尔克斯说过,真实永远是文学的最佳模式,而此处提及的真实,应该对应的是一般的真实,包容诸多社会现实的本质上的真实。河流足够宽阔,方能收容更多的鱼儿,也因此,我们都应该记住别尔加耶夫的忠告,必须尽早从专注于自我的状态中跳脱出来,说出我的真相的同时,也要说出他们的真相。

12. 马慧娟:民间写作的一种趋向

1958年,胡适先生在台北举办的一次文艺大会上做特别致辞,题目为《中国文艺复兴运动》,致辞以相当的篇幅回顾了他早年提出的文学革命论调,并指出:"我们中国几千年的文学史上有两个趋势,可以说是双重的演变,双重的进化,双重的文学,两条路子。一个是上层的文学,一个是下层的文学。上层文学呢?可以说是贵族文学,文人的文学,私人的文学,贵族的朝廷上的文学。大部分我们现在看起来,是毫无价值的死文学,模仿的文学,古典的文学,死了的文学,没有生气的文学,这是上层的文学。但是,同时在这一千年当中,无论哪个时代:汉朝、三国、唐朝、宋朝、元朝、明朝、清朝,到现在,有一个所谓下层的文艺。下层文艺是什么呢?是老百姓的文学。是活的文艺,是用白话写的文艺,人人可以懂,人人可以说的文艺。"将民间文学传统纳入到文学史的视野中来,这就是胡适那一辈五四前贤的过人之处。除了胡适之外,我们还应该注意到陈独秀、鲁迅、郑振铎等人在推举民间文学、推进民间文学研究等层面之厥功至伟!正是源于他们对文学史的重塑,使得传奇、志怪、词曲、白话演义等文学之"小道",正式入驻到殿堂里,成为文学、文化的基本水源地之所在。

鼎革之后,民间文学或者民间作者的推举与发掘进入了另一种通道之中,出于阶级性的考虑以及国家主义的诉求,大批民间作者被无限推高,最终的结果却是"力不足,中道而废"。这种违背文艺基本规律的做法也是文艺界拨乱反正之后反思的重点之一。新时期以来,精英文化兴起,即使是在市场经济兴起之后,文学的话语权依然被牢固地掌握在一大批受过训练、拥有智识主义背景的作家手中。民间作者或者民间写作进入幽暗的通道之中,默然而写,默然消失,成为绝大多数民间写作者的共同命运。在此可试举一例,山东作家张炜在挂职龙口市之际,曾就地方文学的繁荣推出诸多举措,如同被注入强心剂一样,龙口地方文学一时彩霞满天,单是诗人(其中很多诗人皆是农民身份)数量就已过千,年出版诗集百部以上。如今回过头来再论此事,就会注意到如下几种结果:其一,地方文学的繁荣不代表整个民间写作的繁荣,这种繁荣是拔苗的一种结果,距离写作的自觉性尚远;其二,繁荣和成果呈现一种不对等关系,毋庸置疑的是,那么多民间写作的成果的背后,热情固然可贵,但他们的写作难以真正进入当代文学的场域,更不用说文学的经典化了;其三,发声和交流呈现出封闭性的特征,难以越过地方性框架,尤为关键之处在于这种潮流和势头缺乏持续性,不言政治经济层面的宏观影响,单是微商兴起或者地下六合彩的兴盛,就足以摧毁地方文学繁荣的基础。

民间散文写作地图上,来自宁夏的马慧娟(笔名溪风)因其可贵的虔诚态度和勤奋度,近期引起了媒体和散文同人的关注。繁重的体力劳动之余,仅仅依靠一部老式手机,通过字母按键的形式,她写出了超过五十万字的散文作品。《黄河文学》《朔风》两家刊物在最近三年陆续推出其散文新作。这部名为《溪风絮语》的集子收录了她近二十万字的作品。作为自我辨识度极高的文体,散文在切入经验、记录日常生活的直接性上,在传达个性和展示自我体温方面,特征分明。马慧娟来自一个叫红寺堡的地方,一处苦寒的西北之所。对于地方的风俗、山川风物、水文历史,《溪风絮语》一书并未做更多的逗留,而是将大量的笔触投向生活流层面的勾勒。"我"的打零工生活,姐妹们的劳动形态,儿子与闺女,牲畜们,村邻的日常,构成了这部书的叙述主体。

　　作为真实记录日常生活点滴的散文集子,马慧娟的叙述方式呈现出从自发到自如的转折之中。这部集子收录的她的早期作品,如《随笔》《随笔几则》等篇章,偏重于记录性和真实性要素,而到了《野地》《被风吹过的夏天》这些最新写就的作品中,场景叙事的进入,叙事节奏的起伏,人与物的融合,叙事跨度的建立等等,这些标志着叙述自如或者说自觉性叙述的要素皆树立起来,如远山之起伏。很显然,叙事自如的背后其实内隐着某种完整性要素,意味着在认知自我和确立自我的层面,不单是从自我生存经验或者心理经验出发,而是在重新建构的自我与他者的关系中去观照自我,理解生活。恰如歌德所言及的那样,艺术要通过一个完整体向世界说话,但这种完整体不是他在自然界所能找到的,而是他自己的心智的果实。

　　马尔库塞曾将劳动视为救赎西方文明病态的必由之路。

这种哲学的论调显然不适合农业并不发达的东方偏远之地。作为一个普通农民,马慧娟所从事的农业劳动强度之大、体力透支程度之高,以及超负荷的运转方式,在其笔下皆得到准确的呈现。中国虽为农业大国和农业古国,但是文学中的稼穑传统却始终处于喑哑的状态之中,根本的原因就在于生存压力之下的高强度劳动以及礼不下庶人的文化结构。除了喂养家庭的牲畜,从事小家庭的生产劳动之外,为了改善生活的水平,作为书写者的马慧娟依然保持了朴素、勤劳、耐力极强的农民本色,她也将诸多业余时间投入到打零工的生活中去。可贵的是,在书写过程中,她能够超越利害算计和家长里短的层面,将情感置于平和之境中,在忠实记录的基础上,将笔触延伸到对劳动过程中明亮细节的开掘之上。姐妹们辛苦中的乐观精神与情绪调节方式,皆得到全方位的透视。

作为一种非文人化的书写范式,《溪风絮语》呈现出一种朴素的光泽,一个人的喜怒哀乐,其实就是一个村庄的喜怒哀乐;一个人的生活方式,对于读者而言,其实就是落定在大地上的诗和远方。毕竟,自由者渴望相遇、相知,在相遇和相知中被打动,在被打动时体验生命的流动。

13. 安宁散文：乡土叙事的通透性

梁漱溟在《中国文化要义》一书中曾做过这样的陈述："饮食男女，名位权利，固为人所贪求；然而太浅近了。事事为自己打算，固亦人之恒情；然而太狭小了。在浅近狭小中混来混去，有时要感到乏味的。特别是生命力强的人，要求亦高；他很容易看不上这些。"尚记得二十几年前展卷阅读，至此处，遂奉之为圭臬。近些年来，当自我意识逐渐内转，尤其是小说、散文等众文本生发的经验唤醒了自身的经验之后，这段话的真理意味随之被大大地稀释。在民工潮规模性涌动和乡村空心化之前，准确而言，在20世纪90年代中期以前处于前现代生活状态下底层民众的日常生活里，鸡零狗碎、鸡鸣狗盗、鸡飞狗跳等等，一直作为基本的生活色调而存在。对于诸多乡土世界的农民来说，他们活得浅薄琐碎、浑浑噩噩，却又有滋有味，紧贴于他们肉身的不是古典宁静，而是自在自为。

自白话文学兴起以来，在"出走－归来"的基本模式之下，乡土世界在文学书写过程中，在一定程度上无疑被他者化了，一束光照亮不了整个乡土，只能偏安于一隅，这一隅，或者是乡愁的投射所在，诸如废名笔下的黄梅，汪曾祺笔下的高邮；或者是线性叙事框架下的主题归纳，如农运、农建等描写；或者是拟想之辞抑或诗意化描写,如当下的诸多乡土散文写作范式。其实,于乡土世界而言,善恶、黑白、美丑的辨析度并不高,外部力量间或渗入,也很容易随世事烟云而飘散。

于散文文体而言,新世纪以来的乡土经验处理虽然有所转向,但偏安于一隅的现象依然普遍存在。如何立体地呈现乡土世界的人与事,深入到村庄世界的深层纹理中去,这对依然繁盛的乡土散文写作来说,依然是个巨大的考验。近些年,部分作家调整自我写作的手法,吸收了社会学田野调查的方法以切入乡土伦理,取得了令人瞩目的审美效果,这其中较为典型的就是学者梁鸿的两部集子——《中国在梁庄》《出梁庄记》。此外,微信上大热的各种返乡笔记,亦可归入其中。

近日翻读"80后"人气作家安宁书写乡土的散文集《我们正在消失的乡村生活》(黄山书社2016年4月版),一种久违的真切之感涌上心头。庄子曾言,不精不诚,不足以动人!这部书写乡土生活记忆的散文集子并未调和一些新的手法,而是依靠观照视角的独特性以及笔力的深透,抵达了精诚之境。这在年轻一代的散文作者里面,委实难得。就"80后"散文作者群体而言,如浙江草白、四川阿微木依萝、湘西王爱等女性作者,皆拥有不同凡响的叙事能力。草白的叙事营养来自其自身的小说写作实力,阿微则得益于其感觉系统未受到太多后天文化系统的规训,进而保留了诸多本色和直觉,王爱则得益于巫灵思维的进入。安宁的叙事能力所在,主要指向两个层面,一为个性化写作的确立,一为锐度叙事的建构。在安宁这里,个性化的话语风格并非呈现在语言上,而在于其中性写作的话语方式,如果你未读到文本中有明确自我性别提示的段落,则很难从文字中辨别作者的女性身份,很显然,在写作观念上,安宁主动采取了去性别化的叙事策略。另外,她的所有篇章中,皆有醒目的主体性标记站立于叙事段落之中,这个标记直接对应了不同年龄段下的准确的、本真的心理经验。所谓锐度叙事,主要指向话语叙述的锋利性和极致性。力道与锐度之间有关联,却非决定和被决定的关系,力道与文气相关,而锐度则和审美效果相关。情感属性显明或者形象化的描写段落在安宁笔下,皆非常少见,她采用了直接切入事件现场的方法,通过语言、行为细节描写和张力十足的场景描写,将叙事的饱满性搭建起来。

安宁笔下中国北部的乡村生活,从时间段上看,横跨20世纪80年代和90年代;从内容上看,准确呈现了乡土人伦的方方面面,有繁重的劳作,有饥饿的体验,有刻薄算计,有表演性的家庭暴力,有刻下印痕的真实暴力,有荒诞性和非荒诞性的情节,有乏味简单的乡村娱乐,等等,它们皆以原生态形式安身于文本之中,有过乡村生活经验的读者,很快就可以从中找见自己和曾经无比熟悉如今却又显得陌生的生活记忆;从布局上看,在这部散文集子中,安宁借助于还原个人生活史这个基本支点,由近及远,撬起了家庭内部生活、亲属关系、乡土人伦等不同梯次的生活情态,在不同农民肖像的塑造上,在对乡民心理的把握上,在对乡土人情、人伦法则的理解上,总之,在书写乡土的立体性和完整性上,几近于小说。这也是这部散文集子之特色所在,安宁的叙事指向没有局限于一隅,而是力图以画卷的形式支撑起个人记忆的不同侧面。就文学写作而言,对自我越忠实,那么,审美的格调就会越趋于本色,如此,就能获得更多的心灵呼应。总之,自我的炼狱乃文学书写的必由之路。

在具体的处理上,安宁所选取的观照的视角,恰恰对应了艾略特所提出的"客观对应物"理论,这也夯实了其散文冷静、准确的基础。她写自己的时候,并没有将现在的"我"代入到童年时候的"我"那里,一方面忠实于那个年代的"我"的心理经验,另一方面,现在的"我"的存在,使得两个"我"之间形成了间离的效果。比方在一些细节上,她不讳言因为恐惧大人的拳脚和语言责骂而尿湿了裤子,不讳言因成人世界的情色行为而给自己造成的惊扰。她写家人的时候,亦是本色化视角,父亲的暴躁、母亲的长舌、姐姐的骚动,皆得以深入地呈现。她写亲属、少年伙伴和成年人的喜怒哀乐,皆未采取先入为主的视角和情感判断,而是强调人与事的客观性、准确性和形象性。

王国维在《人间词话》中曾指出:"大家之作,其言情也必沁人心脾,其写景也必豁人耳目。其辞脱口而出,无矫揉妆束之态。以其所见者真,所知者深也。"安宁虽然难以称上大家,但在脱口而出、本真性、所见者真、所知者深四个因素上,皆处理得很充分,这四个要素无疑也对应了其散文作品的基本品质,当然也决定了其作品焕然勃发的审美情态。

这部集子中的《走亲戚》《串门子》篇章曾进入2015年度散文排行榜榜单,从而证明了她的写作实力和读者接受的良好效果。最后,使用我写在这本书侧封上的评语作为这篇评论的结语,如下:安宁的文字是少有的个性写作的范式,此书切入独特,文字通透,叙述冷静有力,卓然不群。写出了乡村热情背后的冷寂,温情背后的机心,以及算计背后的云烟苍茫。若非对世道人心有透彻的观察和思考,就很难抵达如此白茫茫一片大地真干净的了悟之境。

"70后"散文创作群体概略

"70后"散文创作群体概略

从"80后"作家开始,文学批评领域内的代际命名开始大行其道。究其原因,在于这一作家群体站立于从传统文学体制过渡到市场化机制之后的第一级台阶之上。他们的写作环境和写作范式既不同于中国文学艺术界联合会(下文皆简称为"文联")和中国作家协会(下文皆简称为"作协")机制下的稳定供给以及相应奖励,又不同于消费主义语境下网络类型写作的生产机制。他们不满于传统体制下的等级划分,又对消费主义盛行下严肃文学的式微局面表示出不安和焦虑。而写作立场也介于严肃文学与消费文学之间,因此,这一群体的分化与摆动差异性显著,进而带来了理论命名的困难。其中,由粉丝经济支撑的部分"80后"作家,也由单纯的文学场域转入大众文化的领域,左推右挡,闪转腾挪,业已超越文学范围,成为一种社会现象。正是在这个意义上,"80后"作家群体、"80后"批评家群体相继出炉。与之对应,也相继延伸出"70后""60后""50后"的概念,其中"70后"作家群体与之距离最近。就这个作家群体来说,小说家接受这个标识问题不大,毕竟,他们与理论批评界过往甚密,对于批评标识往往采取合作的基本态度;而对于诗人群体来说,抗拒心理严重,这个群体更喜欢来自自身的命名;而对于散文作家群体来说,散文文体的弱化,以及新世纪以来散文思潮和散文运动皆趋于模糊和扁平的现实境况,使得批评界和这一群体对于代际命名皆缺乏兴趣。当部分主要杂志及新媒介主推"90后"作家之际,"70后"散文群体的落寞可想而知。其实,"70后"散文群体并没有人们想象的那样不堪,尽管其遭遇了前后的夹击以及自身的写作困境,但这一群体依然有亮点和特性张贴于当代文学的脸谱之中。

代际区分是一种疏懒的理论归类方法,其学理性基础并不稳固,一旦面临真正的文学思潮和文学流派的发生,就很容易坍塌下来。出于描述的方便,姑且使用代际区分的方式来描述某个散文群体。在此之前,"80后"做文学批评的杨庆祥出了一本专著,叫《80后,怎么办?》,这本书不仅在业内媒体上屡屡得见,就是在一些主打教辅、考试资料或者主打言情通俗的实体书店的书架上,亦赫然在目。这个事例不独说明这本书的群众基础,更重要的是,凸显了"80后"突出的群体意识,无论他们从事文学行业或者非文学行业,都有此意识。一种群体的焦虑或者迷茫可谓呼之欲出!就心理意识而言,"70后"显然未到分明"70"的地步。至于"70后"以后的散文江湖,则尤其松散。迄今为止,似乎还没有哪种刊物持续性推出"70后"散文,理论批评界也几乎不见对这一群体散文创作的整体描述或者年度盘点。甚至是新兴的微信文友圈中,也不见"70后"散文微信群的单独命名。实际上论年龄,"70后"散文作家可谓承前启后,经过自身的分化组合,渐渐成为当下散文写作的中坚力量。

就所处位置来说,"尴尬"一词,准确地对应了"70后"散文群体的江湖地位。这种尴尬直接来自其自身遭受挤压的状态。前有"50后""60后"的双峰并峙,后有"80后"散文群落的崛起,基本态势恰如凹陷于群山中的台地,台地上固然也有起伏之山丘,但自身旋起的旋风很难穿越周围的山峰,抵达辽阔的远方。"50后""60后"两代作家大多成名于20世纪80年代,在那个文学的黄金时期以及启蒙语境浓郁的氛围里,一旦站稳脚跟,便很容易根深叶茂。因为这一时期不仅为文学写作的黄金时期,也是文学传播的黄金时期,文学话语其时作为政治话语的有力补充,它对社会话语的介入之深,其他话语皆难以比拟。不过,在这个黄金时期内,散文文体的冷寂及自我窄化却贯穿始终,然而这并不妨碍在其后的时段内,部分成名的小说家、诗人偶有涉足或侧身散文写作领域所掀起的狂风巨浪。实现文体写作转身的有小说家史铁生、韩少功、毕淑敏、张承志、李国文、张炜等人,有诗人刘亮程、北岛、蒋蓝、雷平阳、于坚、周涛等人,学者则有余秋雨、周国平、梁鸿、南帆等人,偶有涉足却大放异彩者则为数甚多,如贾平凹、王安忆、李皖、费振钟、杨永康等等。上述诸位基本归属于"50后""60后"两代,他们分别在散文大概念下的某个领域内取得极大的成就,如刘亮程的诗性散文、余秋雨的文化散文、贾平凹的性灵散文、费振钟的文史随笔、杨永康的新散文、史铁生的哲理散文。近二十年来,始终恪守散文场域未有越界者,仅有林贤治、周晓枫、张锐锋、筱敏、鲍尔吉·原野、艾云、祝勇、耿立、王开岭等人。人员构成上也基本上是"50后"或"60后"作家。这两代人所拥有的学识、阅历、资源这三大因素,如陡崖般树立在"70后"一代面前。不单有前面陡崖的耸立,"70后"散文群落还遭遇了后有追兵的局面,这个追兵就是正在崛起的"80后"新锐散文群体。他们中的一些人,比如草白、吴佳骏、阿微木依萝、乔洪涛、王威廉、朱强、胡竹峰等,在各自的写作实践中,皆取得不俗的成绩。其中草白获得了台湾《联合报》新人奖,朱强和胡竹峰两位则是《人民文学》新人奖获得者。"80后"集体崛起的后面是相对自由和宽松的社会语境。他们在个性表达上很难说超越了"70后"群体,但在才气的通透、风格的多样性上,总体观之,则更胜一筹。如胡竹峰随笔小品的行云流水,阿微木依萝散文话语中未被权力话语和知识话语侵蚀掉的直觉与本真,吴佳骏和朱强作品背后的人文训练,皆给人留下深刻的印象。相比之下,绝大部分"70后"作家皆存在用力太狠的情况,铆足了劲头要在叙事力度和个性上显露峥嵘,结果则适得其反,叙事或者叙述的个性化是有了,却在一定程度上破坏了散文文体的均衡与和谐。

当然,"70后"散文群体一直尝试着以文体探索的形式改变自我前后夹击、散兵游勇的生存状态。新世纪之初,新散文论坛的发起人马明博利用论坛的影响力,提倡散文的无边界性写作,并组织出版了《新散文十五家》《新散文百人百篇》两本专题文集,进而与祝勇、张锐锋等人提倡的"新散文运动"相呼应。同属于"70后"的塞壬、傅菲、谢宗玉、范晓波等人,则是其中的积极实践者。陕西的黄海等人,则利用原散文论坛、大散文论坛,提出"原散文"的概念,倡导散文写作的纪录片风格。要言之,新世纪以来各种新的散文理念的后面皆可发现"70后"群体活跃的身影。尽管部分散文新实验在理论建设上未取得充分的扩展,在创作实践层面也存在脱节和错位的情况,不过,"70后"一代的努力在很大程度上改变了散文的基本格局,进一步推动了去中心化局面的形成,同时也为散文文体边界的拓宽积累了充分的经验。换一种说法,"70后"散文群体尚处于成长期,尤其是一些民间写作者,他们以自发性诉求以及内心的虔诚信仰构建了散文写作的纯粹性因素。而纯粹性恰恰是当下文学语境中极为稀缺的东西。

与小说作者尤其是顶尖水平的小说作者云集于作为政治、经济、文化中心的首都北京或者汇聚于经济高度发达的一线城市不同的是,散文作者在地理分布上呈现出去中心化的情况。这一整体态势当然影响到"70后"散文群体的地域分布状况,若以省份加以考察的话,江西、新疆、湖南、山西这四个省份无疑为这一群体中优秀作家的云集之所。江西的江子、傅菲、范晓波、李晓君、陈蔚文,新疆的王族、李娟、丁燕、南子,湖南的谢宗玉、沈念、李颖,山西的玄武、闫文盛,皆为这一群体中的佼佼者。除了这四个省份之外,如钱红丽、江少宾、陈洪金、宋长征、黄海、塞壬、王月鹏、桑麻、丛晓伟等分布于其他省份的作者,在写作的持续性、活跃度、水准等方面,皆有不俗的表现。上述名单无法全部囊括"70后"散文群体的优秀作者,仅仅作为前突的窗口,便于考察这一群体在写作立场、知识背景、体式倚重、文体意识等方面较为一致的因素。

歌德对待文学写作的态度非常审慎,在他看来,写作是一种追求质量和品质的过程,它不是依靠速度,依靠高产,就能完成的。他特别提到了雨果的多产和粗制滥造,并给以严厉的批评。上海作家孙甘露也把文学探索视为"比缓慢更缓慢的工作"。"70后"散文群体浮出水面的过程恰恰对应某一种"缓慢"。他们人生观的初步形成与知识教育恰好完成于20世纪90年代,而自身的社会教育逐渐展开的过程正对应了市场经济深化、一元价值观崩塌、人伦道德失范的特定历史阶段。他们中的大多数在写作的初始阶段,基本上游离于文联、作协的体制之外。新世纪前后兴起的论坛、博客、微博等新媒介为他们声音的发出以及写作上的探索提供了物质基础和交流平台,虽然他们中的部分人后来进入了传统体制,但他们写作伊始的职业身份颇堪玩味。个体户、中小学教员、新闻从业人员、编辑、其他自由职业者,所占的比例极大。也正是因为经历了世象的纷繁与波动,他们普遍持有"写作就是一种介入"的立场,其现实情怀和批判意识延续了上一代作家的精神特质。不过,"夹缝"中的位置以及来自生计的压力使得他们与"80后"一样,心理意识上充满了焦虑。但两者的焦虑在性质上有根本不同,"80后"的心理焦虑来自自我身份的认同危机,而"70后"的心理焦虑则来自社会身份的认同危机。在"70后"散文群体身上,可发现传统体制惯性的轨道痕迹,一方面,他们比之前辈有了基于主体自觉更强烈的自由意识;另一方面,他们对奖项、高级别研修班、论资排辈等,内心又充满渴望。如此一来,自我的独立与自由诉求和他者的认可这两种颜色的水流在胸腔中堆积,构成了矛盾的综合体。选择的困难以及方向的差异,带来了这个群体自身的分化。群体意识淡化,理论描述匮乏,也就成了必然的结果。

审美个性的确立对于文学写作而言,乃必由之路,从主体自觉到个性话语再到审美个性,这一基本路线中,个性话语的传达为中介点。与个人话语相对而言的是一元化的权力话语叙事模式或者强调政治正确性的公共话语模式,从建国初期到 80 年代后期的散文写作为何在评价体系中逐渐下落,一个重要原因就在于这一历史时期内的散文写作无法脱离公共话语和国家抒情主义的窠臼。"70 后"散文群体经历了各种现代性思潮的洗礼,他们自身文学观念的塑造主要来自西方的现代派小说和哲学社会理论,其中少部分来自"五四"新文学传统。上述知识背景的因素一方面推进了这一群体的主体自觉与反叛精神的形成,另一方面,也影响到他们对个人化话语传达的选择。或锋利极致,或强调锐度,或疏离于社会性话语回到个人的语境之中,或将诗歌内部的诗性想象因素嫁接到散文话语中,诸如此类,不一而足。比如就脱离社会话语覆盖回到个人生活的原点这一选择而言,新疆的李娟、安徽的项丽敏和辽宁的丛晓伟,选择了相似的话语旅途。对于李娟而言,是接近大地和草场的原来颜色,生活即表达;对于项丽敏而言,隐居于太平湖畔,洞察皖南的草木和器物,恢复它们自身的简单与安静;对于丛晓伟而言,则常常漫步于山野,与草木虫鱼对话,传达四季草木与动物们隐微的流变。在力度和锐度因素上,玄武的散文里流溢出的三晋武士的风范和节操,塞壬笔下独特的女性体验和灼烧的疼痛感,江少宾作品中的悲悯与哀痛,夏榆笔下强烈的批判精神,江子的自我反思、反抒情的笔法,傅菲的叙事密度和身体性,李存刚在传达病患经验上的冷静与深入,王族作品中叙事的自觉与内部张力的形成,等等,他们的语言传达皆自觉选择了个人化的话语风格。就诗性嫁接来说,许多"70后"散文作家受过相对系统的诗学训练,他们中有不少人左手写诗歌,右手写散文,所以对诗性嫁接可谓轻车熟路。这其中的代表作家有李晓君、杨献平、丁燕、朝潮等。

如果说古典时代散文作家们在处理经验之际采取了观照的方式的话,那么"70后"散文群体在处理自我经验之际,大多选择了解剖式、掘进式的方式。作为转型期成长起来的一代作家,他们身上积压的经验性要素与社会性经验往往互通有无,他们对经验的本真之面,对经验的疼痛点以及引爆点尤其倚重。这种经验处理方式使得这一群体在体式选择上比之其他代际的作家群体更为集中,即集中到叙事散文的体式之上，无论基于新散文、原散文，还是在场主义的不同写作理念，作品的叙事基质皆非常浓郁。新世纪散文在潮流上有一个主要的标识，即叙事的转向，这一转向的首倡者为"60后"的祝勇、张锐锋等人，而真正将新散文落定为主体的则是"70后"散文群体。他们痛切感受到单一抒情的模式对散文文体的深刻限制，在文体探索的总体格局之下，调整了散文的描写方式，把叙述推到了散文写作的前台。在保持散文主体性、情感性的基础上，大胆撷取小说、电影、戏剧的表现手法，并在叙述成为基调的情况下，融进"复调""反讽"等具体手法，按照现代人的无定形的情绪和微妙的意识流动，创造出新的营构方式。他们在亲情写作、乡土题材、自然观察、都市行走这些方面开疆拓土，叙事因素的大范围注入，使得上述题材的处理取得了显明的文体突破，尤其是在乡土散文的写作方面，"每个人的故乡都在凋零"这一主题在这一群体的作家笔下得到了集中而深入的呈现。谢宗玉的乡土系列，江子的《田园将芜》系列，梁鸿的梁庄系列，杨献平的南太行系列，陶丽群、江少宾的故土书写，无一例外地朝向人伦、香火、器物、人事、礼法、民俗等全面沦落的乡村现实。空心化的故土所带来的彻骨之痛在他们的笔下得到了全面而深刻的表达。在具体处理上，场景叙事和细节铺陈构成了他们散文叙事的主体性内容，如王族笔下动物行为的自发自觉，江少宾笔下人物心理的刻画，玄武笔下父亲的暴烈,李颖笔下父亲的坚韧。众多趋于极致的个人经验汇聚在文本之中,构成了叙事的光泽和力度。

对叙事的过度倚重,也带来了两个负面的结果。一方面是体式的单薄,新世纪是散文体式大繁荣的时期,学术、文史随笔也好,小品文也好,杂感录也好,智性思辨也好,文化大散文也好,这些体式的作家群体中,较少见到"70后"的身影,这不能说不是一个遗憾。另一方面,他们也因叙述的过于深入而带来一些负面的影响,如因专注于现代叙事理念的融入而造成的散文"小说化"问题,叙事张力影响所及的散文文体的均衡度遭受破坏的问题,与物象堆砌、细节繁密相关的过度叙述问题。总体而言,这种技术至上、形式至上的写作范式遮蔽了主体应有的沉思与情感体验。

"生活世界"的概念经过胡塞尔的阐发和哈贝马斯的集中阐述,基本指向为文化、社会、个性的同一性方面。诗思一致,唯有经过沉思,文化、社会、个性的内在化与同一性才成为可能。"70后"散文群体作为承前启后的一代,经过多年的文体探索,若能够于写作实践中再各自注入沉思的品格,他们的写作无疑会更上一层楼。在没有航标的河流之上,他们现在位居中途,力不足必中道而废,若是能够在史识及主体沉思上有根本性的突破,那么,其前景则土地平旷屋舍俨然矣!

"70后"散文作品扫描

1. 玄武散文的力度与锐度

严羽在《沧浪诗话》中曾经指出:"夫学诗者以识为主。"此处之"诗"不单是指诗歌这一文体,实则诗文互通。学养与识见问题,近代以前,学者们所谈甚多,王夫之、章学诚、叶燮等皆有过倾心之谈。白话文学开启后,散文界似乎搁置了学养、识见问题,而将理论焦点聚焦于个性之确立或者随笔小品的家常与温度方面。缘何如此?可能与那一代作家的境遇、自身条件相关,扎实的古典辞章训练加上中西会通的视野,使得他们不自觉地将目光投向自身积淀之外的他处。鲁迅、周作人、林语堂、梁实秋、丰子恺、钱锺书、朱自清等自不待言,即使如萧红这般本土成长且教育背景并不完整者,学识、眼界亦非同凡响。鼎革之后的很长一段时间,一元化的美学观念将学养、识见因素逼至墙角,偶有冲破藩篱之处,亦沦为典雅辞章的配料。在20世纪90年代文化大散文、学者散文的热潮中,学养、识见问题方浮出地表,令读者诸君大开眼界,使其意识到散文这一文体,在言志抒情之外,尚可承载历史之追问、真理之确立、思想之滞重等高山流水之响。

  散文是一个时代智慧水平的表征。智慧如何才能落地?在哲学家那里,智慧的猫头鹰在傍晚起飞,在散文作者这里,经验叙述及情感叙述可以触及浓度和纯度,若想结出智慧的果实,没有学养、识见的支撑,则难以想象。最近几年,散文批评界谈"在场",谈叙事转向,谈非虚构者较多,对学养、识见问题往往视而不见,不免令人担忧。在新世纪以来散文写作的多元局面下,对散文的认识相应地应越过感于哀乐的层面,讨论在散文中如何确立真理精神的时机业已成熟。回到"70后"散文群体的话题之上,本人作为"70后"中的一员,见证了BBS、博客、微信等新媒体极大地释放了诸多"70后"散文作者的写作热情,也见证了旧体制格局以及等级化的奖项对于他们的引诱与腐蚀。从基本态势上看,"70后"以及部分"60后"散文作家毫无疑问构成了当下散文江湖的生力军,而对这一群体加以整体观照的话,在代际写作的层面,凸显出两个鲜明的特性。其一为私语性写作范式的确立,这一群体的多数写作者对于公共话语的横冲直撞抱有极大的抵触情绪,他们在接受启蒙教育的阶段,意识形态的僵化语言将其身体和心灵加以紧缚,待到审美教育的启蒙阶段,又遭遇各种宏大叙事的紧逼,他们的反叛性从寻找另外的语言体系开始,私语性的欲求于是成了各自审美个性确立的首要之务。在私语性确立的过程中,形成了万花筒式的个人话语风格,比如李娟、项丽敏的简单、安静,傅菲的密度和身体性,谢宗玉的洗练。同样来自三晋大地的两位"70后"作者,玄武和闫文盛,两者的话语铺展皆呈现出鲜明的主体性,但两者的主体性有着很大的差别:闫文盛的主体性方向上向内,诸多自白式的话语具备了沉思的品格;玄武的主体性方向上向外,节奏上高蹈,文本中自白的话语在力道上有破竹之势,破的对象并非自我,而是他者。在个人精神气质上,玄武是"70后"散文群体中最接近张承志的一个。其二为文体突破的热情。近二十年来,各种散文新观念层出不穷,"70后"散文群体不仅在写作实践中积极踊跃地践行散文新观念,诸如杨献平、黄海之于原散文,张生全之于在场主义,梁鸿之于非虚构,塞壬、傅菲之于新散文,等等,而且在散文活动的现场,他们的身影也直接凸显。他们兼具了写作者和行动者的角色,且在行动上但开风气不为师。就拿文学类微信公众号来说,玄武做的小众公号打出书界、知识界、文学界良知所在的高大旗号,迅速聚拢人气,推出原创作品,其影响力不在其他大型文学杂志或报刊的微信公众号之下。杨献平推出的"深纹路"为散文类微信公众号,所推出的是分省份的散文联展,也令人瞩目。

说了一堆"70后"散文群体的优点,该说说这一群体的毛病了。其中最大的问题就是上面提及的学养、识见的普遍欠缺问题。"70后"虽然是主力军,但并非散文界的最高水平所在,五六十年代出生的北岛、韩少功、筱敏、林贤治、费振钟、王开岭、艾云等人,依然如陡崖般存在。"70后"在锐度上、才力上以及感觉系统的丰富度上,绝不在他们之下,问题的关键就在于学养、识见上的显明差距。这也使得他们破文体有余,破自我的瓶颈则不足。学养、识见的培育需要系统的阅读以及阅世的深度和广度,而系统阅读恰恰是"70后"散文群体的硬伤所在。他们的文学阅读差强人意,但在史学、政治学、哲学、社会学、心理学的阅读上,存在很大问题。讲出上述的判断,我知道会得罪一批人,但是我必须说出。这一群体中,玄武在知识谱系的完整性方面较为突出。其文史功夫堪称这一群体中的佼佼者。其人中文专业出身,用心于史学研读,对中西神话、西北历史地理、民间历史人物、部分古籍下了一番功夫,这一点从其写匈奴、写关羽的著作中可以见出。不过,个性张扬也导致了其对正史的偏见,正史积累的偏弱以及哲学训练的不足也影响到其为文之道。

力道、锐度、个性这三个因素可作为玄武散文的三大标签。下面将以其两篇散文——《死者所知》《父子多年》为例证,谈谈这三种特性在其作品中的分布情况。先说力道问题,其实质为精神力量的投射问题,文章的力道与写作主体的地域文化背景有一定联系,但主要依靠文化人格结构的支撑。举个例子,来自浙东绍兴的鲁迅先生,其人其文没有一般江南文人的柔弱和阴性之美,相反,在力道之沉方面,"五四"至今的作家无一人能与之颉颃。铁肩担道义,妙手著文章,力道的内容通俗地讲就是所承担的道义情怀。孟子的"浩然之气"说可作文章力道的最佳注脚:"其为气也,至大至刚,以直养而无害,则塞乎天地之间。"玄武散文,男性特征之分明在"70后"散文群体中无出其右,落笔处随处可见雄性荷尔蒙的色泽,其文风如武侠江湖中的少林绝学——金刚掌,尽显阳刚之气。《死者所知》(载《美文》杂志)是一篇悼念诗人海子的文章。海子逝后,相关的纪念文章可谓铺天盖地,或致敬,或分析探讨其死因,或将其死视为理想主义坠落的标志,或从其人其诗中发掘诗歌的现代精神,诸如此类,不一而足。而玄武此篇,之所以鹤立鸡群,缘于其金刚怒目的决绝姿态,不惜采取二元对立的思维模式,将海子与其他诗人、其他作家对立开来;通篇语调高亢,情感悲怆沉重,他将海子定义为美的真正守护者,而把那些顶戴诗人、作家、知识分子名号的伪诗人、伪作家、伪知识分子统统赶到河流的另一边,视他们为美和良知的背叛者和毁坏者,并对他们大加痛斥,以此表达自我鲜明的价值判断立场。出于力道充实之考虑,玄武不惜牺牲散文文体的和谐与均衡之美。韩愈倡导"气盛则言宜",对于具有使命感且拥有道义情怀的玄武而言,恰好为韩愈忠实之拥趸。

再说锐度,散文的锐度主要指向话语叙述的锋利性和极致性。力道与锐度之间有关联,却非决定和被决定的关系,力道与文气相关,而锐度则和审美效果相关。在话语叙述的组织上,玄武往往会在文本中设定对立的双方,渲染两者之间的紧张、对峙关系:在《死者所知》中是诗人与伪诗人的对立,在《父子多年》(载《散文选刊》)中是"我"与父亲的"敌对"。同样是写父子关系,北岛《父亲》之文曾让我感叹尤多,作为一种对比,北岛将父子关系最终定位在理解、和解的层面,而将前期父子间的对立延伸到社会历史的挤压式语境之中。我知道其《父亲》一文写了很长时间,并伴随着严重的心累,之所以如此艰难,大概是因为北岛在回首往事的时候,自觉担负了个体在历史进程中的不可承受之重。而玄武对父子敌对关系的处理,重心放在性格的张力之上。高度雷同的性格在血缘关系的框架内相互排斥,这种出自同一性的排斥,其实是一种爱的变异形式。真正的爱往往具备某种攻击性,这种暴力性的爱的表达方式为东方人伦文化体系所独有。情如裂帛,历之摧心,在书写父亲的过程中,玄武的叙述抵及即破而未破的境地,诸多带着血痕的细节未加任何掩饰,直接端出。如果从主题学层面加以分析的话,如此极致而锋利的叙述,在于作者翻掘现实与记忆的深沉细节,并且最终要在父亲身上找见"自己",也因此,这是一篇找寻自我精神来路的散文。如北岛的散文一样,人伦框架下的亲情书写笼络不了所有的文本容量。

三晋大地,一直流淌着赵国武士的血液,刚烈、誓死不从的精神生生不息。对于玄武来说,这既是一种日常性格,也落定在文章中成为一种文化个性。这种个性铺展开来,包含了疾恶如仇、爱憎分明、二元对立的价值判断等内容;渗透到文章中,这种个性如暴风骤雨,喜欢者爱之有加,不喜者掩鼻而过。对是与非、黑与白、真与假的过度倚重,在其人其文拥有深刻的片面的同时,也有了过犹不及的另外一面。"银瓶乍破水浆迸,铁骑突出刀枪鸣。曲终收拨当心画,四弦一声如裂帛",白居易的这四句诗,用来总结玄武其文,可以说八九不离十了!

2. 高艳散文:个体性的生成与敞开

时间的刀锋重重划过之后,考量社会生活领域主题词的演变,是一件颇有意味的事情。这里面,有许多时代的关键词呈现出自然衰减的历程,与之相对应,缝隙里总会有一些主题词相对顽强地挺立,比如文化领域内的"个性"一词即是如此。不过,"个性"一词在不同语境中却具备不同的指向性,就伦常来说,个性与主体的言谈举止之与众不同相契合。如果放在文学领域内探讨这个术语,其最完整的叫法为"创作个性",其内涵指向作品中内蕴的作家独特的精神个体性,这种个体性,作家们人手具备,其间的差异只是鲜明与否而已。

新文化运动以来,散文最具个人性的一面被有效地发掘和放大。20世纪30年代前后,上海良友图书印刷公司推出《中国新文学大系》系列,郁达夫先生为其中一卷散文大系做了序,并在序言中指出新旧散文的根本区别之所在,即白话散文中个性的发现比之往昔要汹涌澎湃得多。郁达夫之所以有这么斩钉截铁式的判断,要得益于新文学以来"人的发现"这一思潮。

当然,探讨散文个性的具体内涵,恰如探讨文学性话题一般,必将是件出力不讨好的事情,或者可以这样说,散文的个性其实是个相对模糊的概念,是一种文化约定性的结果。有真性情可以名之为"个性",有锐利的思想判断也可称之为个性存在。而散文的个体性相对而言要具体许多,它总是与作者的体温、思维方式、情感呈现、文化关怀等因素直接照应。

新世纪以来,散文写作领域涌现出一大批新锐作者,面对他们正处于上升期的文字,我宁愿用"个体性"这一术语涵盖他们不同的写作路子和不同的精神指向。比如高艳,这位来自中国极北之地一座小城的女性散文作者,书写的路向既非新散文、在场主义这些时兴的潮流所能收拢,亦非"女性散文"这一模糊的指称所能示之。在《隐秘绽放》一书中,她的系列写作呈现出鲜明的质感性,其中的质感由足够的现场体温加以支撑。她使用了很多笔墨来写她所在的小城、曾经的光阴故事,以及她最亲近的两个人——她的父母双亲,并以足够的细节还原那些已经逝去的场景。比如《阿尔茨海默的疼》中的母亲,《走失的明暗相间的流年》中的父亲,其间写到父辈们所遭受的苦和所经历的痛。在纸上,高艳重建了岁月深处的亲情宫殿,这宫殿里让人流连忘返的不是倾诉出的悲情,而是主体对痛感的接受、容纳和担负。很显然,她在重现这些细节的时候并无激发读者共鸣的考虑,而是面对血缘承继的时候,给自己和自己的后代一个准确的交代,告诉自己,也告诉他们,家族史不是符号的延续,而是光阴细节的累积,只有累积得如此高大,才能扩容一个人的胸腔和情怀。

《易经》中"修辞立其诚"这句话被后世征引甚多。于古典时代的士大夫而言,既然著书立说乃安身立命之内容,那么,上述之语就被作为最高的原则而加以不断强化。就散文写作来说,散文的真实性也好,真诚人格也好,虽然被强调了无数次,但在散文实践中,我们依然看到这样或那样的错位。"修辞立其诚"这句话直接对应了文本中的情感处理,高艳笔下的情感有一种突出的平和性。走细腻路线的诸多女性散文作者,往往在细腻的同时控制不住自我的深情,会不自觉地喷发而出,染红了整个纸面。直切或者隐在的激情瞬间在高艳的散文作品中皆是很难寻见的,她的情感处理凸显出静观的品质,即华兹华斯所言的"诗是平静之中回忆起来的情感",这种情感不在乎烈度,而在乎纯度,即诚挚性的纯度。或者可以打个比方,高艳笔下的情感有如一地的月光,供读者去沉浸,而非抚摩。也正是出于情感的静观性需要,她的文字风格相对沉静、内敛,更多地呈现出向内收的倾向。比如《洒落在酒里的怀念》这篇曾刊于《北方文学》的文章,结尾处有这么一段描写:"一片土地,如果你只是来过,居住过,那只不过是异乡。但是,如果在这片土地上,你种下了粮食,草木上留下了情感,土地上安葬了你最亲近的人,就成为故乡。"这个段落一旦落定,其间的深情便立体地凸显在读者眼前,这里没有比兴,没有隐喻和象征,只有描述,而且描述的线条又是如此简单,一纵一横组合在一起,道尽了故乡的精神内涵。我们的故乡如此简单,它只是粮食、草木、先辈的形骸这些要素的组合,而这简单的后面,却又负载着我们所有人的丰厚记忆。高艳说出了简单,并清晰地勾勒了意在言外的丰厚,这种平实而韵味深藏的文字张力巨大,也见出了写作者的笔力。而情感的纯度,建立于作者的深度体验之上,是诚实的,是诚恳的,也是明亮的,它来自写作主体自身修炼出的李贽式的童心。李贽这样来解释童心,他说:"夫童心者,绝假纯真,最初一念之本心也。"也正是这种本心之念,支撑起了高艳散文中情感的纯度。

在具体的艺术处理上,我注意到高艳散文中有一个普遍存在的现象,即她的作品结尾总会建立一个他者作为观照物,这个"他者"可以是一部电影,也可能是一句台词,或者是某部经典作品里的特殊场景,并以之作为思维、情感投射的一个坐标。这也足以说明,高艳在重视结尾处理的同时,对文本整体结构也有一种追求,回到一个点上,这个点就是圆心,无论文字飘散到何处,有这个点的存在,结构上就会圆整。由此可以判断,在她身上,有相对清晰的文体自觉性。

除了情感的静观性之外,高艳散文吸引我的另一个地方就是她的文化关怀了。集子里面有一部分整合了她的观影感受,而后面一部分则集中了她对地方性人文历史素材的发掘。其他篇章里,也见出她对艺术、文学经典等文化形式的关注力度。视野的宽阔意味着思维情感的开拓,视野这一因素也是考量文学写作能否抵达高地的终极性决定要素。

精神的个体性在文本中如同一扇小小的窗户,只有推开它,屋内的温度、湿度、记忆的味道、人事的质感才会缓缓洞开,才会以细流的方式,进入我们的血管,从而滋养彼此的生命精神。

3. 简墨随笔:树树秋色,山山落晖

借助互联网勃兴后的论坛写作形式,一大批文化随笔类作者逐渐涌出地表。他们的触角直伸入历史的幽深之处。在书写的过程中,他们放弃了谨严的历史考证方式,而是将个人的感兴和识见因素切入史实材料,借以提炼带有体温的历史瞬间和细节。同类相聚,他们多聚合于天涯社区"煮酒论史""闲闲书话"两个版块,以期引起读者或出版机构的注意。因才情、洞见两因素的限制,这些文化随笔作者的水平呈现出参差不平的现状。此外,在具体处理上,他们的写作多呈现出某种专项性,诸如古典诗词系列、志怪传奇系列、民国文林系列、古典女才子系列等等。

与上述作者不同的是,来自山东的散文作者简墨,潜心五年,几乎在同一时间段内,推出了触及古典文化诸多门类的八本著作,皇皇二百万言。这些文化随笔著作,勾连纵横于文化史、艺术史、文学史间,涉及诗、词、曲、书法、绘画、乐器、剧目等样式间,几乎囊括了古典文化因袭流转的各种典范样式,如果再添上棋艺和茶道,则基本齐整。这些样式涵盖了古典士

大夫日常操弄的技艺之道,如《说文解字》的解释"文者,纹也",在代代相传文人化的过程中,这些样式画出斑斓的波纹曲线,氤氲出独特的气质和韵味。君子温润如玉,君子恂恂如也,早在春秋时期,作为华夏人格至境的君子其人品及内涵便已得到确证,所谓"内圣外王"之道,除了日常德性的培育("吾日三省吾身"),还要借助于器物修炼自身,即孔子在教育实践中所倡导的"六艺"。六艺也好,孔门四科也好,强调的是技艺兼备,而逮及魏晋,审美精神则进入士大夫的日常生活,"技"的因素渐渐褪色,"艺"的形式与样式开始增色并大放异彩,书法、绘画、五言诗、七言诗等皆滥觞于此。中国文化就此进入旷朗而明亮的通道。

虽然今天的埃及人并非古埃及人的直系后裔,但这并不妨碍他们因金字塔、方尖碑、象形文字而骄傲。不独希腊人,整个欧洲人皆因古希腊时代的悲剧、雕塑、抒情诗而自豪。而离开了诗词、书法、绘画样式,千岩万壑的华夏文化根系将拧成麻绳,我们的自豪感也许就没有地方可以黏附。高手之间比拼内功,文明之间其实也是如此。

简墨的这八本书,抽取的是古典文化的典范样式,集合在一起,从外部结构考察,乃体大虑周;单列的话,则是文化范式的某种提纯。八部著作,如拼盘中的八块豆腐,简墨以分刀的方式进入,每一刀下去,片开的都是这豆腐的嫩白之处。在这里,历史的内在逻辑性呈脱落状态,有的只是文化的延续性,比如《诗性之美》中作者对无名氏诗歌的发掘,从比《诗经》还要古老的《白云谣》伊始,婉转直下,直至唐代《君生我未生》止,这些情诗之间承继性并不分明,唯有一股暗流在涌动。这暗流直指男权文化重压下女性情爱诉求的直切吁求,也正是阴影足够庞然,所以,那些划破阴影的声音才足够沉重,而这声音不单相关青春,更重要的是,它直指人性,直指人性中压抑深重的部分。就文化样式而言,即使是分类史也足够庞大,在细节纷纭中,提纯的过程很容易偏废,我注意到简墨在处理这个问题上,坚持为我所用的向度,几片名家名作的红花周围,簇拥着不为人知的绿叶,如《宋词之美》中,除了述及苏轼、辛弃疾、李清照等大家之外,更多的笔触滑向魏玩、严蕊、陈亚等不知名词人,进而去观照不为人知的细节。

歌德曾将艺术品看作是作者丰产的神圣精神所灌注的结果。文学艺术的创作是因为有了激情和想象,从而具备灵动的色泽和情绪上的感染性。简墨在系列丛书中,向着人物或作品的言行细节,涂抹上大团大团的情感因素,形成一种有体温有浓度的文字处理方式。才情因素在《京昆之美》中最为显明,不过,一旦演化为单向度,则过犹不及。当才情搭配学与识的因素,就走向了均衡,这一点,在《书法之美》中体现得最为充分,人生细节的铺展、具体作品的艺术分析、人物精神的总体把握,构成一个组合件,有青山绿水掩映之美。诸如颜真卿一节,其人品之伟岸,挽名节于乱世间的气度,其书法的中正恢宏,以及《祭侄文稿》中的越法度而不自禁,这些奇正因素,恰是一位伟大书法家的丰富性所在。也因此,在简墨的系列丛书中,《书法之美》恰为我所钟情,虽然我自身专业对应的是诗、词、曲这些文化样式。所谓文化随笔中的识见因素,指的是主体的发现能力和观照能力,在足够纷繁的细节和场景中,如何从众所周知的熟悉中发掘出陌生的质素,并让这陌生成为独特性所在,而支撑起大师的精神灵魂,乃是对写作者功力的一种考量。在阅读的过程中,我注意到简墨以农民的本分和特性来解读孟浩然,这位李白口中"风流天下闻"的诗人,他的一生纵然有过漂荡,但是他的根系还是在襄阳,在泥土和自然里。类似如此新意的发掘,恰是作者识见能力的体现。

作为古典文化体系中精品的制作者,无论书法、绘画还是文学,这些艺术大师皆有一个共相,即痴人与真人。知道他们的名字和作品,相对容易,毕竟有无数的信息通道可以获取,但是进入他们的痴与真,却很困难。简墨少习书法、绘画,青年时代提笔写作,体内储藏着一股性灵之气,借助这些珍藏,她一路披风沥水,去寻见古人的真面目,如王静安先生所云:"有真性情者,谓之有真境界。"

4. 王亚锋:民间写作的一极

来自陕西的散文作者王亚锋对待文学有一颗赤子之心。作为凤翔土生土长的作者,其出生地为周文化的核心区域,紧邻"青铜器文化之乡"岐山,即周塬所在地。周代崇文,详备于制度和礼法,孔子曾为之而叹曰:"周鉴于二代,郁郁乎文哉,吾从周!"皇天后土间,这一区域的人们对人文的仰望绵延不绝。王亚锋生于20世纪70年代,后就读大学中文系,对唐诗宋词一往情深,这些诗文传统中的瑰宝所散发出的馥郁香味,成为其文学田地中最初的种子。家族、香火、贫困、童年生活的多向度、乡村生活的艰辛、文化的贫乏、敬天重土等等,上述关键词关乎70年代一代人的生存记忆,如楔子一般,深入个人史的每个节点。因此,乡土经验的再现,即散文中的"见"的因素,构成了这一代人文学写作的重要部分。集子中第一辑收录的篇什,如《石碾子》《舅舅的窑洞》《老房子》《火红的柿子,火红的树》,由题目即可见出记忆性写作的向度和乡土经验的路数。自我记忆与写作间或许存在着一种天然的亲缘关系,这种写作范式在其本质上建构的是一种关于时间的哲学,意欲在时间的深井里打捞出一桶桶清水,浇灌自己,成就一个清凉的世界,以此证实自我存在的真实与重量。换一个通俗的说法,即在玄远而无垠的时间通道里,凸显渺小而卑微的我们曾经真实地活过、爱过、受过伤,也幸福过。在《石碾子》一篇中,村里老少爷们将七八百斤重的石碾从山头背回场院,一个"背"字,尽显农人的勤苦。乡村生活固然困苦,却因为石碾的存在而涂抹上些许亮色,深秋时节,家家户户使用它磨出香辣刺鼻的辣椒面,以至于村庄的一些家畜也在那特殊的日子里不停地打喷嚏。功用之外,石碾还成为时间通道的见证者,成为村庄人际交往的结合点,天气、苗木、庄稼、种子、婚嫁等等,这些农人最为关心的话题,不断飘落下来,一层层地附着于其坚硬的表面之上。历历往事,关山重重,记忆深处总关情!类似石碾这样的载体,诸如一棵老树、一处乡场、一间小屋,作为集体记忆的聚焦点,镌刻于70年代一代人的生活史中,通过记忆的打捞,最终落定为一种温馨的故园回望。每个人的故乡都在沦陷的当下现实里,这样的回望使得爱与哀愁相拥相生。《舅舅的窑洞》一章,刻画了一位乡土文化人的形象,舅舅身上隐忍、自我牺牲、朴实的品格与其沧桑多变的命运一道,构成了个体丰富性的存在,作者深厚的情思也由此开拓到文字之外。《火红的柿子,火红的树》一篇,因憧憬而溢出的童年快乐,简单而明亮。

在处理记忆的散文篇章时,王亚锋多采用见素抱朴的笔法,文本中的情思投射也被压得很低很低,接近大地的颜色。

朴素是一种生活态度,情思的过度飞扬很容易伤害散文的肌体,也很容易滑入刘勰所言的"为文而造情"的泥淖。散文写作的分寸感,不在于技法,不在于结构的处理,而在于情思的把握。未及自然天成的境界之前,自然朴素的写法和态度则是必要的。

第二辑的主要内容,作者的笔锋转向当下,有怀人之作,有日常记录,也有感悟类的哲理小品。这一部分多为短章,从基本特性上看,仍然属于散文写作中"见"的范畴。所谓散文的"见",乃写作主体经历、经验的再现。此类作品强调对记忆的忠实、对细节的忠实和对特殊性生活片段的敏感度。这实际上涉及散文文体的真实度问题,不虚美、不隐恶方为散文真实的允执厥中之道。小说讲情理逻辑,实际上散文亦然。记录与观察的真实还原,奠定了散文情理的物质基础。就审美接受而言,散文的"见"的因素所确证的是作品感染力,而感染力的丰沛程度与作者的艺术处理(文辞、结构、手法)能力密切相关。丰子恺散文走的就是这条道路,他能够归入散文名家的行列,概在于其在逼真再现之外所拥有的清澈、透亮的笔力。而我在"80后"散文新锐草白、朱强身上也发现了这种能力,简练的线条勾勒中凸显出特别的力道。

无识则不立,"夫学诗者以识为主"(严羽语),散文的"识"的因素指向深度的树立。人们往往将"学"与"识"并提,两者之间虽然大有渊源,却并非一码事。"识"为主体的认知能力和判断力,对于"识"的养成,"学"为充分条件,却非必要条件。六祖慧能北上黄梅之前,乃岭南一位不通文字的樵夫,后从于弘忍门下,依然布衣,而其智慧却光照禅宗的历史。在古典时代,诸多诗人、学者对"识"的因素极为重视,从刘勰的才气学识说,到叶燮的才胆识力说,以及刘熙载"识为尤重"的论调,一以贯之。本集中第三辑的内容,汇聚了王亚锋历史随笔类型的作品。笔锋指向蒙恬、赵高、李斯、曹植等历史中人们所熟知的人物,如何从熟悉的对象中发掘出陌生的东西,这需要作者对历史材料的全面把握,而调动自我的认知和判断能力去观照对象也尤为重要。在经营历史人物随笔文字的过程中,作者逐渐走向一种"识"的自觉,以自我思辨的形式展开对人物的解读。《赵高之谜》可称典型,文章的开头首先提到的是司马迁之《史记》对赵高的忽略,在作者看来,这种忽略显然是有意而为之。以此作为切入点,则独辟蹊径,司马迁作为严谨的历史学家,对赵高的有意忽略必定出于个人情感中某些无法抑制的因素,这一因素又是由赵高的政治立场、手段以及个人的人品所决定的。这位千夫所指的人物在后世的民间传说和戏曲演绎中,却演化成了代赵国复仇的形象,作者对这一以讹传讹的史实进行剥离,还原其真实的政治立场和人伦面貌。作者运用史料之恰切、判断之精准,由此文可管中窥豹。

5. 温智慧散文：韧性与热度

2012年底，收到温智慧先生邮寄来的两本散文著作，《灵魂的雨伞》与《大漠放歌》。两部集子的出版相差仅三年，总字数接近五十万字，收录了温智慧先生近几年来创作的上百篇作品，足以见出其在文学之路上跋涉的勤奋程度。作者本人出生于河北省北部，后辗转漂泊，扎根在内蒙古阿拉善旗。他曾经做过煤矿工人、装卸工、会记、税务等工作，可谓是一位从底层成长起来的散文作者，风沙磨砺，岁月淘洗，不改其对文学的一往情深。在文学落潮、写作者的拥挤程度超过读者的今天，文学对于他而言，呈现出的是空旷辽阔、生机勃勃的原野，其感受、思想、情思就以水草为生，在这原野上自由放牧。爱因斯坦说过，热爱是最好的老师，这句话放在温智慧的身上，可谓恰切。

在《人间词话》里，国学大师王国维先生将真性情的培育作为境界生成的必然前提。所谓真性情，按照他的解说，乃赤子之心的存留。以此为基准，他对李煜和晏几道等人的词作给以极高的赞誉。后世读者，可从这位大理论家身上，体察到古典诗学的一个倾向性，即强调为文者对道的体认，观文必察人，必点检主体人格的文化建构。在文学的疆域内，赤子之心对应的是写作者内在热爱的纯度,它会在时间跨度和空间广度两个层面上展开:就跨度来说,正所谓"日久见人心"是也;就空间因素来说,即由己及人,内心充溢着以天下为怀的人文精神,对应了启蒙思想家卢梭的一个判断——由自爱产生的对他人的爱,是人类正义的本源。

综观温智慧近几年的写作,题材方面无论是回忆性散文、游记,还是小品、随感,以及短评性的阅读札记,风格路数方面,无论叙事、抒情抑或感悟,艺术处理方面,白描、静悟或议论,等等,皆呈现出一个鲜明的共性,即写作主体自身的温度,或者说其行文过程中泛出的主体热度。这种热度洋溢在字里行间,一旦展开阅读,便如和煦之春风,扑面而来。若细究这种热度,它可能包容诸多要素,对生活的热爱、对故土的热爱、对现居之地的热爱、对朋友的热爱、对奇美自然的热爱、对历史遗存的热爱等等,这些要素如错落有致的各种野花,开放在内心的原野之上。拿《我想有个好妹妹》这篇叙事散文来说,作者以住院经历的一次偶然遭遇为切入点,拓宽对一位陌生女性多方位的观察。所描写的对象是一位事业成功的女性,更为关键的是,她照顾哥哥入院的诸多细节,表现出女性独有的光辉,以及人性的光辉;她的体贴入微、她的孝悌之心、她的决断能力以及统筹能力,通过作者的文字,皆得到细腻的再现。罗丹说过:"美是到处都有的。对于我们的眼睛,不是缺少美,而是缺少发现!"而对于温智慧来说,他正是带着发现美的眼睛,亲近生活,抵近观察,并落笔成章。

散文是个人与世界相遇的一种方式,好的散文应该具有写作者自身的、现场感的体温,无须灼烤,却应该熨帖。对于拥有乡土经验的诸多散文作者而言,记忆性写作往往会成为首选的模式,或打捞明亮的童年往事,或钩沉怅惘的过往经历,整体观之,则具备沈从文式的"凡美丽必定愁人"的特性。不过,在行文的过程中,往往存在一种误区,即对过往的过度沉迷成为某种潜意识,这也导致了思维机制中现在与过去、城市与乡村的对立。排斥现实必然带来包容性的欠缺,不过,在作者的这两本集子中,我们会发现他的双重行吟,对故土的亲近与对现居地的感恩并肩而立。在我看来,这是一种优秀的品格,也映射出写作者热爱的广度与时间跨度,这也正是我判断其散文写作不失赤子之心的主要根据。

两部集子里的文章,大多为短制。众所周知,这几年,具备叙事元素的长篇散文成为潮流,刊物纷纷推波助澜,从一个极致走到另一个极致,散文生态的平衡似乎一直处于破碎的状态之中。短章片段,言之有物,虽淡语而有味,不言古典散文对之标举,就拿现代散文来说,亦为主流。短文章其实是很难驾驭的,需要极好的功力、才识的偕同。两部集子里,涉及故土的书写部分,以及日常静悟的篇章,不仅语言明媚,而且意蕴悠远,多为成功的短制,而游记和随感部分相对较弱,语言的呈现相对直白,结构上也趋于琐碎,导致了韵味的丧失。从中可见出情境性要素对作者的制约,一旦进入特定的情境则浑然自如,一旦情境要素缺失,采用联想、思辨、感性触发的艺术处理方式,文章的内涵和结构则趋于松散。我想这也应该是作者以后的写作需要着力克服的方面,取所长之尺,避所短之寸。

就语言层面来说,作者的系列作品很难用一种风格统摄之,这或许是作者的写作历程所具有的跨度所致。在情境性写作中,语言是放松的,也是自然的,离开了情境性的要素,语言则呈现出直切、峻急的一面,特别是那些抒情性篇章中,结尾处多为直抒胸臆的方式,因为语言表达的问题,写作主体进入对象太深,从而缺少了出乎其外的高格。唐代诗论家司空图曾经说过:"梅止于酸,盐止于咸,饮食不可无盐梅,而其美常在咸酸之外。"希望温智慧先生多借鉴古典诗学的经验,古为今用,古为我用,在语言传达上步入更高的台阶。

"清明在躬,气志如神"这句话最早见于《尚书》,《诗经》中也有这样的句子,阐发的是作为人本的一种态度,即热情和对热情的坚持,内心的信念一以贯之就成为某种显明的精神。将这句话用在温智慧其人其文上,既是一种指认,也是一种期待。

6. 李慧散文评论

《慧的语》之书名取自作者李慧的名字,单从字面来考察,容易让读者联想到或智慧或禅宗的了悟或哲思等与悟性相关的取向,由这个路子顺下来,就是以禅悟为卖点,吸引众人的眼球。物欲的膨胀速度过快,而心灵的增速又太慢,两者的落差在工业化、信息化急速扩张的今天,尤为分明,由此也导致了部分人试图从他者的禅悟中找寻解药或者稻草,以抚慰内心渐渐苏醒的贫弱感。

《慧的语》这本散文集子实则走的不是什么禅悟路线,而是作者闲思与碎语的集合。李慧为中文科班出身,后转向美术,进入文化部门工作之后,一方面担任与美术相关的管理、服务、筹划工作,一方面兼及美术、文学、影视的评论事务。工作之余闲笔抒怀,落笺成章,于是有了这部十万字的小书。集子共分七个部分:画界、翻书、观剧、率性、琐事、童心、旅行。因为涉及诸多人物、建筑、山水、电影等,所以配了不少插图,黑白为底色,绰若为情采,风骨为指归。

从某种意义上而言,这部集子里纯正的散文其实数量极少,所谓纯正的散文指的是抒情散文和叙事散文,集子主要以随笔、评论小札、旅行笔记这些样式为主。体制上多为短章,如此，可读性甚好。随笔小札部分，除了日常的碎语之外，多集中在画界和观剧两个章节。往大处说乃触及了美术和戏剧两个艺术门类，往小处说则是将自我的切身体验植入文本，再现那些触及人心的人、事件和艺术品。随笔这个体裁并不太注重文采气韵和情感的因素，而是以识见为基准，将人或事拉回原点加以透视，进而观照出远比情感类文章更为广阔的人学意义，此处的人学对应的是人的存在宽度、历史感、社会学意义等。作为小札，在一个较短的篇幅内完成洞察与透视，恰如于十米高跳台上跳水的难度。虽然李慧处理得尚无法抵及黄裳、董桥、扬之水等老一辈学人的通透豁达，但总体而言，其成熟度依然明亮可观。我注意到作者在这些随笔小札中总是能够及时握住某个原点，然后铺展成面，由此而将独有的韵味浸染进去。比如《丹青精神》一文中，是艺术大家陈丹青先生在报销飞机票事件上的宽厚仁和；《忆廖静文女士》一文中，是这位徐悲鸿先生的夫人在后辈人前对一份烤鸭的念念不忘；电影随笔中是对《入殓师》中悲切沉静的配乐的感怀，如此等等，不一而足。

翻书章节因为和我自身的专业比较对口，所以读得甚为仔细，体悟和思索相应也更多。这一章节，集中了七篇短书评，涉及《一句顶一万句》《巨流河》等长篇小说和纪实散文作品，这些作品也是这几年关注度颇高的图书。书评虽然也是文学批评的一种，不过，歪着身子写的短书评与正襟危坐的长篇大论相差万里，前者多为爱书人之随性絮语，后者多为学院派之高头大马。对于短书评而言，自由切入、随心见性的要素显明，因此温热熨帖。其中最为随性的短书评多见于天涯社区的"闲闲书话"版块，因为我是这个版块的老读者，所以对于这种写法有特别的亲近感。作者的这七篇书评，依照我的看法，乃不求齐整，但求感同身受。毕竟，文学作品的感性魅力之于阅读而言是第一位的。书评小札立基于作者此在的鉴赏能力，按照狄德罗的说法，为"通过掌握真和善（以及使真或善成为美的情景）的反复实践取得的，能立即为美的事物所深深感动的那种气质"。这种气质一旦展现，其感染力恰似"晓来谁染霜林醉，总是离人泪"之味道。

后面几个小章节，集中了作者的日常碎语，其中篇章虽然避开了女性散文作者常见的顾影自怜或自哀自怨，但就处理来说，还是琐碎了些。对于絮语而言，离开了必要的艺术修饰，就容易走向芜杂和纷乱，我想这是作者以后的写作应该注意的地方。

《慧的语》作为随笔式的集子，不求禅悟和布道，虽然是絮语的路数，但是在一些篇章中，倒是隐现出大的视野和真淳之情怀，而支撑其的则是批判和怀疑精神，而为文者，除了"情动于中而形于言"之外，或者说"文章之作本乎情志"之外，如果想向知识分子再靠近一步,那就应该具备批判和怀疑的精神。

7. 提云积散文:地方叙述与体温

"描绘"与"描述"虽一字之差,而对散文处理来说,却是两种相隔邈远的路径。描绘的后面,往往掩藏着写作者本人的野心,此处的野心与某种宏大的社会学理念相联系。即使是面对一山一石、一草一木这些元素,也要勾勒出与家国、与社会相对接的因果关联,以此指点江山,以此挥洒意气。在三大家——杨朔、刘白羽、秦牧——的散文中,这种路径比比皆是,也因此会观察到,一旦这种路数太过显明,写作主体就很容易沉浸到某种巨大的激情状态中去。

新世纪以来,散文的风格路数发生了巨大的变化,对家国的关怀更多地转移到对个人的关怀中来。散文作者们更注重日常的铺展和呈现,纷纷涌向描述的路数。如果简明地述说两者的区别,或许可以如此判断:描绘的后面是整体,而描述的后面则是个人,是片段。

提云积有两篇文字属于其小镇系列,一为《十字路口》,一为《金沙镇》。很显然,这两篇走的是描述的路径。作者恪守着"我看到什么,然后忠实地记录它"这样的原则,在精确性上可能远不如福楼拜,不过在味道上却是福楼拜式的。比如在

《十字路口》中,他的描述是地理性的,力图在纸上准确还原这个位于胶东半岛的小镇中的地理单元,读者可跟随其目光,一一飘落到路口周围的物事上,商务酒店、KTV、餐馆、小型超市、销售网点等,它们围绕着十字路口这一中心单元,这个单元所负重的是来来往往、短暂居留的车辆和行人。在传统的散文处理方式中,"十字路口"这个符号很容易被隐喻化和人文化,它总是与人生感慨的寄予有关,人们也很容易联想到柳青的名言"人生道路虽然漫长,但紧要处却只有几步",并由此出发将这一符号与人生选择对等化,从而在文本中建立一种教育关系。作为一个场景,一旦符号化,内涵也就很容易定型,这必将带来陈腐的气息。提云积的场景叙述有效地避免了这个陈旧的泥淖,同时,也很好地表现出新散文文体的一个特点,即物象并置的处理手法,物象之间没有主次之别,只是因为镜头感的推进而有远近的不同。这个时候,写作者如同手提摄影机之人,通过自我的在场,一一激活所看到的物象,像《金沙镇》中,几乎所有的物象皆是平行的。当然,仅仅依靠还原这些场景,那就和自然主义没有什么分别,这对于文学处理来说,还是远远不够的。他的场景叙述里,有个内在的聚焦点,表现在《十字路口》中是异乡和陌路,在《金沙镇》中是对一条逐渐繁华的马路如何才能不会淹没"我"的探寻。

在这两篇文字中,作者建构了一个人的地方叙述,它既是个体的,作为一个寄居者,他并非拖曳着乡愁来展开书写,而是强调个体与场所的现实关系;它又是地方性的,因为地理性的气息贯注其中。更关键的问题是,在今天流动性成为大潮的现实下,几乎所有的人于居留之地皆是文化意义上的过客,所有人的介入和审视也往往会趋于复杂,从而与前现代乡愁的单一化区分开来。在这个意义上,提云积用文字在为自己展开叙述,也在为我们展开叙述。

第二辑　散文的地方性

新世纪以来的河南散文

2011年,中国作协创研部的彭学明在《南方文坛》上发了一篇题为《中原大地上的散文风貌与风骨》的文章,总结了1949年以来河南散文的基本发展概况,这是为数极少的就整体性问题谈河南散文的文章,不过,限于篇幅,这个扫描较为简略,为蜻蜓点水式的点题性评论。除此之外,河南省文学院院长何弘也曾著文总结新世纪以来的中原作家写作的特性,其中涉及散文部分较少,而《河南新文学大系》中,除了提及个别散文作家及作品外,概略性的总评依然缺位。

就文体来说,河南是个小说大省,这个毋庸置疑。就诗歌而言,河南诗歌在全国层面也不是很弱,至于小小说和散文诗这两种独特的文体,河南皆独占鳌头。其他文体,如话剧和影视剧本的写作,我不是很熟悉,不大好做判断。但对于散文来说,河南整体偏弱,尚未产生如韩少功、刘亮程、周晓枫、李皖、北岛这些重量级的并在全国层面产生影响的大家。今年第六期《红岩》杂志做了一个中国散文的专号,汇聚了当下散文界非常有活力的散文作家,而河南的散文作家无一上榜,此外,在几种年选中,也很少见到河南散文作家的身影。中原散文之所以整体偏弱,其中原因很多,除了文联、作协不够重视等这些外部原因之外,就散文自身存在的问题而言,有以下三个:第一,散文的话语权,河南实在是太少了,祝勇、谢有顺、陈剑晖、王兆胜、王冰等知名散文批评家很少提到中原的散文作品,在散文批评者和研究者看来,中原散文与"乡土"画上了等号,而"乡土"这个符号意味着传统和保守,意味着在文体上没有开拓进取的精神。其实,这里面存在着批评的误解,存在这种误解的现象很正常,但河南散文,尤其是新世纪以来的河南散文,绝非乡土性可以概括。第二,在河南散文作家群体中,"70后"和"80后"基本处于失语的状态。缺乏后进的力量,在作家构成的层次上就有了巨大的短板。我们以江西这个散文大省为例证,他们的老中青队伍结合得非常完整。老一代有王晓莉、孙建平等人;"70后"则更突出,江子、陈蔚文、范晓波、傅菲、王晓莉、李晓君、夏磊,这些人构成了当下散文写作的主要力量;"80后"的朱强,则是这个群体中的佼佼者,曾获得人民文学紫金奖中散文类的新人奖。另外,"80后"的草白也是江西人,"90后"的谢宝光也是江西人,这两位现在都居住在浙江。反观我们河南的新生力量,把现居北京的梁鸿排除在外,"70后"的赵瑜当然可以放到全国层面,不过,赵瑜的重心还是在小说写作上,散文只是他的闲笔所在。"70后"中三门峡的郑毅、洛阳的浅蓝、漯河的王剑,"80后"中郑州的寇洵、衣水,洛阳的余子愚,焦作的张艳庭,在省内还比较活跃和突出,但若放到全国层面,几乎没有一个人能够压住阵脚。第三,河南散文作家的原子化、格子化现象严重。相互之间极少沟通,信阳和南阳不交集,周口和郑州不交集,新乡和洛阳不交集,无法形成相互间的支撑和规模性效应。以湖南为例,"60后"的张灵均、孟大鸣,"70后"的谢宗玉、李颖、沈念,"80后"的秦羽墨、王爱,他们相互之间贴得很紧,相互分享各自的新文章,相互之间诚恳地批评,相互之间为刊物推荐作品,规模性效应是比较明显的。而我们河南的散文作家,基本上处于单兵作战的状态。很多基层散文作者,写了很多年,基本不熟悉当下的散文生态,包括体制支持程度、刊物的风格、刊物的级别(散文里面有许多野鸡刊物)、当下散文写作的基本格局、散文的新的生长点、热点性题材和领域等等。文学写作,视野非常重要,这里的视野一方面包括知识积累形成的历史视野,另一方面就是由对文体的熟悉度而形成的文体视野,有了这两个视野,再加上勤奋和执着,出精品并不难。以上三点,是制约河南散文发展的比较突出的因素。

新世纪以来,河南散文在地域性上形成了省会和南阳两个散文群落。从文学症候的角度来看,地方文学群落的形成往往依赖于领军人物的辐射力,以及批评、提携后进,以及刊物支持的同步。南阳散文群落对应了这种流变曲线,而对于省会散文群落的形成而言,则来自文化、地缘因素。

省会散文群落依托于河南省文学院、河南省文联及作协,以及《莽原》《散文选刊》《大河报》《河南日报》等报刊,吸引了来自省内其他地方的散文人才。这个群落的代表作家有郑彦英、王剑冰、冯杰、鱼禾、田中禾、乔叶、青青、碎碎、寇洵、衣水等人,其中"50后"和"60后"作家构成了这一群落的主体。就成绩而言,省会散文群落所获得的荣誉似乎在南阳散文群落之上,冯杰获得了如梁实秋散文奖等台湾地区重要的散文奖项,郑彦英的《风行水上》获得了第五届鲁迅文学奖,王剑冰先后荣获了首届冰心散文奖理论奖、第三届冰心散文奖,孙荪的《云赋》选入全国语文教学课本,王剑冰的《绝版的周庄》选入上海高中语文教学课本。南阳散文群落里,唯周同宾的《皇天后土》获得第一届鲁迅文学奖。不过,就荣誉、口碑、实力、辐射度综合考察,省会散文群落尚缺乏如周同宾这样的领军人物。南阳散文群落能够与省会散文群落鼎足而立,除了领军人物周同宾持续的全国性影响力之外,与南阳作家群还有着内在的关联。南阳作家群作为国内最知名的地市级作家群,重视文学事业、不断扶持新人的传统,薪火相传,绵延至今。这个群落除了老作家周同宾外,还有中青一代的廖华歌、水兵、祖克慰等,他们关于乡土的叙述特色分明,致力于乡土人情、人伦的发掘与观照,形成了鲜明的地方性文学经验。

除了这两个散文群落之外,新世纪以来的河南散文,还有几位个性鲜明的作家需要提及。一个是信阳的陈峻峰,他的《三炷香》写到了根亲文化,作为行走的笔记,体验很丰厚,且拥有思性的品格。在这部行走者的思想笔记里,作者的足迹跨越了几乎半个中国。从老家固始开始,沿淮河两岸深入,再北上周家口,到达人文始祖伏羲故里淮阳,及老子故里周口鹿邑县;又远涉岭南粤北,后步入广州及改革开放的桥头堡深圳;归来后再次出发,行旅遍及赣南赣北;最后,足迹达于闽地之厦门、泉州、漳州,并遥望对岸的台岛,以血缘宗族的陈述作为最后的指归。他的行走,以田野考察为基础,整合了人类学、历史学、民俗学、建筑学、考古学、社会学甚至神话与民间传说等诸范式和内容,并辅以在场式的文学激情和想象。这部作品曾是中国作协重点扶持的项目,作家在写作的时候下了大功夫,是一本将读书和行走结合得很好的散文集子。第二个是信阳的胡亚才,他的散文有一种内在的英朗和硬气在里面。刊于《民族文学》的《1929年的那场比武》,情怀和气质都很出色。第三个是安阳的唐兴顺,这个作家曾获得散文选刊主办的华语散文年度大奖,其作品沉稳大气,语言也颇见功力。第四个是平顶山的曲令敏,早年致力于情感美文的创作,近几年写作有所转向,集中于地方河流水文、地理的深入勾勒,具备了记录性、社会性的特点。第五个是周口的阿慧,曾获得冰心散文奖,她的《羊来羊去》写得很纯净,将生命的悲悯处理得淋漓尽致。

除上述作家之外,新世纪以来的河南散文,还有一个基数更大的民间写作队伍,三门峡的石淑芳是一位农民,她的散文至真至纯、至情至性。她的写作,引起了《散文选刊》的高度重视。信阳淮滨的王新华是一位农民工,他的乡土写作采取了疏离化的处理方式,很有特色,其散文常见于《黄河文学》《散文百家》《散文选刊》等刊物。周口的阳夏(魏新永)现在在新疆工地上,他的散文不局限于乡土题材,写人写物皆比较深入。洛阳的贾志红,是国土资源作家协会序列的一位散文作家,曾做过两年支援非洲的工作,她的文章温婉动人,有一种内秀的品质。

上面是个概略性的陈述,有一些作者没有顾及,毕竟个人的阅读视野受限很大,不可能全面地掌握河南散文的信息。就笔者的判断而言,最近十几年的河南散文,有三个作家在创作层面上风格已经趋于成熟,并产生了全国性的影响。第一个是冯杰,在乡土写作的纯正性上,成绩显著,他的"北中原"

系列,足以成为当下乡土散文写作的一面旗帜。冯杰的成就,主要得益于他个人的精神积淀里具有中国古典的强大文统,他的作品里有趣味,有情趣,有气味,有品格。先秦两汉的古文重视气象,唐宋散文重视境界,明清小品重视雅致,冯杰吸取的多为明清小品的养分。他的故土写作主要确立两个向度,一方面呈现在乡土世界主体如何确立上。在其笔下,草类、树木、动物与生活在这片土地上的人们一道构成了平等的主体,在个别篇章里,它们的存在状态甚至高于人的存在,冯杰在那些大地上最卑微、最寻常的草木身上,发掘到另外的神奇。另一方面,他在系列文章中确立了朴素的劳作之美。即使是在困苦和贫乏的时代里,生活在这片土地上的人们仍然能够借助劳动充实生活,传承与昭示后人,建立朴素的希望向度。冯杰的乡土性不仅有着至真至纯的特性,其笔下的"北中原"地理学因素也经过了系统而全面的打磨,成为"看得见的乡愁"所在。

第二个,要提到的是鱼禾。鱼禾散文里面有一个非常突出的要素,即现代性色彩。现代性对于我们来说,首先是思想文化领域远远没有完成,这当然严重制约了文学写作的状态,所谓现代性,包括启蒙与自我启蒙,个体自由,科学、民主精神,真理意识与理性精神,等等。现代性直接对应了作家的写作立场和价值判断,是地域主义的立场,还是国家主义的立场,还是民族主义的立场,还是人类的立场,这很关键。价值判断包含了对历史与现实的判断,需要具备对人类历史发展规律的洞察和尊重。鱼禾的散文写作,看上去非常自我,实际上则是一个自我精神探险的旅程。在散文话语的选择上,她努力避免公共的、意识形态的话语的侵蚀,在散文写作中构建属于自我的话语体系。2012年出版的《非常在》是她散文写作成熟的一个标志,近几年,她又转入长篇散文的写作模式,《父老》《失踪谱》《驾驶的隐喻》等等文章,皆在万字以上,这些作品相继刊发于《人民文学》《十月》《莽原》《黄河文学》《天津文学》等刊物,并获得十月文学奖和莽原文学奖。可以这样说,鱼禾的散文,是中原散文体系内少有的能够进入当下中国前沿写作的作品。

第三个,我要提耿占春,他是国内诗歌批评的"重镇"。最近几年,他在从事文学批评之外,转入随笔体式的写作。国内能够打通古希腊罗马文艺复兴时期、古典时期和近现代不同时间段的学者,耿占春是其中为数很少的一个。他读书很多,很精深,尤其是哲学和社会科学理论经典,很多人都难以望其项背。这个阅读基础使得他的随笔思想尤其幽深。或者说,他的散文随笔写作显得非常小众,只有具备极高理论素养的读者才能进入他的文本,与其展开对话,至于普通读者,初次接触他的作品,你会觉得不知所云。他的《沙上的卜辞》系列,多为五六百字的短文,相继刊发于《人民文学》《十月》《青年文学》《黄河文学》《四川文学》《天涯》《延河》等刊物。他的学者身份以及创作上的高精尖特色,使得他的随笔写作很容易被忽略。

总体来说,河南散文远非乡土性就可以概括,新世纪以来,河南也有几位作家的艺术探索进入第一方阵,但是与江西、新疆、山西、湖南相比较,依然活力不足。

1. 2015年度河南散文综述

出于客观因素的制约,此次接到为年度河南散文年选写述评的任务,自然惴惴难安。需要说明的是,年选评述和年度综述尚有所不同,就笔者掌握的情况而言,部分中原散文名家在过去的一年内皆有佳作问世,比如冯杰的散文新著,以及刊于《散文》《黄河文学》的作品,皆为力度之作;鱼禾刊于《人民文学》《莽原》《黄河文学》的新作,持续了其质高且产高的势头;耿占春《沙上的卜辞》系列以及"隐形书写"系列相继攻取《人民文学》《四川文学》《十月》《文学报》等主要阵地,即使放眼全国,亦为思想随笔类高峰写作之所在;鲁迅文学奖获得者郑彦英也属于勤奋高产的情况;平顶山的曲令敏女士则在这一年推出其书写地方水文的力作;寓居外省的艾云和梁鸿亦成绩斐然。在此仅举数例，或许有些疏漏，以上所列皆为中原散文写作成绩之一部分。上述作品再加上本次年选中涉及的诸家之作，基本上构成了2015年度河南散文写作的概貌。

　　散文作为文类之母，在华夏文化体系内不独源远流长，且奉献了诸多黄钟大吕之声，打开古典的辞章地图，常有高山流水、空山绝响扑面而来，在世界文学的范畴内，当仁不让地成为构筑民族文学自信的基石之一。近世以来，小说成为主要文体，逐渐取代了散文的辉煌地位，但散文在保存自我的体温、言说心性、认知并确立自我等方面，依然具备不可取代的特性。此次，省作家协会、省文学院首次推出散文年选，不仅有着不同文体之间均衡发展的考虑，对于"小说大省"态势下散文写作相对较弱的局面，对于处在零散性状态下的中原散文，无疑也是一次极大的激励和提升。考虑到综述自身的风险性，在保持自我阅读的初发芙蓉之感的前提下，为了预防年度综述演化为表扬名单，这里需要阐明的是，我的阅读意见仅仅针对具体文本自身，审美论断也并非指向其人其文，切盼诸君谨记。

　　在展卷阅读的过程中，首先给我带来惊喜（因为陌生所以惊喜）的是石淑芳、唐兴顺两位作者。石淑芳的《镰刀的虚空》（刊于《延安文学》）一篇，乃至真至纯、至情至性之作。庄子曾言："不精不诚，不能动人！"斯言于散文文体，甚佳！其实就语言的穿透力以及苦难叙述的深度来说，这篇散文很难说抵达了某种极致的锋利。在这篇散文中，我们可以看到，在一片灰暗现实下，自我的成长经历因为足够的坚韧才避免了命定的空壳化。难能可贵的是，即使见多了像"兰草""婆婆"这样的女性，她也没有放弃生命中独特而卓绝的那份骚动，始终忠于自己的本色，忠于自我的内心。不虚美，不隐恶，即为真纯，因此，《镰刀的虚空》一篇实为"情动于中而形于言"之作。唐兴顺《太行山之水》（《四川文学》第6期）一篇，乃参悟之作，掩卷之后，有暮色四合、莽莽苍苍之感。作者对山水的领悟并非空泛，而是附着于一条溪流之上，其接续的是老庄、苏轼、王阳明等大哲学家的路子，气象森严又不失灵动飞舞。文本中的几个句子，颇令人惊艳，如"可是流水还始终在你的脚下亮着"，如"此时的路恰如一把很深的弓"，不多不少，恰切地安放在平实的叙述语句之中。散文中这样飞翔的语句不宜过多，理想的形态为"就着山石曲折，随物而赋形"。当然，作者在此文中注入的并非泛泛的哲理之悟，而是将肉体和心灵同时带入现场，体味"天地有大美而不言"之曼妙。不过，此文的结尾陡然转入流俗，富贵之人凭借金钱凿空山水，而作者竟然将之引入到山水与金钱合谋的路子上，颇令人惊奇！

此次年选中选入了三篇本省作者深入生活、扎根人民的篇章。分别为安庆的《小姐妹》（原发于《河南日报》，后刊于

2016年的《散文》),秦湄毳的《跟亲爱的矿工们一起吃碗面》,阿慧的《棉花朵朵开》。之所以将此三篇文章单独拎出,主要是因为他们的写作存在着某种共性,存在一条谁都没有跨过去的沟坎。三篇作品皆呈现出单线条叙述的特点,在自我体温与认知水准的展现上皆趋于某种单面性。他们的写作过滤掉了日常现实中中性的部分和混沌的部分,而集中于真善美的流光掠影之上。这是一种比较典型的无难度的写作范式,但因为自身写作实力的存在,也就避免了无效写作的发生。对于我个人而言,丝毫不怀疑他们有热度、赤诚的进入姿态和写作立场,比如安庆对失孤儿童的怜悯与救助,秦湄毳对矿工乐观精神的洞察,阿慧对摘棉工人勤劳耐苦品性的推举。写作的场域,重要的不是题材,而是处理(吴宓语)。如何撇开主题的框架,进入文学性打磨的深耕状态,方为文学之康庄大道。

此次结集的年选共分三辑。第一辑为情感类文章,此类文章中,石淑芳散文之真切前面已有论述。贾志红的《一张报纸》(《牡丹》第7期),文虽短小,却注入了饱满的情思。作者以幼时经历为切入点,写到了在其成长过程中的三名角色不同的女性,班主任、祖母、与祖母形成紧张对峙关系的谭奶奶。幼年的她并非乖巧地游走于三位女性之间,而是以早慧的眼睛注视那些细微的伤口,注视锋利的时间雕刻出的伤感,并以自我多思多情的笔触抚慰它们的存在。这是一篇温婉动人的美文,阅读市场上鱼目混珠之美文与之不可同日而语。回首来时路,几乎所有人的人生皆横亘着或粗粝或皲裂的伤口,对于它们,人们往往自动选择米兰·昆德拉所言的"故意的遗忘",而非轻轻地抚平,"爱"是这个世界上最易说出的词语,却非人人去主动深入的情感。薛峰的《因为,他是我父亲》(《莽原》第2期),与近几年亲情散文的新动向不谋而合,作者避开了仰视的视角和去烟火气的情感处理方式,将长辈们作为真正的他者展开立体的书写,他们的困、他们的痛、他们性格的粗糙抑或情感心理时空的试错行为,皆秉笔直书,而情感的投射附着于真实的血肉后面,因为有细节,有切实的场景的支撑,所以情感逻辑形态分明。稍微有点遗憾的是,这篇散文的结尾处逆水行舟,步入曲终奏雅的老套之中。《王村记事》(《草原》第3期)的作者田启彩,为民刊《向度》的主编,在物质主义冲毁堤岸的今天,恪守理想主义和诚挚的文学情怀,不计利害得失地去推动文学在底层的涌动。苏格拉底曾坦率地承认,对利害得失无动于衷的追求即为善。其人如兰,这也决定了其情怀的关切不囿于家庭、家族的取向,而是以王村为特征化对象,书写中原村庄人事凋零的现状。其中一向唯唯诺诺的父亲经过简笔勾勒,尤其鲜明。不过,这篇散文在各个小节的内在气韵和节奏上存在自我重复的现象,进而影响到作品艺术性的提升。全真真的《童年凶猛》引入了小说的笔法,新颖度具备,但模仿的痕迹却很显明。前辈作家刘学林的《思念并未随时间而逝》(《莽原》第 4 期),作为回忆性散文,以母亲的教诲为主线,提炼出乡土文化框架下底层百姓身上凝聚的良善与信义品格。至于其他情感类篇章,笔法上的老套与情思的单薄则较为突出。

第二卷为行走类文字,计二十五篇,近十万字。作家乔叶的《桂花引》(《文汇报》),以近在咫尺的桂花之香为切入口,轻灵通脱,文思隽永,结尾处对桂花叶片之上尘灰的谅解与坦然,大有深意在里面。这一类文字,除了上述言及的唐兴顺之外,张运涛的《向城市》(《广西文学》第 3 期)丰厚结实,将城乡二元结构下乡下孩子对城市的向往情结刻画得淋漓尽致,在乡镇—县城—省城—京城—国外的行走线路中,不忘初心,不讳言自我此时的真实体温。因为这体温足够逼真,所以会形成画面,并轻易地将读者带入那些已被定格的时间之中,进而搅动一片涟漪。王新华的《最后的行走》(《黄河文学》第 1 期),以"我"和"冯"的初次打工经历为基点,展开有跨度的叙述。打工生活的辗转与艰辛,"我"的飘零与无措,"冯"的败走和迅速衰老,皆兼容进来。城乡游走也好,固守村庄也好,人们的无奈和酸楚却本真如一。这里特别说明一下,王新华作为中原民间散文的优秀作者,其散文作品在我看来,归类于打工文学不大合适,因为其系列作品中,皆潜藏着家园守望的情结。祖克慰的《鹰之死》(《山花》第9期),不同于其动物题材的其他篇章。在此之前的系列写作避开了人类中心主义的视角,确立了更为宽广的生命意识,作品中充溢着强烈的自我反思色彩;而《鹰之死》则呈现出大生命观与人世冷暖两相交融的色彩。其中重点开掘的是青年时代的爱恋关系和执情强物所引发的命运倒转,促发作者使用文字将自我定格在砧板之上。散文写到自我解剖的层面,就到了动真格的境地。王剑冰先生的《古道秋风》一章(分别刊于《光明日报》和《人民日报》),文字如行云流水,该亮丽处亮丽,该湍急处湍急,再结合自我深入的文史解读功夫,使得其旅行文字区别于一般的旅游散文。旅游散文近些年来之所以步入死胡同,在我的理解,要么死于情真的欠缺,要么死于知识堆砌而造成的认知的欠缺。王俊义的《村庄很远》(《躬耕》第4期)以及毅剑的《一字排开》(《地火》第3期),是否采取了散文诗的格式并不重要,重要的是词语的繁华最终淹没了语言本身,泛滥的词语洪流之后,最终落下的是虚空。这也提醒其他散文作者,才华的恣肆为双刃剑,处置不当易割伤自我。寇洵的《故里三题》(《鸭绿江》第3期),为传统写法下的传统主题处理方式,好在作者将情感和身段压得很低很低,致力于淡雅中有味的开掘。技巧的圆熟和处理的恰切,使得这篇作品具备了中上之资的水准。

历史文化类散文在年选中所占比重最小,计15篇,5万余字。评论家何弘的《小柱头、水浒及职业看书》(《大河报》),看似谈读书,实则大不然,里面夹杂着吐槽、自我解构、阅读经验、童年感怀等多重经验。分享的姿态和反讽的手法使得这篇短小的随笔趣味盎然。作家墨白的《生活从来就不是容易的事》(《山花》第7期),将小说人物的精神困境与自我成长历程中的困境叠压在一起,形成一种互文性的局面。这种互文性的写法在我的阅读视野中是鲜见的,因此激发了我自身强烈的阅读欲望。文学阅读与科学研究在高新尖的对象面前,有一定的相似性,即可以激发观者原初的好奇心和求知欲。当然,只有拥有足够丰富的经历以及足够宽阔的阅读,"我"的故事和他者的故事才会相互激荡,相互交融,这个时候,作为个体的我们才会如作者笔下的西斯托·罗德里格兹一样,坦然地面对苦难与人生的错位,并与它们达成和解。和解是很难做到的,和解不是一种语言表达,不是一种姿态,而是一种业已内化的情怀。胡亚才的《1929年的那次比武》(《民族文学》第11期),读来跌宕起伏,借助扎实的叙事功夫,不仅将三场比武讲述得风生水起,更重要的是,作者要从这一民间口述史下的华彩篇章中发掘出真正的武学之道。陶阿訇与今空大师之间,既是对手,亦为师友,他们之间即使不发一言,但通过武术动作和细节也可读懂对方的内心,今空大师后来的北去与壮烈即为例证。武学之道当然不在胜负,而在于对生命的大悲悯和对后学的呵护与触发。也只有这种武学之道才会越过具体的人事,越过不同民族的界限,进入文化传承的主脉络之中。陈峻峰的《幸与不幸:不惟城市的话题》(民刊《向度》第7期),借助李长声写域外的随笔,越过老城及相关文化保护的层面,思考当下纯文学的生存困境。尽管没有给出终极的答案,但这种自问的提法却凸显出知识分子或者作家反思的认真。张艳庭作为中原"80后"散文写作群体中的佼佼者,凭借一向扎实的文史阅读基础,建立其散文作品长于思辨的特色。《民间故宫的华丽与哀愁》(《山东文学》第9期),游记模式下其实潜藏着对一座古老宅院的深层解读。大院对人性的禁锢,大院的沉浮与权力的依附关系,皆让观者发出历史的浩叹。

中原为文化的根系、乡土的重镇所在。在大转型的时代里,如何通过散文的笔触勾描我们的乡愁,安置彼此的文化守望,同时迎着现代性的潮流书写灵魂深处的动荡和思考,这是摆在每个中原散文作者面前的任务。正所谓,情之所钟,正在吾辈尔!

2. 开封地方文学新锐述评

一代繁华,几世修行,开封作为一座老城,吞吐着太多的历史与故事。诗人艾略特曾经指出:没有过去和未来,现实就得不到拯救。对于开封这样的老城而言,不能仅仅沉潜于辉煌的过去,她还应该拥有现实的苏醒,以及对未来的遥想。本期《大观·东京文学》所推出的地方文学新锐专号,恰是去陈推新之举,也承担了传统纸质刊物整合新生力量和经略文学地方性症候的功能。

本期专号涉及小说、诗歌、散文这三个基本文体,覆盖了"70后""80后""90后"三个代际写作的群体。缘于对文体的熟悉程度,由我来负责小说和散文,由"80后"评论者洛文负责诗歌。我们将以文本细读的形式,完成此次评论任务。

《瓦舍场》栏目收录了两位"90后"的小说作品,最近几年,部分刊物曾经集中推出他们的作品,比如《西部》对"90后"开辟的专栏,《花城》也正在做集中推介的工作,《岁月》的"新星"栏目刊发了一批"90后"文学作者的小说、散文、诗歌。对于刚刚登上文学舞台的"90后"小说作者而言,他们所拥有的锐气、感知生活的新角度为文坛吹来一股新风。不过,经验沉淀以及对历史语境的前理解因素的不足,却是其短板所在。

而如何理解历史语境中个体的存在维度,决定了小说的基本格局和气象。甄明哲作为一名在校大学生,其所作《红塔山》一章令人不觉产生惊艳之感。这部小说在字数上超过了两万字,乃中篇小说的规模,从前到后,气韵一以贯之,未出现断续的情况,可谓酣畅淋漓;在艺术处理上,作者的文字老练而独到,无论刻画人物、剖析心理抑或铺陈场景细节,皆如一场席卷落叶的大风,直接、锐利,力透纸背。如小说开头对一叠人民币的描写:"我摸得出来,它们没穿衣服。它们在我的屁股底下,挤在一起,汗津津的,正在喘气儿。"这段文字立体而形象,"我"如同巴尔扎克笔下那些对金钱展开无底线追逐的人。茅盾文学奖得主河南的李佩甫先生,在谈到小说写作的时候,曾给出了小说写作准确、生动、深入的基本路线图。对于甄明哲而言,其小说写作业已越过生动的阶段,正步入深入的状态。小说中老金、"我"、刘磊三位人物皆隶属于大学生群体,作者剥开了笼罩在他们身上的光环与想象,还原了他们逃课、泡妞、自我放逐,以及在近似循环的绝望与焦虑中不断坠落的人生过程。这是一部关于青年一代精神溃败的小说,肉欲和物欲的餍足过程中,伴随着挥之不去的空虚,不仅灵与肉是分裂的,而且在肉体内部,也产生了难以弥合的裂痕。如果不是结尾处"我"对于一只受伤小猫的争夺,给出了一丝自我成长的亮色,那么,整个小说将淹没在灰暗的调子中了。不过,这篇小说在展开的过程中,也存在一些问题,其中突出表现在细节迷恋之上。细节是小说的根基,而过度的叙述则易产生过犹不及的结果。毕竟,文学是节制的艺术,一位真正走向自觉的小说作者,更应该在小说的减法上着力。

同样是"90后"的智啊威是位相当成熟的诗歌作者,最近刚刚转向小说写作。《小说家和他的晚餐》,作为一篇短篇小说,可见出诸多文体转型的痕迹。这部小说在主题开掘上,指向物质主义对个体的挤压导致的个体趋于贫乏的状态。此处的"贫乏"与荷尔德林所言的时代的"贫乏"有所交集,但内涵却不尽相同。在处理这个主题的过程中,主人公小说家的身份、妻子出轨的桥段、精心策划的一次晚餐所遭遇的情节反转等等,更多的并非出自写作者对艺术真实的考量,而是要彰显出主动施予的理念。通俗地讲,这是一篇出于自我设计的小说,因此,上述所言的几个因素步入符号化的轨道,使得小说在叙事进程上呈现出游离的状态。或许是因为初步尝试,智啊威在小说文体的自觉性上尚欠缺火候。找到文体的自觉性,然后往文本里嵌入语言、细节的鲜活,乃其走向艺术个性的必由之路。好在作者的优势在于手中有大把大把的时间,只要专注和投入,那么,文体的成熟则指日可待。

本期《越界文体》收录了三位"80后"作者的散文作品。散文乃见心见性又见作者识见的文体,文体自觉意识同样重要,总体来看,他们的作品尚处于在路上的状态。曹文生的《植物笔记》将笔触集中于乡间植物之上。对草本植物的书写为近几年散文的一个热点所在,或采取考据的路数,或采取童年经验融入的路数,或将知识考证与情趣相结合。而曹文生走的是最后一种。知识考证的过程也是重新体认的过程,从而赋予草本植物历史时空的内涵。在情趣的带入方面,如草原上烂漫的野花,为散点式的点缀。不过,过于看重"小荷才露尖尖角"的灵动因素,也使得作品在叙述上有点蜻蜓点水,少了些重和拙的因素。而那些乡间植物,本身的生存状态就是笨拙的,年复一年,按照自我的方式生长与凋落。照见草本植物的内心,回到土地,回到植物自身的本性的层面,方为这一路数的写作需要考虑的问题。纪梅的《穿透风景的凝视》实则为一篇书评,书评能否归入散文文体的范畴,需要做个案考察,是侧重自我真性情的带入还是学理性的确立,乃关捩所在。作为一名博士在读的评论从业者,知识体系的纵横以及理论的自明性,为这篇文章的特性所在,但在主体的情感投射以及性情切入方面,尚有所欠缺。陈珩的《俗世风景》是系列文章的组合,她写玉、写石、写雨、写雪,皆见出作者本人对古典的钟情,尤其是对《红楼梦》的钟情。这个系列作品的格局和气象非作者用心之处,作者着力经营的是此时此地的情思。事如春梦了如痕,永远过于遥远,唯此在可以握住,可以证实存在的感受和重量。与情思的开拓紧密相关的是轻笔曼妙的语言风格,这一点,恰是女性作者铺展深情与细腻的特长所在。而总体观之,这个组章文艺气息过重,拟想之词偏多,影响到散文的真纯度和感染力。

3. 远取诸物,反观自身:鱼禾散文的内省型特质

罗曼·罗兰曾说过这么一番话:"这里无所谓精神的死亡或新生,因为它的光明从未消失,它只是熄隐了,又在别处重新闪烁而已。"早年与之遭遇,并无太深的撼动,如今重提,对照康德所言的"永恒的星空"之说,渐有所了悟。光明也好,星空也好,皆基于人类的价值体系(其中包括普遍的价值认同以及随社会历史发展衍生而出的更高的价值预设)而发声。这一价值体系恰恰构成了人类文明得以前行的基石。若再延伸一下,会引出这么一个问题:谁是这一价值体系的维护者?是科学吗,还是处于威权地位的政治力量,抑或作为杰出想象力载体的艺术?基于我个人的理解,它们可能为触动力量,却非决定因素,担负这一体系真正守夜人角色的恰是哲学和文学。哲学与文学之间,哲学为腹,文学为胎,遗憾的是,20世纪中国哲学的零余状态,主要指的是哲学被哲学史研究所替代,在很大程度上决定了中国文学的围城困境,深刻如鲁迅,毕其一

生,始终在和内心的鬼魂拼杀。而在当代文学谱系内,哲学化显明的史铁生的作品,内化的精神资源唯有佛教哲学和存在主义。

时至今日,现代性问题依然成为当代中国文学写作的藩篱所在。针对何谓"现代性"这一问题,哈贝马斯、吉登斯、福柯、利奥塔甚或部分中国学者的阐发都各有侧重,主体性与自我意识、启蒙与理性、历史阶段与社会组织范式、叙事方式与意识形态、制度模式与生活模式等等,成为不同的基点所在。这些基点不过是某种量化及精确化的结果,如果加以综合和抽象,总的指向皆涉及价值观念层面,即表征社会历史进程某一特殊时期的价值体系构建。文学领域内的现代性其实是个弹性甚大的取值空间,其下限为人类业已确立的基本价值准则,诸如真理之追求、理性之确立、个体尊严和价值之尊重、公平正义之诉求、独立与自由、个人本位与主体性意识、人与自然关系的批判性反思等等。比较而言,这一些准则与封闭性的前现代社会所倡导的人伦、美善、雅正、忠恕等准则差异明显。向上一格,则为对终极价值的叩问以及终极关怀的建立。诉诸当代文学写作实践,如果说尚有一些作品达成了对现代性下探空间的触摸的话,那么,相关向上一格这一空间,则如山中之竹、水中芦苇,表面鲜活质感,内中却是虚空。

若以体裁类比,在现代性的自觉层面,散文可谓最为迟滞。阅读市场上热火的青春类、哲理类、美食养生类散文且不言,严肃的散文随笔之创作,也大多停留于叙事的酣畅、经验观照的准确、历史材料的再解读层面。为了趋于某种极致,散文作者们一窝蜂地在自留地里试验个性化色彩的鲜明。个性化倒是有了,但是基于自由精神的自我意识与主体性依然未形成轮廓分明的形态。换一种说辞,当下的散文作者过于注重确定性的要素,而对于超出经验的不确定性要素,诸如先验、超验、精神洞穴的深处等,却畏首畏尾。功利的或者说及物的写作范式占据统治性地位,内省式的自我解剖和"远取诸物反观自身"式的自我拷问,依然鲜见。

2012年,作家鱼禾推出了其读书随笔集《非常在》,在此之前,她还相继出版了两本散文集子,《攒眉》与《相对》,两部集子汇聚了她在报纸上写就的专栏文章,其中包括读书短札、行走文字、生活感悟等,形制相对短小,宽度也尚未形成。而到了《非常在》这里,陡然转入才情勃发、个性十足的写作通道。这部集子所展开的恰是对西方现代五位杰出女性作家的精神辨析旅程,借助《非常在》,鱼禾致力于厘清她们掩藏于话语旋涡之后的现代性,并以此为基点,透视写作、女性、性别、人性的秘密。这部读书随笔集子,充溢着内在的紧张和对峙关系,且文字的奔跑始终在高位运行,并以其幽深和精神探险的品格,确立了自我写作的内向性写作范式。《非常在》之后,鱼禾转入长篇散文写作的通道,刊发于《人民文学》《十月》《莽原》等刊物上的作品,篇幅大多在万字以上,像《父老》则长达两万字。长篇散文的写作形态,考量的是作家的叙事能力和结构能力,当然,这些能力对于功力深厚的作家而言,不在话下。

如果说《非常在》凸显了更多思辨和形而上色彩的话,那么,鱼禾近些年来的长篇散文写作,则转向了经验凝聚的领域,亲族叙事、童年经验、行走体验、对身边人事的洞见等等,繁多的经验再现揳入不同的篇章之中,它们也构成了差异性互补的关系。如前所述,基于散文文体对真实性的特殊要求,经验性书写几乎覆盖了散文写作的全部天空。进一步来谈,书写方式其实并不重要,重要的是如何向内凝聚体验的鲜活度和真实度,并在经验观照中形成自我反思的镜像,以此认识自我,洞见灵魂的悸动和摇摆。完成体验的凝聚,就意味着进入优秀作品的行列;再往前跨入确证主体和自我意识的境地,则具备了杰出作品的品格。人类是由一个个独立的个体组成的,个体越真实、丰富,担负的矛盾越多,则越能够表征出人的特性和本质。黑格尔提及的独特的"这一个"概念即包含此义。"认识你自己",德尔菲神庙上的这句箴言不独是个重要的哲学命题,对于现代散文来说,亦为关捩所在。

纵观鱼禾的长篇散文系列,体验的浓烈后面,不同程度地具备了精神内省性的特质。这些特质,构成了文本的深层纹理。下面按照我个人的喜欢程度,逐一对其具体作品展开细读。在其系列散文中,最符合个人欣赏口味的是《失踪谱》(《莽原》2015年第1期)。之所以使用"欣赏口味"这一术语,概出于欣赏和批评的差别,欣赏口味的形成借助于阅读实践,而批评标准的形成则取决于理论训练,19世纪经典现实主义作品的审美启蒙,使得笔者个人的欣赏口味趋于现实关怀和历史深度。这部曾获得《莽原》年度文学奖的作品,讲述了家族史中六位失踪者的人生片段,人生故事的奇异性、情节的中断与空白、历史与现实经验的融入,这些因素皆是小说的敏感点所在。鱼禾在处理这些要素方面,避开了人物性格的深入刻画,避开了因为往事的苍茫所需的虚构的补充,而致力于情境关系的有效性建构。身患重症的父亲在病床上的讲述、其体力的不支加上对亲人讲出这些故事的强烈念头,决定了这部作品去繁叶而留枝干的叙述形态。而故事的另一个讲述者——"我",则努力忠实于故事的原生态,忠实于父亲的记忆。故事中的家族失踪者横跨大半个世纪,从爷爷辈到父辈再到"我"这一辈。灾荒、战争、逃难、女人的附属性地位、极左年代异化的激情对个体的抽空、个体的本能性恐惧与自我僵化、情爱的虚空性,这些因素构成了失踪的现实刻度,尤其是前五个亲人的失踪,兼容了中国现代史进程中战乱对底层民众的摧毁、宗法社会下的香火情结、狂热年代中被恐惧感紧紧束缚动弹不得的个体、女性生存难度的极限这些要素。被照亮的记忆图景一直压缩在父亲的心魂深处，通过讲述，它们的重量转移到作为后辈的"我"的身上。在现实关怀和历史深度层面，这部作品以一个个鲜明的节点，承载了于历史烟云中个体悲伤、绝望、恐惧、无奈的行进命运。所抵达的境地，如同文本中"二奶奶"在房顶上哭泣的细节，这是一个女人最无奈、最悲伤的哭泣，也是整个"北中国"哭泣的颜色。这种人本的哭泣在当时可能无法穿过村庄，而时至今日，一定如钢针一般刺入受众的内心。另一方面，家族记忆的延伸，在本质上就是自我来处的延伸。心里住下越来越多的人，自我的颜色方越来越趋于清晰。在讲述失踪者故事的同时，作家也不忘省察自我血脉的颜色，比如蒙古人的长相、家族中的逃离基因、性格上的要强和自我担负性，这些另外的纹理镶嵌入文本，隐约可见。在鲁迅文学院学习之际，鱼禾曾就现实观照与个人体验问题说道："作为以特殊的文字方式呈现思想与情感的这么一些表达者，有没有为人间真相立此存照的勇气和能力，有没有把目光看到根子上的洞察力，有没有经得起时间和常识检验的历史观和价值观——这个，或当理解为现实观照的题中要义。"对照这个发言，我们可以体察她在《失踪谱》中所呈现的力度，也应该看到，作家在这部作品中讲述"我"的恋人失踪小节中彰显出的弱势性,即情境关系的弱化和讲述自身的闪烁其词。我并不怀疑作家的坦诚,出现这个情况,很可能与作家对情爱关系的理解尚不够自信有关。

《父老》(《人民文学》2013年第2期)是作家的另一篇重磅文本。作品同样有着双层结构,第一个层面凝聚了情感的深广、自我的担负以及对父亲一生的回望。作为女儿,父丧之痛如同根子上的血脉被斩断一支,恰如结尾处作家的陈述:"他留下的缺口深不见底。我还在这里,我在一豆烛火前给自己把脉。……这是血的刻度:沉浮迟数,温凉寒暖,一切俱在其中。"为了支撑起情感的经脉,作家在处理上采用了入乎其内且出乎其外的笔法。父亲病重的前后因果(这一层叙述又兼容了投射性的现实关怀,包括家乡化工厂对河流、庄稼、村庄的侵蚀,医院作为机构视病人如机器),最后光阴里"我"和父亲倏然进入相互特别需要的境地,父亲性格的立体性(包括父亲的痴,父亲的闲散,以及作为承担、延续乡土道义公正符号的父亲),以上这些为"入"的因素;"出"的因素则包括:"我"对医院其他病人的体察,对舅舅因同样病症故去的叙述,还有就是因父亲的病而被关联到的"我"的生活和学习。王国维先生曾言及"入乎其内,故有生气;出乎其外,故有高致"。写父亲的优秀篇章中,我曾读过两位男性作者的散文,北岛的《父亲》以及玄武的《父子多年》,或许是缘于性别的差异,他们的书写更多地将重心放在理解层面,而鱼禾的《父老》核心基点则在于深情。文本的第二个层面隐秘地藏于另外的角落里,也藏于作家的另一篇散文《放疗病区》的末尾。临终的诀别,死亡的羽翼乍然落下,虚空如巨石般压覆过来,诵出的佛号和写于灵棚处的挽联,皆是某种心理的安慰。在这里,死亡作为哲学问题涌现至目前、至笔下。打小开始习染的无神论难以逼视死亡的虚空,终极关怀的丧失导致了肉体被孤零零地摔落。作家在这里也袒露了自我的茫然与无助,并将其作为一个根本性问题推至读者的面前。未经历生死诀别的人不值得与之谈人生,死亡既是一种重击,也是一次针对何谓关怀的自我教育和他者教育。

《乡愁,或另一种乌托邦》(《散文选刊》2015年第2期)与最近几年风行的"每个人的故乡都在沦陷"的主题有所重叠,但也有不同之处。在江西作家江子笔下,在安徽作家江少宾的散文里,或者触及人事的凋零,或者触及田园将芜、祖屋坍塌的状况;而鱼禾笔下的乡愁,则指向离开之地,故乡——淇河岸边的村庄、大学校园,包括正寄寓其中的伊城,皆是书写的对象。同时,这一乡愁也是多维度的,包括对故去父亲的思念,对母亲单身一人居住于故乡的牵挂,对弟弟的忧虑,对复旦校园的回想。这一篇章最精彩的地方在于对故乡人心荒芜的准确勾勒。富足之后的玉表姐晚上数钱时候的空落,让读者体察到时代进步背后的暗面。《吸引》(《十月》2015年第2期)写的是一次盐湖之行,让我们体验到旅行文字的魅力。旅行文字和旅游散文乃两个截然不同的概念,旅游散文多为观看和介绍,而旅行文字则指向内在的自我。亚洲腹地的云朵、天空、大地,它们的色彩、形状,盐湖的滞重,德令哈夜色的悲凉之意,呈团块状进入作为旅行者的"我"的内心,涤荡了尘世中的俗念。重要的不是抵达哪里,见过什么,而是完成一次身心清空的过程。这种纵浪大化中,自我洗濯的体验,在《独坐敬亭山》那里,在柳宗元的独钓中,在张岱湖心亭赏雪的过程中,皆为我们所熟悉。当然,它也有着陌生的一面,即通过繁复的散文笔法,这种洗濯体验棱角更丰富,枝叶更繁茂。

《驾驶隐喻》这篇长篇散文曾获十月文学奖,并被《散文·海外版》转载。人与钢铁汽车的渐趋一体、人车与道路间的关系,以及汽车自身的曲线存在,构成了这篇散文的主体内容。《十月》之所以看重此篇文章,我的判断是,其提供了某种异质性的存在。汽车作为工业社会的代表性符号,作者以人学视角写其动与静,并赋予其部分的主体性。无论是题材还是处理方式,在当代散文实践中,皆是罕见的。不过,就欣赏过程而言,这一篇我读下来并不顺畅,过多的隐喻修辞,使得文本漂浮起来,个别章节有点过于玄虚,因此,缺少与生活经验间的贴合。这使我想起了国内刚刚兴起的公路类型片,过于注重人、载体、道路以及相关故事的必然性,而忽略了与出行相关的偶然性因素。而偶然性因素的聚合,则与他种洞开的深刻性密切相关。

除上述作品之外,鱼禾还写出了《逃离》《悬空:我的梦中居所》《孤立》《地图》《高原反应》等长篇散文,或者触及住所之变,或者叙述了血液中逃离的冲动,或者对生活在他处一往情深,或者袒露自我叛逆、喜独在的性格内因。概而述之,生活在都市深处的鱼禾,对日常生活保持着一份敏感、疏离、远视的心怀,并常常带着一颗省视之心上路,在自省中,剥离多余的附着,以省察女性、婚姻、亲情、自我来路、独在、身心清空的秘密与意义所在。这使我想起艾略特的经典诗句——沿着我们不曾走过的那条通道/通过那扇不曾打开的门。

4. 冯杰散文:短章小制藏精神

翻检新世纪以来的中原散文,以散文立足且渐入深远者,寥寥数人耳。老作家周同宾算一个,郑彦英、廖华歌、曲令敏、鱼禾、胡亚才这五位紧追其后。其中郑彦英、廖华歌和鱼禾三位近几年纷纷转入小说写作的队伍中。其他如王剑冰、冯杰、陈峻峰、耿占春、阎连科、田中禾、邵丽等,或由诗歌领域侧身散文创作,或由小说领域偶然反串,闲笔纵情。中原乃文化的腹地,却非散文的腹地,总体上中原散文尚囿于地方性经验的藩篱,不过,在重重遮蔽之下,依然有两个亮点顶格而立,其一为冯杰散文之雅正纯粹,其二为耿占春散文之思深而意远。所谓顶格而立,指的是他们的散文书写在品相、气象、质地诸因素上堪与国内一流散文家平分秋色。散文不必讲派别,但若离开独立性和独创性,那么,点点山头就难以在大地上拱起。就独创性而言,冯杰的乡土书写直逼故乡之"故"的本源所在,而耿占春的智性写作是在中西会通的视野下,展开类似帕斯卡尔《思想录》式的思辨言说。

在北中原一个小地方生活多年之后,偶然的机缘,作为银行职员的冯杰得以进入省城,成为文学院的专业作家。最初写作诗歌,后又涉足散文诗领域,新世纪以来则专注于散文写作,题材上的集中和行文上的练达,使得其散文在品相上趋于纯粹。

一方面,冯杰迄今为止写出的大部分散文作品基本上都在台湾出版;另一方面,他的散文作品几乎囊括了台湾所有重要的散文奖项,如梁实秋散文奖、《联合报》文学奖、台北文学奖等,而且,具有代表性的台湾散文家如余光中、张曼娟、张晓风、林清玄等,给予冯杰的皆是极高的褒誉和极大的关注。对于大陆散文的作家而言,冯杰似乎是唯一的一个特例。之所以会如此,在我的理解,台湾的散文界和出版界最为看中的是冯杰散文纯正的乡土性以及他所坚守的中国文统的正宗性。在冯杰散文的地理版图上,北中原是其着力营造的纸上故乡。而此处精神故乡的主体为草木虫鱼和生活在北中原这块土地上的人们,核心内容则是人对万物之劳作。其中有父亲对造屋的热情和细致;有姥爷冬天把萝卜埋存、上面插一束高粱秆让它透气才不致沤烂的细节,"像萝卜窖上耸立的耳朵,萝卜地下寂寞,它在听天上过往的风声";有《母亲常制的九种面食》中母亲带领孩子们,将粗糙的食材加以整合,进而将面食艺术化的劳动过程,"一到年底,姥姥、母亲就领着我们开始蒸枣花,想起来,那就是一种独有的'乡村面艺',民间的河流在乡村大地上到处涌动,让我看到局部和细节,看到枝叶和碎花。花糕的形状有刺猬、盘蛇、青蛙。动物肚里装的都是红枣,动物们的眼睛是用黄豆、绿豆点上的,蛇眼用高粱,刺猬眼用绿豆。背上的刺是用剪刀剪出来的。面上走过咔嚓咔嚓之声"(《泥花散帖》第140页)。冯杰的乡土性不仅有着至真至纯的特性,其笔下的"北中原"经过了系统而全面的打磨,也成为"看得见的乡愁"所在。至于正宗的中国文统,指的是中国文化迁延流变中的文章传统,包括两个要素:一是观乎人文以化成天下的人文立场,君子品格、文以载道、言之有物等皆为这一立场的诉诸形式;二是作文如行云流水的文章法度,俯仰自得,游心太玄,恰如歌德提及的那样:伟大的艺术是在限制中寻找自由。古代之嵇康、苏轼、张岱,现当代之周作人、汪曾祺等,皆是这正宗文统的传承人。

台湾同行的认知向度出于独特历史条件下所形成的文化心理结构,他们在冯杰散文那里寻见了情感和想象的共同体,惺惺相惜之感由此而发生。站在文体学的角度,其散文的艺术性特色实际上另有所指。若加以概括的话,其中包括两个向度。

其一,行文上的随性与变化万端。其文本中随处可见艺术处理上的跨度,历史、文化、知识考古等要素杂糅在一起。《喝白老虎汤》一篇,不及千字,由老虎而入题,铺展到"破瓜"这一中国文化的"杂说"之上,并以冯梦龙和张爱玲为注脚,然后转入对古代的刑罚——名为"瓜蔓抄"——的陈述,最后才给以点题,结合自己的乡土体验,揭示西瓜汤的最大功用实为解酒。一篇小文铺得如此之开,收得如此之速,再结合其间的留白,可以见出作者拿得起放得下的功夫,也可以看出散文这种文体"常行于所当行,止于不可不止"的自由度,更能见出创作主体在处理笔端物事上的文化自信。

其二,冯杰散文中时不时会跳出幽默的段落。考察冯杰式的幽默,似乎和现代史上的舶来品有所不同,林语堂、梁实秋、钱锺书的幽默品相,为西式的幽默,多来自知识和智慧所形成的优越度;而冯杰散文的幽默多由本土经验来支撑,朴拙中带有淡淡的涩味,如其笔下的青柿子。在另一篇文章中,他曾自述道,画画时刚好少了一份颜料,遂取过期咖啡一试,居然别有效果,小画邮寄给一位国外友人,然后收到回赠,打开一看,果然为一罐过期咖啡。总而观之,冯杰笔下的幽默段落,直接对应了自我的经验,是经验叙述和自我观照的一种结果。

在都市的深处,闲坐书斋中的冯杰,寂寞中又带有点点的清思。他工书画,善文字,集子里的插画皆为其手绘。《泥花散帖》中,标题文字着色,内中以黑白衬底,配以手工彩色插画,看上去雅致异常,文人范十足;而他的乡土文字,写的又是乡土世界的大红大绿,比如对联、年画的夸张与流俗,比如少年时看种猪交配的陈谷子烂芝麻。这一雅一俗于冯杰而言,其实不存在什么鸿沟,它们都来自深不可察的生活,来自复杂而宽广的人本身。

5. 胡亚才散文:剑胆琴心,气盛言宜

西方哲学中有"真理等同于事功"的说辞,而在儒家文化为基本底色的东方观念体系中,实用主义色彩和实践性品格无疑强化了文人士大夫事功层面的强烈诉求。卧薪尝胆、闻鸡起舞类的故事,作为励志宝典定格在一代又一代人的观念

之中。为了达到事功的目的,古典文化发展出一系列的理论辨别体系,以此规训个体修为的内涵,设定修身、齐家、治国、平天下的递进关系。坚固的道统之下,为文之道也被深深地打上修身的烙印。致力于文道合一的古文大家韩愈在《答李翊书》中曾提出:"气盛,则言之短长与声之高下者皆宜。""气盛言宜"之说由此而滥觞,所谓"气盛言宜",指的是作家的道德修养和精神人格的高拔之境与为文之道的切合。"气盛言宜"之说与孟子的"养气"之说乃上游和中游相似的航标,伫立于文学、文化的航道之上,奠定并充实了"文如其人"之说的逻辑基础。

"文如其人"当然是个模糊性命题,在严格意义上很难以实证的方式确定下来。两汉的扬雄和当代的钱锺书对这个命题就曾有过充分的质疑。从这个意义上而言,"文如其人"这个说法实际上就是人们口耳相传的一个约定俗成的惯例而已,仅作为个别性的事实而存在。在道统隐微、形式被赋予独立审美内涵的现当代文学创作实践之中,"文如其人"这一命题的亮光则愈发微弱。不过,假如作家主体的精神气质足够独特,气场足够强大,那么相应地,倒映在文本中的作家人格投射力量也会异常鲜明。不可否认的是,由社会、作家、作品、读者四要素构成的文学不同序列的排列组合之中,始终存在着作家主体性鲜明的一个支脉,善良真诚的巴金是一个,走颂圣路线的郭沫若是一个,孤绝如崖间苍松的张承志则更为典型。

文学即人学,散文则尤甚。毕竟,在传达自我的成长经验,呈现自我的生活史,以及坦露自我的心迹方面,散文这个文体无限趋近于真我、本我的面目。近日,笔者安然于书桌前阅读胡亚才的散文新著《水的血脉》,掩卷之际,脑海里陡然翻转出"气盛言宜"四个大字。在这部散文集子中,作家自身的性格张力、情怀气质等主体性要素,与其笔力、才识等文本要素,如同两道铁轨,形成一种独有的并峙局面。这种超文本之外的感受性因素,在我多年来的散文阅读经验中极为鲜见。

中原本土,就文体分布而言,小说强而散文弱的局面,比之近邻诸省份更为显著。不过,就河南本省中青一代散文群体而言,近些年则呈奋发之势,郑州的冯杰、鱼禾,安阳的唐兴顺,洛阳的贾志红,三门峡的郑毅、石淑芳,南阳的祖克慰,周口的阿慧,信阳的胡亚才、王新华,焦作的张艳庭,以上诸位,风格体式各异,但在上升路上皆为攀登的姿势。其中胡亚才与阿慧还拥有回族作家的身份,他们也是中原大地上两位优异的少数民族作者。胡亚才来自水乡信阳固始县,名相孙叔敖的属国所在地。如果说本省范围内信阳文学界活力十足、氛围雅正的话,那么,固始作为县级区域,其文学艺术氛围之浓郁,则堪称表率,这里有县级的散文学会,以及学会刊物,有以往流镇而命名的"往流"作家群,有阵容强大的书法家群体。当然,这一区域内的文学写作,似乎与散文有着特殊的亲缘关系,从固始本土走出的两位——致力于根亲文化书写的陈峻峰与擅长乡土叙事的胡亚才——皆以散文写作名噪于本省。

作为少数民族作家重点扶持项目的成果,《水的血脉》全书计22万字,上海文艺出版社2015年12月出版。集子的主体构成部分为家族叙事,并辅之以故乡石佛镇系列故事,形成相对完整的小镇故事序列,所包含的人物、人事、物事三个基本要素皆风生水起、情态分明。以小镇或者村落聚居地为叙事基点的散文系列写作,在当下并不鲜见。如江西作家傅菲笔下的上饶系列,江苏作家庞培笔下的江南小镇,云南作家李达伟笔下的潞江坝系列,山东作家盛文强笔下的半岛系列,等等,皆以风情画卷的形式夯实地方志书写的内容。而诉诸中原腹地,系列写作也曾有之,而以小镇为基点,以点带面地写出主体对地方历史、人文、地理、伦理等要素的深入体察与系列思考,《水的血脉》无疑是一个典范的文本。需要指出的是,小说与散文中的小镇叙事在开掘向度上往往大有不同,尤其是在处理跨年代的叙事层面,在时移事迁、质文代变的境况下,小说侧重于考察制度性因素对人心、人性的囚禁与控制,而散文则侧重挖掘文化观念对人情、人伦的浸染与化约。胡亚才笔下的石佛系列,当然也触及了变的因素,诸如水文、环境、社会关系的代变,但更重要的托举则是不变的因子。这不变就是,从太祖父身上遗传下来的至"我"本人、至下一代,以"举人锦"为表征的对文化知识的诉求与敬畏,还有以祖母、陶氏阿訇为表征的人与人之间的宽厚与博爱。知识的美德与人伦的美德相互交织,构筑了基本的地方文化传承序列,作家本人则是这个序列的洞见者和讲述者。

集子的第一篇名为《老家》,述及作家与故土的亲缘关系,注重从人文地理层面对老家石佛镇展开扫描,包括镇子名称的由来、街道布局、族群分布、人情关系等等。该篇看上去更像是全书的引子。从第二篇《出逃南京》开始,作家集中笔墨切入到家族叙事的主题之中,时间跨度上从19世纪中期延续至今,勾勒的人物群像有太祖父、曾祖父、大爷、祖父、祖母、母亲、表奶、陶阿訇等人,他们与"我"或者有直接的血缘关系,或者虽无血缘,却有着至深的亲缘,彼此的血脉已经紧紧相连。作为流居石佛镇的一个特殊回族家庭,除了教义的虔诚之外,几代人的精神血脉传承如水般不可隔断。太祖父作为一个精神符号,怀揣举人锦从南京出逃,躲避战祸,历经艰险,最终扎根于石佛这一中原小镇,在世事动荡之中,恪守一颗底层知识分子的本心,归宗的教义、对知识的敬畏、互助友爱的儒家人伦和律己的规范,黏合在一起,落定成不变的祖训,并演化为君子之道,迁延于家族香火的延续之中。曾祖父的弃商从教,与道同者创办古兰书屋,成就地方教育的新事业,乃花开一朵。大爷在青春韶华的年龄矢志不渝地立下朝圣的决心,并付诸实际行动,也是花开一朵;祖母的慈祥与悲悯,更是绚烂至极。在系列故事的背后,读者可以洞见"独善"与"兼济"的儒家思想在家族史中强大的生命投射能力。正所谓"德性所知,不萌于见闻"!作家开掘出这些陈年旧事,不单单是致敬于祖上,其隐在的指向在于试图剥落文明传承的密码,找见一方水土之下人文精神的走向。作为家族叙事的延伸,《1929年的那次比武》《老李对两个半历史人物的看法》等篇章,则为地方人物志的书写范式。尤其是叙述比武的篇章,不愧为作家近几年完成的精品之一,故事流利生动,结构错落有致,人物精神特性的钩沉准确有力。这篇散文借助扎实的叙事功夫,不仅将三场比武讲述得风生水起,更重要的是作者要从这一民间口述史下的华彩篇章中发掘出真正的武学之道。陶阿訇与今空大师之间,既是对手,亦为师友,他们之间即使不发一言,但通过武术动作和细节也可读懂对方的内心,今空大师后来的北去与壮烈即为例证。武学之道当然不在胜负,而在于对生命的大悲悯和对后学的呵护与触发。也只有这种武学之道才会越过具体的人和事,越过不同民族的界限,进入文化传承的主脉络之中。

《水的血脉》中共收录了21篇散文,多数篇章在万字上下的规模。长篇散文考量的是作家掌控叙事进度的速率和结构的能力,也许是刚性为文之因,使得集子中诸多作品在内在气韵和节奏上出现了质胜于文的情况。质胜文则野,过于刚性的陈述,会促使文章的气韵在一个水平线上运行,缺乏必要的变化,所谓水平为镜,水波荡漾、涟漪泛起则为曲线之美。气韵的同一性又影响到了结构上的起伏错落,如何做到刚柔并济,并合理地剪裁叙事段落,这是作家今后需要直面的问题。苏轼提出的"行云流水"以及"随物赋形"的审美判断标准,应用到当下的散文创作中,依然行之有效。另外一个方面,源于作品主体性色彩鲜明之故,作家自身常常冲锋在前,在情思传达上前倾的姿态过于明显,也影响到了散文自身的内蕴性审美品质,毕竟,言志、抒情并不等于直接议论,正所谓"山欲高,尽出之则不高,烟雾锁其腰则高矣"!

回到"气盛言宜"这个话题上来。《水的血脉》从行文、情感传达、主题呈现这些层面来看,皆符合姚鼐提出的阳刚之美的范畴。文以气为主,作品中充溢的阳刚之美,则由作家本人的气质特性所支撑。胡亚才本人自幼年开始习武,这在作家圈里非常少见,其人生经历也照应了有志者的生活旅程,更重要的是,多年的内修及律己历练了其如颜真卿般方正、刚正的独特心性与气质,这一精神特性投射到作品中,自然形成英朗勃发的气质,也确立了其为文群峰林立的气势。

6. 光阴书与浪漫季

农耕图景下,一弯新月、一处波光潋滟的水塘、一堆草禾、一丛花树,几重小山、几多鸟兽,如流水落花,缓缓地注入各自童年的深井里。多重自然气息的扑打与浸入使得灵魂的出入口皆脉脉有斯语。尽管之后世事翻飞,颜色被叠压,多情被深藏,而一旦稍加翻动,便会有块垒堆于胸间,如此则"非陈诗何以展其义,非长歌何以骋其情"!

近些年来,乡土散文写作在主题开掘上有了两个明显的转向,草木植物和乡土器物取代了田园牧歌成为新的写作路向,并以系列写作的形式呈现出写作者的关怀热度。刘学刚的《草木记》、江子的《田园将芜》和项丽敏的《皖南民间器物》系列,堪为代表。就乡土器物而言,附着肉身的抚摸和体温,直接对应了个人经历的起起落落,以文字的方式返回现场,其实质为对往事的重温,以此舒展自我的怀旧情绪。而草木植物的主题开掘,则向着打捞剔透的童年经验而去,这种童年经验带有更多的心灵化的色彩。毕竟,对于喜爱精神生活的人来说,童年会持续于他的一生,童年的回归使得成年生活的区域呈现出蓬勃的生机。当梦想为我们的个人史润色之际,心中的童年就会带来它的恩惠,我们也会从这种回归中得到一种对根的认识,如此,人的本体存在才会根深叶茂。

历经多年的打磨,来自汴梁古城的任崇喜先生于2016年新年之际推出两本散文新著。《节气》与《花信》,对于其本人而言,经年深耕,终见一树繁花;对于中原散文来说,素朴的田野上就此增添一片佳荫。两本书皆在20万字上下,由素以谨严著称的河南大学出版社于2016年1月推出。《节气》一书,毋庸讳言,对应了依然在农历和生产实践中奔跑着的二十四节气;《花信》一书,则勾描了与节令相呼应的二十四种花卉。篇目设置上,《节气》以春夏秋冬四季为分卷,而《花信》则以节令的流转为分卷,始于小寒之蜡梅,掩于谷雨季节之楝花,不过,两者在文章标题的处理上却殊途同归,皆以七言诗句作为标识。如此量身,不仅仅出于对自然流变的尊重,更重要的是凸显了作家某种文化守望的基本态度。

两本散文集子中,《花信》的主体为草木花卉,自不待言,《节气》一书则触及诸多农作物的渊源、耕作史、分布情况等,凡斯种种,在写作路数上皆可归于以草本植物为主题的写作范式。在此之前,任崇喜也曾有散文集子面世,不过,这两本集子,由于系列书写的深度和宽度,其意义不言自明。在我的理解,散文场域内的系列写作,不仅确立了情感投射的厚度,更重要的是,作家的写作立场和价值判断会更有效地得以自明。杰出的散文作品,终归为品格的载体,何谓品格?不关乎价值取向和关怀深度则难以确立！二十四节气，或单个，或总体，文化人类学、民俗学者也好，作家也好，皆有大量的文字留存。他们或钩沉季节流变背后不变的文化内涵，或雕琢时令的风情所在，或从农业生产的角度科普大量的农学和时令知识。而在任崇喜的笔下，一方面兼容了基本的农学知识、饮食民俗、节日流变史、童年记忆、词源考据，另一方面，则从两千年来相对固定的农耕图景中发掘历代学者、文人文字书写背后的情感流向和情感记忆，诗词曲赋或者杂学典章皆融汇其中，进而形成一条恢宏的情感河流和文化河流。这种全貌式的刻画凸显了写作主体开阔的视野以及扎实有序的文史知识系统。且以《立秋》一章为例，开头以现实的写景入题，细腻描绘了立秋之后世间诸物在气息上的变化；接着回到古代典章之中，详解立秋日这一节日的由来以及相关的礼仪规矩；再其后则引入秋之梧桐以及民俗中"吃瓜"的习俗，并延展到山东之地包饺子的习惯作为补充；然后，文章转入描写秋天在农事生产中的功能和意义，并自然过渡到对"悲哉！秋之为气也"的丰富开掘，大量文人化的书写片段随手拈来，呼应秋天气质在情感记忆中的不同向度；最后，则以苏轼躬身亲为作为结语，提炼出"经世致用"这一生生不息的文化品格和境界。就文化传承而言，从早期的结绳记事到秦汉前后二十四节气的最终确立，基于农业社会组织系统的文化记忆和情感记忆千百年来弥漫于人们的生命意识之中。农业生产只是基础环节,故土守望、家园情结、寻根意识等,方为深层的文化密码所在。至于当下的各种节日,固然有着缘于权力意志赋予特殊历史瞬间之意义符号化而演化成的部分节点,但其中最恒定的部分,依然为传统节日的存续所在。春节、端午、中秋等节日的背后,依然寄托着国人对天地四时的尊崇和敬畏。《花信》一书,在情感记忆的发掘上更为深透。苏轼有"诗中有画,画中有诗"的提法,诗歌和绘画作为古代文化人纯粹精神寄托的两种典范形式,对节令之花卉皆情有独钟,"乱花渐欲迷人眼"之中,流淌着的是人生艺术化这一独特的哲学观和生命观。对于这些,任崇喜皆细笔勾勒,相较之下,对花卉的种类、稀有性、形态等勾勒倒在其次了。

　　两本集子,各二十四篇文章,平均下来,每篇在八千字以上。长度当然不是衡量散文优劣的标准,但其中丰富的情感记忆和杂糅文史、民俗、诗画的巨大容量,无疑充实了散文的气象。此外,在语言上,作者行文洗练,涉及写实的场景,比如童年记忆和现实抒怀,清词丽句往往相邻,也表征出作者诗艺性技巧的出色掌握。比如《雨水》篇中的这一片段:"春雨像什么?总是沉睡的夜里到来。它不像成群结队的风,会把树们挤得趔来趄去;而像蹑手蹑脚的猫,从屋顶的瓦片上踩踏而过。"如此等等,集子里不一而足。

《节气》的副标题为"光阴书",《花信》的副标题为"浪漫季"。对于我个人而言,尤喜"光阴书"三字。因为不可把光阴错当流年,流年似水,收拢伤怀之声,而"光阴"二字,不独对应着过去,还照应了现在和将来,光阴寸寸,它是所有人的日子,收容了所有人的心跳之声。

7. 阿慧散文的清亮度

《羊来羊去》为阿慧作品集子的名称,这部散文作品集曾入选"回族当代文学典藏丛书"。就笔者而言,并不关注作者的民族身份,对于集子中收录的《羊来羊去》一文曾获得第四届冰心散文奖,也不会特别地上心。散文是个人与世界相遇的一种方式,这里的个人对应的是精神个体性,而"世界"这个词语,既包容了帕慕克式的对周遭世界的热爱,又指向系统性存在的文化。

阿慧为周口作家群中散文写作的代表人物,周口作家群在小说、小小说创作领域成绩斐然,刘庆邦、邵丽、墨白、孙方友、柳岸、蔚然、宫林等在创作与年龄两个层面呈现出梯形的配置,从而打造了该作家群相对持久的动力。而受制于中原散文写作整体偏弱的局面,周口作家群在散文写作方面,地域性架构特征显明。乡土资源中经验的差异性,为小说叙事提供了源源不断的素材和灵感，这种差异性诉诸散文写作，不能说一点作用都没有，但是远远没有小说体裁效果显著。从某种意义上说，世界观若是倾向于地域性，必将极大地影响散文写作的视野和格局。

若从文体特性上加以分析，阿慧的散文可归类于情感美文的路数。她笔下的乡土世界，从地理、植物、动物到乡村人事，经过温情的滋润，散发出明亮而温暖的色泽。或者可以这样说，作者并不关注叙述进程中的故事性因素，对于异质性的乡土经验，往往采取削平和回转的方式，使其落定于平和的大地之上，并从中抽取温情的人伦关系，营建一种人、事、物对等存在互为主体的亲缘关系。《羊来羊去》中的滚滚，作为与"我"的童年岁月相互守护的一只山羊，因为开斋节而成为祭品。作者并没有将这种独特的死亡和离去的阴影向深渊处拖拽，而是将其处理为一种投射，一种万事万物虽短暂存在却又具备神性品质的心理投射。文章的结尾处，奶奶在晨曦中又抱回一只嫩白的小羊。在生命的轮回里，作者因大地、村庄的庇护而充溢感恩之情。《俺家老奶》中的老奶质朴而坚强，两个儿子的夭亡并没有击倒瘦弱的她，老奶依然平静而倔强地经受岁月的淘洗，平原大地上，生的坚强在一位普通女性身上得到确证和渲染。年过九旬的她，端坐在阳光温煦的麦秸垛上，以特有的温情迎接孙女的归来。类似这样的细节，在集子里尚有诸多。

"文章之作,本乎情性。"(《周书》)刘勰在《文心雕龙》中总结创作规律时,也生发了因情而造文的观点;基于对辞赋体的富丽、夸饰的反思,他反对为文而造情。相关主情的作品,古典诗学有自己的一套理论建构,情为经,思为纬,情的因素解决的是文章的感染力问题,思的因素解决的是文章的品格问题。诸多理论家对于情感的浓度、烈度予以忽视甚至否定的态度,而强调情感内容的清亮度以及大音希声式的无声状态,强调引而不发、含蓄蕴藉的审美效果。所以,古人在谈论这个问题时,往往情思并提,而且更重视思的因素,因为思和诗以同一方式面对同一问题(胡塞尔语)。

《羊来羊去》这个集子中,亲情文字占了很大的篇幅。亲情写作容易上手,但也充满陷阱。容易在情感的浓度上越过分寸,好在阿慧拥有清凉度的秘方,能够在文本中构筑淡然而温情的心理场域。另一方面,作者的笔下也触碰到一些苦难,在具体处理上,她主动消除其间的对立关系,同时也隔离主体的紧张和焦虑,进而抵达一种特别的包容之境。分析其成因,应该是写作主体的慈悲心、怜悯心起了根本性的作用。恻隐之心、怜悯之心乃放之四海的朴素人性所在,雨果之所以能够赢得世界的尊敬,我想并非因为《悲惨世界》《九三年》中所确立的美丑对照原则,而是他身上始终未变的同情心和怜悯之心。

集子中部分短章,有着分明的副刊文章的色彩。文辞固然流畅,却普遍存在因辞而害意的情况。情感的清亮度遭到了削弱,走向某种虚浮的状态,这也导致了写作主体与周遭世界间关系的疏离。从这个意义上而言,这部集子缺了点整齐和如一。此外,思的因素如何与情感因素实现有效对接,应该是作者以后的写作所要解决的问题的重心所在,如叶燮所言,"凡物之美者,盈天地间皆是也,然必待人之神明才慧而见","无事无物不然"。

山西地方性散文观察

山西散文的兴起,是在新时期文学之后,特别是新世纪的十几年来,散文创作得到了长足发展。不仅有小说家、诗人、评论家等加盟散文创作,同时涌现出了一批专事散文的散文家。有关散文的文学活动空前活跃,对散文理论的思考、探讨也逐渐深入。

2003年,山西省作家协会组织四位青年作家作品研讨会,其中得到推介的散文作家有玄武、卢丽琳等人,他们的代表作品《汉字乌托邦》《妇人》得到部分批评家的重视。同年,散文家祝勇创办《布老虎散文》杂志。这是对当代散文产生较大影响力的一个文学事件。山西散文作家中,张锐锋、玄武等人的名字时常见于该刊物。这一年,"布老虎散文奖"评选,张锐锋以《算术题》赢得此奖。2005年,山西省作协重启赵树理文学奖,从而成为山西文学界最重要的文学奖项。杨新雨以

《孤独仰望》、张锐锋以《算术题》获得重启后首届赵树理文学奖散文奖。该奖项三年评选一次,至今为止,还有聂尔、玄武、乔忠延、燕治国、聂还贵、王西兰、孙喜玲获得过此奖。该奖项有力地推动了山西散文的发展。2012年,山西省散文学会设立了山西散文的两个奖项,并隆重举办了首届颁奖,聂尔获"山西散文名家奖",玄武也以《遗失的血性》获得该奖;林鹏先生则获得"山西散文名家荣誉奖"。

新世纪以来,山西散文界关于散文创作的理论文章逐渐增多,受到了人们的关注。张锐锋是对散文创作论述比较多的一位,著有《散文有什么意义》《新散文创作的几个问题》等。玄武也有对于散文创作的相关论述,其散文文论比较感性,也更具个性特点。聂尔对于散文的很多论述散见于他的《我的散文观》等多篇文章中。2012年4月,聂尔还应邀前往北京师范大学及中国人民大学,做了题为《漂泊的文学——散文与人和物的关系》的文学讲座。

就散文的地方性而言,山西在黄河以北的诸多省份中,成绩较为突出。这里既有专业作家的活跃身影,如张锐锋、杨新雨、乔忠延、闫文盛、聂尔、韩石山等人,又有非作协、文联体制下的地方性写作力量的补充,如玄武、指尖、静子、赵树义、陈年、曾强、贾哲慧、卢静、弱水等人。总体而言,山西散文作家队伍代际分明,梯队完整,形成了整体发展的态势。

1. 山西新乡土散文透视

白话文学以来的乡村书写,作为中国现代化进程和启蒙的产物,在国别性、时代性、书写主体三个层面,皆表现出迥异于他者的特性。所谓国别性指的是亚细亚生产方式及因地域广博而来的差异性存在,所谓时代性则内涵众多,其中城乡二元对立的结构则为突出的单元,所谓书写主体指的是"离去—归来"模式下的知识分子书写。具体到散文领域,20世纪八九十年代的乡土写作,或者集中到亲情题材的范畴,或者是知青一代的他者书写,要言之,乡土散文的内视角一直处于模糊的状态之中。新世纪以来,亲情题材依然惯性延续,但其主体地位已然淹没于众声喧哗之中,此外,美文和诗化路数筑就的田园牧歌,初学者往往奉之为圭臬,但在成熟作者那里,这两种路数则被断然抛弃。深入性的乡土散文书写就此拥有了相应的转向,乡土人物、乡村器物、乡间植物、乡土生态相关主题的开掘脱颖而出。乡土人物考量的是写作主体的经验凝结能力,乡土生态考量的是写作主体的思维能力和视野拓宽程度;而乡土器物和乡间植物两种,则关乎写作主体的根植性生存记忆和经验,换句话来说,单靠写作主体的情感投射的浓郁度是解决不了问题的,更重要的是,对器物和植物的熟悉程度以及知识考古学的进入,三者皆具方能支撑起这一写作框架的确立。如此一来,乡土写作内视角的确立就不可避免,不管写作者此时此地的身份如何,他或她都需要拥有直接的、有一定长度的、嵌入刨根问底精神的农村生活历史。

内向性视角的确立,为新世纪以来乡土散文写作的独特性所在。其间的优秀散文作品,与贾平凹、李佩甫等小说作家的乡土根性写作,构成一种遥相呼应的关系。一方面,通过记忆性的系列再现试图在纸张上留住乡愁;另一方面,以现实的凋零和衰败来寄托内心深处的隐忧和现实关怀。

此次《山西作家》组织的乡土散文作品中,四位作者集中于五六十年代,他们皆有着长时间段的农村生活经历,即使后来离开了养育自己的村庄,其间的密切联系也没有割断,亲人、祖坟、灶火的存在,为其屡屡返乡探视的理由。对乡土物事的熟悉程度以及附着于其上的乡土情结,再加上乡土劳作经验的根植性,使得他们的散文书写在不同程度上确立了内视角的处理方式。除此之外,各自拥有的成长背景及时代话语的雕刻,使得他们的文学观念接近趋同的状态,即对现实主义写作范式的内在认同,以及由此而生长出的忧患意识,这一忧患意识直接对应了近二十年伴随市场化、城镇化的深入所带来的乡村的衰败,对应了当下中国突出的两个危机:环境危机和文化危机。他们身上的忧患意识,乃儒家文化框架下士大夫文化下移乡土的一种结果。中国文化史专家冯天瑜曾指出:"忧患意识是充溢于《周易》等中华元典的一种基本精神。元典作者多身处逆境,他们怀着对生民家国的忧患,述往思来,方获得一种非凡的具有穿透力的理性思维。"

内视角的确立,有利于扫荡覆盖在乡土诸事物之上的话语泡沫,恢复诸事物的本来面目。然而若要抵达艺术上的佳境,尚需作者通透的笔力。张金厚的《诀别》讲述了整个村庄即将整体搬迁的前夜所发生的一切。"人挪死,树挪活",其中可不是一人一物的挪移,而是各色人等、家畜、香火的全部移出。这对于村庄的人们来说也许是一种伤痛,而对于家畜而言,则是灭顶之灾。所以,处理这样的题材和事件,如果仅仅围绕着人们的无奈、忧愁、愤怒、不舍等情感问题加以展开的话,则容易导致情胜于辞的发生,暴风雨前夜村庄更深入的纹理——那些草木的悲戚、牲畜的异动——也必然会被掩盖。另一方面,情绪的过度饱满无疑会对读者造成某种压迫感。换一种说法,以情感发掘为主要导向的乡土散文,其背后皆有着人类中心主义的潜意识存在,其实,就我们所居留的大地而言,草木虫鱼或者有上亿年的历史,或者有千万年的历史,而进入文明时代的人类,万年光阴尚不及。人类活动确实极大地切割与重新组合了大地的面貌,但这无法改变草木虫鱼为大地之上原住民的本源特性,也因此,过于注重人这一后来者而忽略原住民,这种思维模式带有天然的局限性,一旦进入写作状态,用力愈深,偏离正宗与本源则愈远。如果说小说文体更侧重于考察人与人、人与社会之间的交互状态的话,那么散文这种文体,则倾向于考察人与自然间的交互状态。好在作者在此篇中将笔触深入到村庄内部诸事物之上,几个人物的言行及心理活动自不待言,且看其笔下的诸事物"那一天也真奇怪,几只山羊恋着栏怎么赶也不肯出来,两只猪赖在圈里费了很大劲也赶不走""外菜园,花台的篱笆东倒西歪,没有谁去扶它一把,柴薪倒了,葛藤断了,花藤草蔓有气无力地拉扯着断薪"。此外,作者还写到了鸟儿们,写到了一口老井的沉郁,其间融入了传统诗文常见的代物悬拟的手法。

在阅读静子《流淌的乡村》之前,我读过他长达7万余字的长篇散文《村庄史》。这部长篇散文虽然也讲述了村庄人物及器物因素,但从写作思路来考查,作者更注重的还是村庄的完整性。他以冷静的笔触,以时间的跨度为主线,多侧面地勾勒出一座村庄的纵横,欲从这个独立的个案中找寻一般。而行文则如黑白纪录片,除了序言和尾声两个部分,正文部分极少有情感的带入,而是以实录的形式讲述村庄地理的沿革、水文地形、人口的变迁、饮食与民俗、农作物、建筑样式、信仰与香火等因素,因为忠实于历史与现实,从而拥有了某种程度上的社会学意义。与《村庄史》实录风格不同,《流淌的乡村》中作者过多的喟叹使得内视角的叙述难以建立,进而走向了某种抒情机制。感性的因素一旦遮蔽了实证性,其艺术感染力自然遭受削弱。辛贵强作为长期从事新闻写作的前辈,退休后转入自己所钟爱的散文写作中。他的取材,多是周遭熟悉的事物,动物、植物、童年记忆、日常生活片断等等。主体思路上,在其笔下,"真实"这个因素被安置到特别的位置上,这个"真实"不是落定在情感层面上的真实,而是所见、所闻、所知的真实,也正是过往新闻写作的经历,使其对虚伪的习气有种本能的反感,反映到写作生活中来,就是对这种"真实"的强化。《乡村无畜》一篇,紧紧围绕一人一驴的故事来展开,大集体生产方式的遗留,以及底层农民将牲畜视为家庭成员的农耕传统,使得大伯最后的卖驴行为之悲剧性意义呼之欲出。这篇散文以小见大,驴子的命运隐喻了千百年延续下来的农业生产方式及建基于此的农民的情感投射方式的瓦解,其现实关怀的指向毋庸置疑。此外,这篇散文在行文上还有两个特点需要加以说明,其一是细节的经营,细节为叙事性散文的根基,这一点与小说的诉求异曲同工;其二是诸多俗语和土语的融汇,增加了行文的生动性,却并不让读者有"土气"之感。

　　如果您翻查过垃圾围城的相关资料,接触过相关乡村垃圾处理的专题报道,再来读来自大同的散文作者曾强的《巧用》一文,相信会进一步夯实您对环境危机的感受与认知。在这篇文章中,作者将笔触深入到乡村世界自循环系统的崩塌之上。他用了大量的笔触书写传统乡村看上去极为"污秽"的诸物,比如牲畜、人的粪便,甚至粪坑里的蛆虫,经过自循环的程序,却成了农民视之为宝贝的有机肥料。对于拥有一定长度的农村生活经历的人们来说,洁与不洁从来都不是绝对的,然而现实却是,那些曾经光鲜的各种制品,那些鱼肉的剩余,却构成了当下乡村的污染源,并演化成绝对的不洁。曾强从故土的凋零出发,以笔为船,上溯到诸多童年往事的深涧里。端点与端点间所形成的时空距离,促成了其散文作品的一个突出特性,即跨度叙述的普遍存在。当然,这种叙述并不是简单的今昔对比,简单的今昔对比只会带来状物抒情的逼仄性,作者在处理时空跨度因素之际,事件和场景交互融入、纵横相间,从而有效避免了结构的单薄,也丰富了叙事的内容。另一方面,在行文风格上,受燕赵之地文化的熏染,其笔调和笔力皆沉厚雄浑。而鲜明的笔调后面,则是其强烈的现实关怀和爱憎分明的价值立场。

2. 指尖散文的灵性

无论小说还是散文的写作实践,皆无法绕开地方性写作的普遍事实,地域风格为风格学上的归类,对应的往往是地理环境、方言习俗、文化仪式渗透于作品所形成的特殊气韵。而对于地方性写作框架来说，所包含的内容要远远大于以上因素，比如文体之侧重、作家梯队的建设、写作症候、批评风气等，就无法放在风格学的层面上展开讨论。

长江之北之十数省份，山西无疑是个散文大省。这里有老一辈散文家梁衡先生，一篇《晋祠》，尽显曲水流觞之美；有新散文的领军人物张锐锋先生，营建了诸多长篇散文的高塔；有杨新雨先生的厚重，有葛水平女士的家园亲情的妥帖；有智性与内敛的聂尔，有骏马秋风之曾强，也有玄妙华丽之玄武。还有一个女性散文作者，需要放在下面浓墨重彩地道出，她就是来自盂县的指尖。山西散文的写作现状，让我想起罗素的一个判断，他说："杂多的统一即为美。"这句话是从已故的王小波先生那里转引而来，罗素和王小波，两位在思维认知领域皆有卓越贡献，他们认可的事实结论当然靠谱。

指尖的写作经历过一些重大的变化，我所熟悉的是变化之后的指尖的散文。如果从才气学识的因素来考察其写作，那么，指尖作品里呈现出来的更多的是才气因素，其语言之呈现自成特色，我觉得单单使用优美婉约的形容是远远不够的，因为"优美""婉约"这两个词语适用于大多有才气的女性散文作者。如果以传统的南北文学之不同来考量，南方女性散文作者往往于优美婉约之下，绽开幽深伤情的气质；而对于像指尖这样的北方散文作者来说,她们则在优美婉约之下,衬之以典雅细腻之风韵,具体落定到指尖身上,则是灵动在前,优美婉约在后。也就是说,灵动的语言之美可作为鉴赏其散文作品的有力标识。在我的理解,灵动之美似乎是汉语文学的专利产品,"中间小谢又清发"之谢朓、"江清月近人"之孟浩然、"别是一番滋味在心头"之李后主、"舟中人两三粒而已"之张宗子等等,川流不息。他们皆是这么玩的,千万别小看这些玩闹,他们玩出的可是中国文化的诗情。

　　指尖的写作,大多指向乡土世界的林林总总,透亮的童年,如大地般无声的老祖母,被时间折叠的乡邻们,还有乡村植物、动物、民俗、仪式等等。这里需要特别指出的是,指尖曾经花费了诸多笔墨,集中朝向乡土框架下的神鬼世界,抛开唯物史观的认知模式,回到乡土信仰的层面,其系列写作直指人们的灵魂信仰,并以此观照国人所建立的生死意义的另外基因图谱。一个有神的世界从其笔端流出,无论世事沧桑,神仙们皆与村庄的人们、动物、植物呼吸与共。这个有神的世界,并非外在强大力量的注入,而是乡土世界中自然成长的因素,并普遍植入村民的信仰之中,因为意识形态的压制,虽然在今天位居边缘,却依然强盛,一如既往地收留着土地之上的世道人心。话说转来,类似题材的处理在小说中并不鲜见,比如秦汉神秘主义对陕西诸作家的影响,即是其例。而在散文领域,类似集中的处理,起码在乡土题材散文中,并不多见,相关的评论缺失,也不能说不是一件憾事。

就细节和场景的处理而言,指尖往往能体现出其针绘般的功夫。在对细节的开掘上,类似《红涧沟》中这样的句子"山后,缀满大大小小的村庄,大成片,小是点,村村隔梁或隔道相望,一幅幅锦绣花样",如水流漫过草地,遍布于文本之中。读着这样的句子,读者除了感觉特别舒服之外,剩下的也许就是感叹了,感叹这些毫发毕现的纤细感觉,如众多毛细血管一样,通向往事与记忆的最深处,并将那些特别的瞬间一一拱起。

《深灯》一篇,算得上她近期创作中颇见功力的作品,从中也可得见其在艺术处理方面的调整,就某种意义而言,她在保持灵动的基础上,压缩了文本优美的因素,而代之以现实关怀的灌注,如此,文本呈现出灵动与凝重并重的特性。自我国工业化、城市化以来,山川巨变,恰如有学者指出,今日之中国,恰逢五千年未有之大变局,这变局不仅是社会结构的,是人伦的,是社会关系的,也是地理环境的。温河作为指尖故乡的一条河流,在这样的大变局中,同样走向必然的支离破碎,描绘这条河流突然加速走向自身反面的过程乃《深灯》之基本脉络。而河流只是一个符号,观照附着于这个符号之后的人事变迁,以此洞穿世事人心,才是这篇散文的着力点。其中,有一个细节引起了我的特别注意,即男人们因为挖煤纷纷殒身于地下黑暗之后,活着的村庄老寡妇们和儿媳对骂,指尖极为传神地勾勒出这个对骂的过程。为什么对骂的时间如此之长?为什么当年轻的男人们扭头而去,只有同样处境的老寡妇赶来安慰?她们的哭泣与吃烟的动作为何会连贯起来?很显然,整个故事是过去式的,细细思量之后,如此地令人触目惊心。这里面,既有隐约的男权社会的基本家庭伦理,又有历史惊人重复的村庄真相,尤为关键的是,生存之重给予受众所形成的难以摆脱的窒息感。对骂,仅仅是涌出地表的一眼泉水,下面则是幽深狭长的黑暗长廊,很多人,他们是我们的父辈和乡亲,必然地拥挤在这黑暗长廊里。处理这样的细节,无疑是沉重的,需要主体的冷静和悲怀;而对于文本来说,却又是最闪亮的,因为它彰显出写作者对存在本质的感知。贝克莱曾经指出,存在就是被感知;荷尔德林说过,谁曾想到那最深刻的,谁便爱那最现实的。如此而已,如此而已!

3. 厚重的曾强散文

在当下散文地图中,山西无疑是浓墨重彩的一块,老中青三代繁木成林,层峦叠嶂。梁衡、张锐锋、杨新雨、葛水平、聂尔、玄武、指尖、闫文盛等散文作家分属于不同的年代,错落有致,构成始终汹涌的长流。在整个流域内,还有诸多丰沛的支系,来自大同的曾强先生就是其中显著的一条。

大同古城,在冷兵器时代一直作为北方的战略支点而存在,新中国成立后,转型为重要的资源型城市。曾强的故乡距离大同仅几公里之遥,他本人也有多年的矿业从业经验,不过,令人诧异的是,其散文书写并非如人们所想象的那样,置入矿山、流水线、工人、地下巷道、缆车等要素,而是将大量的笔触切入到故乡的组成要件上来,村庄人事的变迁、饱经沧桑的器物、记忆打捞后的童年光泽、村庄地理的构成细节等等,构成了其散文写作的主体内容。

周土庄,这个中国北部土地上籍籍无名的村庄,借助游子的文字雕刻,渐渐苏醒,兀然清晰。它的身躯如同其他村庄一样,也许是缓缓的,微小的,但足以成为一个小小的倒影伫立在社会发展的进程之中。它也许是许多从这里出生的人们的现实故乡,更关键的是,它是曾强的故乡,是其在纸张上不断重构的精神刻痕。在一次次回乡的旅途中,他的目光一一抚摸那些无比熟悉的人事和器物,在他的笔下,乡土坠落的频率朝向某种加速度,无论是窑泊的塌陷还是周遭景物的变迁,以及熟悉之人的离去或者迁移,皆是如此。就物理意义而言,村庄的衰颓画出的是一条缓曲线,一旦放置到情感取向的层面,却又如此地突兀,如同一根针刺,刺入观察者的脉搏之中。从故土的凋零出发,作者以笔为船体,上溯到诸多童年往事的深涧里,端点与端点间所形成的时空距离,促成了其散文作品的一个突出特性,即跨度叙述的普遍存在。当然,这种叙述并不是简单的今昔对比,简单的今昔对比只会带来状物抒情的逼仄性,作者在处理时空跨度因素之际,事件和场景交互融入,纵横相间,从而有效避免了结构的单薄,也丰富了叙事的内容。比如故居物语之《金花》篇,可谓前重后轻,由植物迅速转向对一位名叫金花的邻家姑娘的描摹,逼真地勾勒了小学时代女生和男生间的隐秘关系——既充溢着灵性生动,又负载着神秘和未知,让人想起维特根斯坦的判断:神秘的不是世界是怎样的,而是世界竟是这样的。文章结尾处,笔锋陡转,用了两三个段落叙及多年之后两人的巧遇,以及镌刻在彼此脸上的沧桑。跨度的存在,使得文章的韵味隽永悠长。当然,故居物语系列中的篇章,并不皆是前重后轻的结构,而是依据书写对象的特性,安排对应的结构方式。跨度叙述带来了诸事物之变,作者在处理的时候,尽量让情感的触角隐藏在事物之后,也因此,那种单薄的情感外显式的感性触发相对鲜见。

法国作家布封说过"风格即人",生于北地,经历了风沙、历史遗留和困苦年代熏染的作者,其散文的质地趋于硬朗,此处所言的"硬朗"凸显于两个层面。

其一,是写作主体的精神个性。积极介入生活的文学观相对完整地贯彻到他的系列作品之中,需要申明的是,这里提及的"介入"二字,绝非马克思文论"再现说"以及存在主义文论"介入说"的翻版,若仔细剥析的话,其背后的思想渊源则是传统儒家的"君子有所为有所不为"的积极入世态度。因为介入,所以曾强的散文在精神内涵上,表现出强烈的现实关怀和爱憎分明的价值判断。从某个意义上而言,随和与诗性并非散文的全部,硬朗,同样是散文的一种向度,能否支撑起硬朗,则依托于主体人格的建构。由文观人,曾强本人就是一位倔强之人,他并不愿将散文当作"躲进小楼成一统"的凭据,如同诸多传统文人一样走独抒性灵的路线,而是借助散文随笔,直面现实,寄托忧怀。散文《甲午》总长度在5000字以上,在跨度叙述的纵横结构里,作者截取了一位名叫甲午的光棍(作者的一个表兄弟)一生的横断面,太多的苦难压在他的肩上,"文革"时为躲避灾祸而举家外迁,因为成分问题一个人只能游荡在草原深处,归来后父母双亡,人到中年却必须四处漂泊。岁月的沉浮,却没有磨损掉其身上的忠义和敦厚。文章结尾处有一个饶有趣味的细节,当作者问他恨不恨当年("文革"时期)那些曾经打过他的人,他如此答道:"恨?恨啥呢,恨谁呢,那是社会的过,也是我们那一茬人的灾疾,该着谁都免不了的。"这段应答如果仅仅以觉悟程度加以理解的话,则离题万里,因为"觉悟"这个词语,长期以来被意识形态化了。认真思量甲午的应答,也许会在孔子"忠恕而已"的自道中找到答案。作者以片断叙事的组合写出了一个生活在底层的北方男人的真实内心,其重点并非刻画鲜明的性格,而是有力地呈现某种文化皈依,一种为文化所化的本真情状,这情状无比宽阔,甲午不过是其中的一个端点。《洗澡》一篇,则以个体的洗澡经历为基点,带入社会实相的呈现,直面欲望对肉体的囚笼,以及人性复杂的流变,就基本路向而言,与《甲午》篇恰恰形成对照,当然,也是一种互补。

其二,其散文质地的硬朗外显于语言风格层面,翻检其系列文章,就会发现,其文风中有一种刚性的存在,比如山西北部方言的大量融入。方言的后面是一方水土的精神存在,这些方言大多具备直切、倔、不轻易妥协的特性,作为读者,一旦与这样的语词碰面,则需要费力猜测其意思,但其中飘荡出的硬朗气息却逼人双眼。除了方言的运用之外,叙事的偏重,促使着作者使用大量的短句来勾勒细节的转换与起伏,这些短句的组合,因为内在转换的快速,所以短促而有力。换句通俗的话讲,曾强的散文在语言风格上非常实在,这种实在带来了内容的沉,却疏漏了虚的因素,也因此少了一些灵动和秀美。

有人曾说过,语言是作家的秘密武器。在语言能力上,曾强一直在努力向着生动的方向开掘,不过,其散文距离练达还有着一定的距离,某些篇章尚显得芜杂,比如《甲午》篇中,方言段落后面,往往直接跟进雅化的书面语,使得语气和节奏的转换显得生硬。在保持硬朗质地的前提下,如何抵达行云流水的境界,这是一道必须跨越的沟坎。

读完《甲午》,脑海中一直在闪动着另外一个人物形象,《白鹿原》中的白嘉轩,思索着他耕读传家的家训,以及他在风雨飘摇之际于黄土塬上的坚持。有某种东西是始终屹立的,只要你去审视它,书写它。关于这一点,我一直坚信。

广西地方新锐散文述评

本期《广西文学》所推出的散文专号,若加以准确定位的话,则为广西地方新锐散文专号。由人员构成可知,收录的十六位作家,多为"70后"和"80后",极个别成员如廖莲婷则为"90后"作者。两个年龄段中,"70后"散文作家居多,有十三人。提及"70后"全国性散文作家地图,业已成名的两位广西散文作家黄土路和何述强,则未进入本期散文专号,所谓新锐散文的发掘,恰在于此。"70后"作家之所以还要冠之以"新锐"之称号,这要从这一代散文作家自身的尴尬地位说起。因此在评析文本之前,我想谈谈两个相关问题,其一为"70后""80后"散文群落的写作状态,其二为散文的地方性写作与当下散文的基本症候间的关系。因视野所限,必有疏漏之处,怀抱"散文是大可以随便的"的先贤之言,将其延伸为"散文观点亦可以随便言之"的谈话原则,不周之处,恳请批评式的回馈。

就全国范围而言，散文的多元化写作局面已经形成。风格上，情感类、哲理类、历史类、乡土类、闲适类、鸡汤类等各有自己的创作主体及读者市场；体式上，思想随笔、纪实散文、美文、性灵小品、历史散文、游记等花开一朵各表一枝；作家地理层面，北京、上海和广州可以说成是小说、诗歌、戏剧影视的中心所在，却难以说成是优秀散文作家的集聚地。提及散文的地方性问题，其实质为一个外在的问题，而非内在的问题，原因在于散文的立身之处是自我，收拢的却是世界的倒影。即使一位作家终其一生写他曾生活的一个村庄、一个街道或者熟识的器物，这些事物的属性与小说笔下的事物也有着根本的区别。散文作家笔下的事物往往会越过经验的层面，越过个别性和差异性，进入到一种敞开的生活方式的通道之中。就如同黑塞笔下的堤契诺山谷，梭罗笔下的瓦尔登湖，以及汪曾祺笔下的高邮，地理和器物的后面是一种生活方式，一种诸多人认可并参与其中的文化共同体。作为外在因素的散文地方性问题，这里主要指向以具体区域为考察对象、以大文学框架下各种文体的此消彼长为考察内容、以理论争鸣为导向的基本话语场建构，以上三个问题构成散文地方性问题的基本内容。在全国范围内，大部分省份普遍存在小说强散文弱的情况，尤其是那些小说大省，散文的弱化现象尤其严重。其中也有例外，比如江西，无疑以散文创作为主，一方面散文队伍建设层次分明,作家年龄方面结构合理;另一方面,省级文学主管单位对散文非常重视,且次一级的地方散文群落比较活跃;再一方面,理论争鸣以及平台建设及时跟进。而同样作为散文大省的新疆,仅仅是创作队伍比较突出,拥有刘亮程、周涛、李娟、帕蒂古丽、王族这些优秀作家,但是理论建设及地方散文群落的培育方面,却难以与江西相提并论。回到广西文学的创作层面,虽然广西并非文学强省,但各种文体之间相对均衡,小说、诗歌、散文三种文体齐头并进,彼此间落差并不大。此次《广西文学》能够推出本省散文新锐专号,也传达出不同文体均衡发展的基本意思。

下面言归正传,进入具体文本的解析层面。本期专号中,刘景婧的《天堂图书馆》以夏、秋、冬、春为标签,书写主体与他者相互碰撞并展开灵魂对话的过程。以夏为开篇,这是因为作为四季之一的夏天,其具备的烈度与法国著名的女作家玛格丽特·杜拉斯构成一种隐喻关系。尽管有不少中国作者对杜拉斯展开了多向度的解读,但有一个事实我们却必须直面,即解读和解读者皆容易隐没,而杜拉斯依然如此清晰。同样作为女性,杜拉斯对于文艺青年而言,所产生的影响如其本人一般,有着足以致命的"毒素"。或者可以这样说,杜拉斯及其作品不大适合承担启蒙者的角色,但足以打开另一个世界。心中若有足够的炽热,与杜拉斯及其十七岁时的爱情(裹挟着诸多恶的因素的爱情)的相遇,就成了某种宿命。秋之篇以祖母的死亡为引题,过渡到海子诗歌以及海子之死。其基本情感基础为里尔克的一个判断——死亡是生命的成熟。通过海子的诗篇,作者试图重建一种生与死的辩证关系。冬之篇的主角是20世纪德文小说家弗兰茨·卡夫卡,这位孤独、阴冷的小说家,拥有文学最本质的特性——伟大的诗性。他的内心如丧失一切星光的海洋,进入他的内心通道必然风险重重。春之篇则为内心独白,描述自我内生长的一个过程。四个小篇章归为一文,可归入文艺漫笔的体式,其书写方式从特性上看主观性甚为强烈,这种主观性非我向性的主观性,而是因客体的碰撞而产生的投射性书写方式。这种强烈的主观性也决定了行文的高蹈,一种语气、一种声音取代了散文错落有致的结构,很容易造成散文书写的虚空,这应该是作者以后的写作中要注意的问题。

　　唐女的两篇散文具有很强的发散性,经验、记忆、现实三个因素相互穿插,随性而发,思及则笔及。结构上的散漫加上篇幅的长度,使得此类散文不大容易掌控,不过作者似乎拥有自己的秘密武器。这武器在我看来有三,其一为发达的感觉主义系统。文学中的感觉主义系统或者来自天赋,或者来自后天的艺术熏陶,一旦形成就会浸透到文字书写的任何一个碎片之中。也因此,作者在充满灰霾的山西之行中能够听见一只喜鹊的叫声,在匆匆行色中痴迷于小牛犊吃奶的过程。其二为作者自身所具备的灵气。灵气诉诸文字,就会形成宽窄深浅不一的颜色。灵气在散文中的呈现不是弥漫的,而是偶发的,倏然跳脱而出的语词抑或句子就会使得文章的气息峰回路转。《世说新语》所记载的"颊上三毛"之典故,即为如此。如第二篇散文中作者写到故乡的越城岭——云雾缠绕下的山峰,使用了"薄"和"柔软"这两个形容词。其三为作者绘画的专业背景。这一要素与感觉系统及凸显的灵气遥相呼应,同时也对其书写形式产生影响。纸张上有跨度的涂抹与散文书写的发散性有着内在的相通性。除此之外,作者在两篇文章中彰显出植物学、动物学、地质学知识,也是可圈可点之处。知识考古学乃散文从业者的基本功,尽管这一基本功往往被当下急功近利的写作现状所忽略。

作为2015年度华文最佳散文获得者,林虹的叙事能力毋庸置疑。《钉子被移来移去时》在行文上老练而从容,这篇散文围绕舞剧《瑶妃》的编剧及创作构思而展开。就叙事进程的把控而言,可谓收放自如。比如在"收"的方面,场景和细节的剪裁简洁流利,历史深处的瑶妃、宾馆前台的服务员、卖杨桃的乡下大姐、耄耋之年的母亲,还有漫步沉思中的"我",这些人物皆被巧妙地串联于"行走"的生活态度之上。而在"放"的方面,如果将散文写作比喻成植树的话,作者相当注意树冠的蓬松情状,在主干之外,蝉的鸣叫也好,鸟的叫声也好,卖杨桃女人的肤色也好,瑶乡的行走也好,皆轻易铺展开来。这种旁枝逸出的写作方式一方面彰显了散文的自由精神以及结构灵活的特点,另一方面也体现出写作主体技术方面的自信程度。收放的自如,使得作为读者的我们一旦和这样的文字遭遇,就会有舒服和放松之感,而一旦再往深处行走,陡生一丝惘然,这惘然或许是来自作者路数上的讨巧吧。

寒云的《风把什么吹走》一章,为乡愁和亲情题材的叠加。亲情题材容易上手,同样也容易陷入刘勰提及的"为文而造情"的泥淖。新世纪以来涉及亲情题材所出现的撕裂式的、反向的写作范式,实际上就是对"真情实感"论的一种矫正。从技术处理上看,作者避开了苦难叙事的常见路数,而将家族中的两位女性——姑妈和祖母——延伸到村庄和乡土文化的坐标系下加以观照。两位不幸的寡妇,其生活史当然充溢着苦难,而作者笔触的焦点却在于这两位再普通不过的女性对于村庄生活的重要性,比如姑妈的竹晒坪和她胸中迢迢不断的故事,比如祖母敬天地、事鬼神的生活细节。她们的离去使得村庄的记忆格局和人伦格局被改组。也正是通过坐标系的拉伸,其书写进而取得审美上的间离效果。从语言传达的层面来看,作者的叙事过程一直以拙语为主,看上去平铺直叙,少有光泽和跳跃,却能够去伪存真,将家族两位女性的本真细节加以再现。不过,作者的引子部分与后面的行文并不统一。第一刀下去,切口深,可见出诗歌写作的专业背景,后面的刀法那么慢,看似清浅,却吻合旧时光的滴答声。《父亲书》之前,我读过梁晓阳的伊犁题材系列,其中的《从春末到秋初的劳动》一章,令我有泰山崩于前之感。之所以使用这么高的评价,是因为梁晓阳是位真正亲近泥土的作家,其伊犁题材系列致力于修复业已断裂的人与天地间的交互关系,而文字上的淡然和释怀,与陶渊明的躬耕传统相对接。与伊犁系列对比鲜明的是,《父亲书》的书写过程伴随着紧张和焦虑,这也使得文本的基调偏于沉郁。这篇散文既是写给承受苦痛的受难的父亲,也是写给自己青年时期那段动荡辗转的岁月,复线写作的手法使得文本趋于丰厚。

由朱塞佩·托纳多雷执导的《天堂电影院》是电影史上的经典名作,讲述了一座小镇、一个孩子和一个放映师的故事,实际上构成了整个意大利艺术电影发展过程的缩影。三十载的光阴在很多电影中或许仅是一个服务剧情的索引,但《天堂电影院》却赋予了电影院这个电影不可或缺的载体以沧海桑田的人间百态。每个人都拥有属于自己的美好,但这份美好却无以化作永恒,终会成为记忆,谁的人生又能是完美无瑕的呢?其实我们心中都有自己的一家"天堂影院"。上面这段话可以用来评述电影,也可以作为黄庆谋散文《天堂电影院》的注脚。文本中,黄庆谋用生动的笔触讲述少年时候的观影故事,在城市里,观影对于普通观众来说是作为消遣、休闲的活动而存在的,即使没有电影院,依然有其他的替代品可以完成休闲消遣的功能。而对于身处巴额寨子里的"我"来说,电影或电影院本身就是强大的能指,可借以完成童年时代对世界的窥探,如维特根斯坦所言:"想象一种语言就是想象一种生活方式。"也因此,电影比吃肉和求学重要得多。另一方面,作者尽管没有将小说化的片段带入散文文本之中,但其自身的讲故事的能力以及直感的能力,使得记忆中的重要片段被照亮,同时也将他者的故事融汇进去,打造了一条丰沛的河流。

罗南的《豁口》与梁晓阳的《父亲书》在题材上相似,皆是围绕父亲的离世展开记忆的掘进,以细节照亮现实。但在具体处理上却差异甚大。《豁口》一文的节点是死亡及其仪式化的过程,以此延伸出存在之问。作品中关于死亡仪式化的细节再现相对繁复和详实,而生和死的仪式化恰恰是传统文化的核心组件,人们通过这个过程完成生命意识的启蒙,完成祖先崇拜下的家族记忆以及文化的传承。而且,仪式并非一次性完成,而是循序渐进,随岁月的递进,身处其中的我们逐渐领会其间的含义。所以具体到这篇散文,作者首先呈现的是祖母和六堂哥的死,然后才是父亲的离世以及二姐在死神逼迫之际的反应;另一方面,《豁口》的叙事风格趋于锐度和力度的结合,阅读的前半段,我一直有一种错觉,认为是男性作家写就。散文即人,此处的人指向的应该是主体的文化个性了。陶丽群的四篇散文走的是乡土书写的路子,却并非如通常所见,通过描摹器物、人物、事件等,向内灌注乡愁和依恋之情,而是从情感场域抽身而出,进入现实关怀的层面。家国诉求为乡土小说写作所常见,但落定到散文中,则大多有隐微的趋向。其实,家国诉求不分文体,写出"关心粮食和蔬菜"诗句的海子,我们也不会将其误认为恬淡的田园诗人。尽管新世纪以来,家国诉求往往被批评界认定成宏大叙事之一种,并加以消解,但我个人认为这一诉求的后面挺立着写作个体的情怀和立场。将散文定位成柔软文体,无疑是一种井底之见。北岛、高尔泰、王开岭,这三者的散文堪称大品,决定性因素何在?乃情怀与价值立场使然。当然,与小说中借助人物性格及命运来加以表现不同的是,散文中的家国情怀需要立足于作家个人真实的情思之上,这是最基本的物理基础,并借助具体的场景加以寄托。雕刻这些场景需要细部刻画的能力,陶丽群的这几篇,除了《深夜的火车》稍弱,其他三篇皆很结实。"老宅"一篇涉及家族内部的战争,让人反思传统观念和乡俗之丑陋的一面,另外三篇则触及乡村空心化的现实,这现实是由茂盛或荒芜的菜园、乡村老人寂寞的死、门户上的铁锁、地里的庄稼等奠定地基的。

连亭的两篇散文——《没有靠岸的人》《背景消退之处》——呈现出来的是两种面孔。第一篇我读了两遍仍然无法有效进入文本,尤其是开头一段,使我的阅读情绪立刻进入阴寒地带。作为"90后"作者,其才华的洋溢以及想象力的充沛,显然成了双刃剑,使得其在行文过程中过于迷信感觉,迷信想象性空间的产生。为了飘得更高,不惜调动诸种艺术手法,不惜将黑塞、黑格尔等搬上台面,这是年轻气盛的人常犯的错误。如果将散文比作风筝的话,那么连接在手上的绳线必须是坚实的,且清晰如初。这根绳线落实到散文文体之中,即由物质细节构筑而成的情理逻辑,此情理逻辑扎根于脚下的大地与熟识的日常生活之中。作者的第一篇绳线模糊,飘得太远,一脚踏入虚空之中;而《背影消退之处》恰恰相反,拥有清晰的情理逻辑,对接了自我的日常经验,回归到正确书写的道路之上。李海凤的《青年看老年系列》包括三篇散文,第一篇和第三篇所写对象为不熟悉之人,为了营造某种心理场,使用了代物悬拟的手法,而这种手法与散文的"我见""我思"的特性相抵牾。第二篇叙及的对象为其熟知的乡土人物,因此显得自如很多,但总体来看,这个系列的写作普遍存在"隔"的现象。造成"隔"的原因是作者始终处于人物心理的外围,笔力因素(案例为作者的行文方面,许多语句的最后一个字为"的","的""了"等字放在句子结尾,乃语句不够简洁,缺乏张弛有度的标志)加上散文真实性的要素使得作者难以深入进去。宋先周的《疼痛时光》写的是自我的青春经历,其间的情感萌动、焦虑、孤独以及生命意识的大面积苏醒皆诉诸笔端。记忆重现式的写作,急需王国维所言的"入乎其内出乎其外"的人生境界,"入乎其内"意味着个体体验的深度,"出乎其外"意味着因观照而获得的某种亮度,如清水濯洗过的草地,自然冲刷掉芜杂的东西。对照此篇散文,"入"的方面做得不错,"出"的方面尚欠火候。孟爱堂的《天使的歌唱》《村庄上空的音符》可归类于传统的抒情散文,20世纪90年代,学者刘锡庆将其命名为"艺术散文",以净化散文的文体。这种类型的散文,对于语言、结构、意境三个因素要求极高,三者的谐和统一方能使情思生发出一唱三叹的咏叹调。两篇文章的立足点皆在对生命的怜悯与珍惜上,生命戛然而止的四岁的燕燕、玉江奶奶、黎小妹等人,在生命的困顿中保持着一种努力提升的姿态。肉体也许会萎缩,会因为疾病而弱小,但比肉体更加不可思议的是精神。贝克莱指出,存在就是被感知,所有的生命,无论性别和其他,其实都可以建立一个共同的通道,作者的散文写作,恰恰就是往这方面的努力。

陈洪健《喜鹊飞往天堂》与寒云《风把什么吹走》两者在题材上趋同,皆为家族叙事的类型,且叙事的对象都落定在祖母身上。不过,两者的叙事方式却大有不同,寒云走的是外围切入的道路,扮演着"离去—归来"的角色。而陈洪健选择了由内而外的生发,仿佛置身于事件内部,将祖母、大姑、七姑的故事近距离地剥开并还原。其叙事非常有力,从祖母的少女时代开始,带入南桂大地鼎革前后的历史与民情,讲到她的努力生育,她和孩子们的关系,以及她如何一步步确立精神的威权。对禁忌的确立,对村庄人伦关系的积极介入,则显示了祖母智慧的一面。家族叙事一旦突破了善的层面,进入智的层面,其文化观照意义自然凸显。所以这篇散文很容易让人想起湖北作家方方的中篇名篇《祖父在父亲心中》,两者有异曲同工之妙。颜晓丹的两篇作品读来让人喜欢,软性的笔触,写出来的却非软文。她的作品里面女性的气息比较浓郁,浓郁的原因不在于敏感与多思,而是因为有一种特别的触觉在里面。具体而言,此处的触觉对应着作者本真人格下的善意和包容。所以在文本中,她对瑶族小伙子的举动有着准确的感知,对周围邻居活泼的民间言谈甚为好奇,对执拗的父亲充满理解,对雕刻师的绝技大为赞赏。她的散文里有着自我明亮的生活态度,这种生活态度没有必要拔高,但是不虚伪、不做作、不世俗,已经非常难得。另外,善意可能出自本心,容易抵达,而宽容的生活态度,却是当下浮躁的社会语境中最为稀缺的东西。羊狼的《丝路三千里》与他者的乡土或者亲情题材有所不同,水上丝绸之路湮没了诸多的历史烟云、人物传奇,如果以人文地理的视角深度切入,以地方志书写的形式呈现,并仔细考证材料,从中自然可以发掘出历史细节的奇光异彩。遗憾的是,作者将这个系列处理成了抒情的篇章,尤其是第一篇,似乎成了加长版的散文诗。上扬的调子以及蹈虚的话语风格,消解了文本中地理、人文和历史的重量。杨仕芳的《月满西楼》篇,题目上容易让人想到李清照的"月满西楼,独上兰舟"句,两者实则往相反的方向奔跑。李清照的词句清丽可人,即使有忧愁,也是淡淡的,伤而不哀的忧愁,或者说成文艺式的忧愁也可以。而杨仕芳笔下的"月满西楼",却是一根针刺,刺向人们内心中最柔软的地方。因为对生命有了透彻的理解,所以这篇文章透出几分悲凉。一座木楼,几许故事!其中有幼子身上严重的依赖感,以至于小小的他做出大人难以理解的举动,面对如此情景,作为父亲的"我"非常无奈,又必须承受,有阿杰以命相搏的自尊,有木楼居民群体的分化,也有自我在写作道路上的回望和体悟。或许是直笔书写的缘故,文本中充溢着难得的坦诚。当然,若从阅读接受的层面加以考察,这样的散文一旦遭遇,就能判断出作者显然是受过系统写作训练之人。作为最后的补充,此文在行文上有个小小的缺点,即"了"字出现在很多句子的结尾,虽是小节,但也极大地影响了文章的气韵。

沈伟东的七篇随笔无论是结构、语言还是神采、气韵等,皆无限趋近于散文的真精神——形神兼备、行云流水。写行走则人文、地理兼具,如《庙港》《午后》两篇,因为平常心的存在,所以,无论是南怀瑾还是西安旧帝都的历史,皆无法形成淹没性的洪水;写地方人物则有文化气质的融入,无论是按摩技师老曾,还是大学中文系退休教授,皆有一份生活的练达与从容,他们是双重身份的拥有者,一份是出世的精神,一份是入世的情怀;写故乡物事,则悲欣交集,进入灵魂挣扎的张力场,失踪的戚二哥,为保存自我而变得凶悍的野狗,这些物事直接触及生活的隐痛之处,所以这两篇力道突然加重,语气也随之湍急。其系列中,我个人觉得写得最好的是《老曾》一篇,简练而丰满,从容而放达,又不脱生活的本色。人物是活的,小店是活的,整个小城也因之别有一番气质和个性。假若从鸡蛋里挑骨头的话,此文的结尾"孩子很可爱,有明亮的眼睛"句则有刻意的成分在里面。若能够置换成类似"孩子很可爱,喜欢用圆圆的眼睛瞪着我"这样的句子,将更加能体现出主体的放松状态。

本期散文专号在题材上相对集中,乡土和亲情书写占据极高的比例。如果从地方省份的角度出发,这未免有些窄化,毕竟,文史随笔、思想随笔、性灵小品大有作为,且新世纪以来,随笔类散文影响极大。在此希望广西能够涌现出多元化的散文写作人才。

湖南地方散文的两个切口

1. 张灵均：南方经验的叙述者

丹纳在其《艺术哲学》中提出了著名的影响文学发展的"三要素"说，所谓"三要素"，指的是时代、种族、环境三项内容。其中地理环境因素渗透于文学作品中所形成的地域特色与精神，为比较研究中的重要内容。就欧洲而言，有南北文学不同论（社会历史学派的史达尔夫人对此有专项研究）；就中国文学传统而言，北方、南方文学风格学上的分野在先秦时代就已经奠定，《北史·文苑传》在这方面有了第一次的理论阐述，民国时期的学者刘师培先生在《南北文学不同论》中，针对地理环境要素对作家性情、人格的影响，有特别的指认。他说："大抵北方之地，土厚水深，民生其间，多尚实际。南方之地,水势浩洋,民生其际,多尚虚无。民崇实际,故所著之文,不外记事、析理二端。民尚虚无,故所作之文,或为言志、抒情之体。"

拿湖湘散文这个群体来说,熊育群、张灵均、彭学明、谢宗玉等,皆是在湖湘文化哺育下成长起来的当代作家。湖湘文化,在其内部结构上呈现出互补的倾向,一方面是以经世致用为主体的实践观念,另一方面,呈现在文学层面,则是雄奇瑰丽的浪漫特性以及大开大合的阔大风格。这一点,在张灵均散文中体现得尤为鲜明和充分。

张灵均先生生于湘北的洞庭湖区,距离伟大诗人屈原沉江之处可谓咫尺之遥,对应了刘师培"水势浩洋,多尚虚无"的判断。在其系列散文写作中,对故乡的遥望落定为对水的诸种形态的亲近和思辨。众所周知,家园作为一个母题,它会为写作者提供无限的灵感,而对于以忠实于个体人格底色为突出特征的散文文体来说,关于家园的述说尤为集中。文学在某种意义上来说,就是一种还乡,"还乡使故土成为亲近本源之地"(海德格尔语),因为对于每一个写作者来说,现实的故乡正日渐凋零,催逼着他去勾勒家园的形状,成为相框中的镜子,并从中照见自己,即博尔赫斯所言的"在川流的时间中寻找安慰"。《渊薮》《一条鱼能游多远》《水的一种解读方式》《每一种隔离,都有一种联系方式》等篇章,皆是直接朝向乡土家园的文字。在他的笔下,故乡与水之间似乎形成了一种同构关系。物理上的故乡处处被水的气息所浸润,纸上重建的故乡也贯注着水意的漫漶。即使是那些非追忆乡土家园题材的散文,也同样充溢着水的气质,或者开掘出水的文化含义,《三江口读水》《一个村庄的气场》等章节皆是如此,即使是如《失踪,或者是归隐》这样有着新文体探索风格的篇章,也具备了汪洋之水恣肆漫展的独特味道。此处提及"水意的漫漶",不单指作者笔下所呈现出的水的各种自然形态,如湖水、江水、雨水、河水,并将之作为文本的特定场域或布景而存在,更重要的是,作者在散文中还开掘出南方之水的隐秘含义——它的神秘性。它埋没圣贤也埋没贩夫走卒之躯体,视众生为平等的臣民;作为朝拜对象,它滋润四方,又以凋敝的形式拒斥着现实的割裂;还有作者直接征引的加斯东·巴什拉的判断——水的苦难是无止境的。

在文学史上,我们可以找出不少对某一自然物象特别钟情且能将这一物象处理到化境的作家,从其作品中可观照出写作者与对象间的精神呼应,诸如诗仙太白与月亮、李义山与雨,即为其例。在张灵均的笔下,可以发现其对水的无限钟情,甚至是有恋水情结,他的散文作品大多与水相关。我还注意到一个他所叙述的细节,在一次回乡之行中,面对故园荒芜的景象,一个小姑娘问他来此处寻找什么,作者仓皇之间以

"找水"二字作为答案。也正是因为脱口而出,囚笼在深井里的心灵经验才会翻涌而出,很显然,在作者的潜意识里,探访祖居之地与找水之间是一种对等关系。那么水又是什么?在东方文化的观念体系中,它所对应的文化含义有如下几个:一是上善若水,水即为善,为天地之大德,它哺育着文明,呵护生民的生生不息;二是水如同时间,表征着永恒的流逝;三是水面生烟,袅袅绕绕,如人的愁绪般缠绵婉转,为文人迁客所钟情。以上三种含义似乎在张灵均散文中极少得以发掘,他笔下的南方之水,乃一种心灵故乡之所在,它们并非以水汽氤氲的姿态进入文本,或者可以这样说,其笔力并非朝着或灵秀或烟波浩茫的方向去开掘,而是包容了两个向度的书写。就肉体现实来说,水是可以亲近的,它浸润了自我的童年,记忆中的每一个细节皆有水渍的痕迹,即使是进入城市深处生活,心底里依然端坐一个临水而居的念想。在这个向度的书写中,作者呈现诸多与水有关的鲜活细节,童年时期的下湖捕捞,沟渠内的捉鱼,人到中年后直面雨水、江水时的沉思,落笔甚为温情细腻,内蕴着奕奕之神采。而就精神观照层面来说,水又是神秘的,是凝结于各种具象之后的精神所指,恰如康德的自道:"我们愈反复加以思考,它们就给人心灌注了时时在翻新、有加无已的赞叹和敬畏……"因为神秘而加以永恒的敬畏,这是南方之水的隐秘含义,张灵均以其系列关于水的散文,趋近于这个深沉的精神主题,以此与北方之水的苍茫与野性(见于张承志《北方的河》)区别开来,也与文人化的江南水乡的灵秀(见于杏花春雨江南诗句)区别开来。"气蒸云梦泽,波撼岳阳城",大泽已被久远的历史消磨掉,但大泽的气息依然在湖湘散文中、在张灵均笔下隐约再现。这个神秘性隐伏于他的篇章中,在《一个村庄的气场》中是隐遁于无形的雨水,在《渊薮》中是怎么也抽不干的围堰之水,在其他篇章中,是将船舶、人员、村庄拖拽的神秘力量。从某种意义上说,开掘南方之水的神秘性,也是其散文之独特所在。

敬畏感的缺乏,恰是当下思想文化精神愈发贫弱与逼仄的主要症结。阅读张灵均的散文,我们会重新遭遇这个命题,也帮助我们重新考量写作主体的文化人格问题,有一等襟抱,方有一等好诗,诗歌如斯,散文何尝不是如此!

湖湘之地,向来饱受楚文化的浸染,瑰丽的楚辞与汪洋恣肆的庄子散文可谓楚文化圈内的翘楚。这两种风格路数同时掩隐在张灵均的散文中,被其熔铸在一起,形成瑰丽雄奇的风格特性。此处的瑰丽对应了其丰沛的激情和想象力,如同余光中一般,张灵均也是右手写诗歌,左手写散文。由诗歌转入散文写作者众,新世纪前后的新锐散文家,如刘亮程、王小妮、蒋蓝等皆是如此,而保持双手互搏局面的作者相对稀少,张灵均就是其中一个,一手写诗,一手写散文,而且偶尔会将诗歌带入散文文本之中,这种文体杂糅的形式虽谈不上创新,但若无勇气的支撑,确实很难做到。也正是因为有诗歌写作的同步,所以,在其散文文本中会涌现一些激情的瞬间,这些瞬间如浪头般冲击着散文的平和性,在作品内部营造出落差甚大的情感曲线。另一方面,他又往文本中注入了诸多的想象力因素,他写了不少思辨风格的散文篇章,如《三江口读水》《一盏不肯入眠的灯光》等,不再以叙事的片断支撑起整个文本,而是以思维空间的大纵横、大开合来拓展文本内涵。拿《一盏不肯入眠的灯光》这篇来说,内容由五个片段构成,其间有两首诗歌的植入。五个片段分别是雨、灯光、肉体、夜晚的孤独和火。所谓五个片段实际上是五个主体意象的营造,意象之间有着某种内在的联系,这一点与诗歌区分开来,围绕着这五个意象,有诗歌,有作家名言,有自我的经验,有冥思等因素,将这些因素串联的正是其纵横开阖的想象力。有些时候,他的激情和想象力直接缠绕在一起,从而给予读者以强大的覆盖力,这当然应归之于主体力量之强大。

再说其汪洋恣肆的话语风格。张灵均先生的散文一般篇幅皆很长,最长者突破万字。散文的长度与体例相关,这种体例从20世纪90年代开始涌现,新世纪以来逐渐漫展,与散文在路数上转向叙事一样,越来越成为一种趋势。他的诸多篇章,皆以叙事为主体,单独的一篇散文,往往会由一些叙事片段整合而成。这些片段不再拘泥于一事一议的单向结构,而是凸显出开放性特征;叙事片段之间,有些使用逻辑链条加以组接,个别地方会突然花开一枝,由叙事陡然转向思辨。如果使用一个术语加以总结的话,即为跨界性在其散文中的普遍存在。从这个层面上说,他的写法是自由的,思维是开放的,所带来的结构上的多维性固然对应了散文的自由精神,不过,跨界性的存在,也影响到其散文品质的纯度,泥沙俱下的处理方式在阅读层面会给读者带去一些负面影响。也正是其话语风格的汪洋恣肆,所以在语词组织上极少有精雕细琢的刀工,而是粗粝与雄奇俱在,泛滥与深入兼顾,他的散文语言因之也并不在乎灵动之美,而是力量和劲道的介入。在他的众多篇章中,我最喜欢的是他的《渊薮》一篇,可谓元气淋漓,我曾给以这样的评析,在此重复:"渊薮"这个词语,应该是指来处、源头的意思。对应这篇文章,张灵均先生试图在梳理自我的童年经验,并借助童年经验的展开,推开乡土世界中一扇掩藏着幽秘味道的窗户。这些似乎靠近魔幻的因素与历史真实混杂在一起,构筑些许迷幻的场景,其中,有些谜语或许可以解开,而更多的谜语却被逝去的时间深沉地埋藏。从处理上看,活菩萨这个人物是整个故事架构的核心支点,道士、莲塘、傻蛋、"我"、支书等人物地理相互缠绕。在曾经的昏暗中,这个人物曾经照亮了这一隅乡土,如同云层中的月亮,短暂的闪烁,却带来特定的明亮。类似这样的人,称为"文化之根",称为"渊薮",非常之恰切。

湖湘地域,多倔强与刚烈之性格。《渊薮》中,作者对活菩萨这个人物本体性背景的苦苦探求,《从湘西来的女人》中,对苏姨身上神秘性色彩的穷究,皆隐含着主体穷尽命理的倔强劲头,这种劲头也是一种特别认真的精神。作为群体文化人格的基本底色,不独文学领域,自然科学领域之袁隆平,政治事功领域之曾国藩、毛泽东等,皆如是。想起曾国藩"学求其于世有济,事行乎此心所安"句,再来省视张灵均先生的散文,心头不由一阵慨然。

2. 孟大鸣《大厂》系列散文

从近代史开端算起,工业化的梦想一直萦绕在这个农业大国的有识之士的心头。早期有以张之洞等为代表的器物层面改造中国的设想;延至民国时期,则有以民生公司为代表的实业救国之实践;而就中国历史现实来说,初步工业化的完成则需归功于建国初期三个"五年计划"的实施,这中间不得不提到苏联对新中国大规模的援建工作。工业化的快速深入发生在20世纪90年代至今。

百年中国,思想、人文、科学、制度、实体等等领域,现代性诉求可谓统摄之核心，而工业化进程则是社会结构、制度安排、实体领域内现代性诉求的具体落实，可以这样说，工业化进程深刻地改变了现当代中国的历史景观，其中，当然包括文学写作的基本面貌。建国初期深入工厂、体验生活的口号以及工业题材的类型划分，再到新时期文学初期，改革文学往往将落脚点归置于工厂内部，即为显明的见证。

回到文学的层面，书写工厂生活，报告文学与小说这两种文体似乎有着天然的优势。最近，电影这一艺术形式也加入进来，《铁西区》《钢的琴》等，或正面或侧面地透视了工厂生活。就散文领域来说，近二十年来固然有着类型和写作方法等多元局面的形成，也有着题材的大幅度外溢，但反映工厂生活的系列散文作品依然少见，或许是工厂题材的社会性内涵过于丰富和驳杂，多多少少影响到写作者的艺术处理把握度。近年来，来自湖南岳阳的孟大鸣则以《大厂》为题，以系列散文的形式，闯入到这片尚显新鲜的题材领域。这些散文陆续刊发于《散文》《海燕都市美文》《文学界》《山花》等刊物，就单篇论，容易流于写人叙事的考察，若以系列观之，则别是一番滋味在心头。

先说一番题外话，工人这一群体，无论在革命时期还是在建设时期，皆被推举到权力主体的位置之上，他们曾经是国家的主人，是英雄模范，是时代潮流的领路者，表征着无上的政治正确性，然而，吊诡的是，关于工人的一切，却是由掌握话语权的宣传理论部门和作家们代而言之，他们的形象被剪辑、张贴、形塑，似乎与他们自身的生活是割裂的，他们无力言说自己，一任他处的话语强力渗透和覆盖，《铁西区》中大量缄默的片断似乎就构成了与之相对应的深刻的隐喻。之所以要说这番题外话，是因为在孟大鸣的笔下，我们读到了沉默者说话的姿态和味道，虽然晚到，却因稀少而弥足珍贵。

作者有着二十几年在大型企业工作的经历，又因其长期的新闻通讯的写作实践，无疑具备了言说的双重优势，即体验之深与接触之广。也因此，他笔下的工厂基本要素，机器部件、建筑物、人物、事件等，皆饱满而鲜活。更重要的是，多年之后，作者站在人学的角度，立足于主体的自觉性，将笔触深入到控制工厂的隐性权力结构之中，或者说，在那个特殊的年代，在机器部件、工人和厂房之上，还树立着另一个庞然大物，正是这个庞然大物控制着工厂运转的节奏，也控制着工人个体的生活内容。这个庞然大物我们其实并不陌生，它就叫作"集体主义"。很多时候，这个庞然大物是抽象的，偶尔也会具象化，比如《造粒塔》中的高塔——厂部的标志性建筑。在作品中，作者写到这一庞然大物对"我"造成的高压感和眩晕感，并勾勒了其轻易碾过工人肉体却无动于衷地继续运转的过程。如果我们使用冷酷无情加以涵盖的话，未免失之简单，毕竟,在其之上,曾经耗尽了几代人的理想和热情。集体主义在工厂生活中无处不在,更多的时候,它是无形的,比如《一张纸的世界》中固和老劳模故事的背后,比如《尴尬三事》中几位人物的因缘巧合,皆有其威严强力的身影。不过,与小说式的颠覆和解构路线不同的是,孟大鸣的散文写作尽管也触及了"集体主义"的荒诞和非理性,并加以反思和审视,然而基于个人和尊重历史的立场,他并没有彻底否定对象。散文毕竟承载着个人的情感和思想诉求,而作为个体,他本人也曾经是这庞然大物的组成部分,彻底取消了个人,散文的构架必轰然倒地,也因此,在这个系列中,读者能够触摸到诸多钱穆式的温情和理解。

因为立足于人学的回归,在庞然大物的催逼下,我们从其散文中可看到没有被淹没的部分,这一部分来自弗洛伊德式的保存自我的努力,即一种不合作的态度,或者某种游戏的行为。通讯稿写作中有很多细节,如牛哥的生活态度、"我"的偷油的历史、值夜班上有政策下有对策的民间智慧等等。鲜活的生活细节之下,是保存自我个性的自发性,这种自发性越是在不能动弹的特定历史空间里,越是有其象征意义。对照席勒的一个判断——"只有当人充分是人的时候,他才游戏;只有当人游戏的时候,他才完全是人",即可发掘其中人学的、个性的因素。

《大厂》系列散文中各个作品在质量上也是高低起伏,需要特别指出的是,《柔软的深谷》这篇文章在审美品格上出现了严重的问题。这篇作品不是瑕疵的问题,而是严重失败的问题,出错的根源有两个:其一是手法的油滑;其二是审美价值判断的错位。而处理最好的则是《偷来的生活》,杰出的作品是必须要面对心灵难题的,这是一篇能给所有读者带去心灵难题和困境并激发起深度思考的文章。

从主题学层面考察,言志、抒情、性灵、理趣这些传统主题似乎与其散文皆无甚关联,通过《大厂》这个系列,他欲以纪实的手法,以个人小历史来观照大情境,观照时代语境中本质的因素,从而接近散文这一文体较难担负的大叙事的企图。

孟大鸣无疑是个讲故事的高手,一方面,他在讲述这些故事的时候不动声色;另一方面,他所有故事的章节里皆有"我"的在场。也正是通过讲述,个体的经验与体验,以及历史过往的生活细节,才能够相对准确而逼真地还原到纸上,它们相互联结,相互交织,构成记忆的水网,个体的生命如鱼儿般穿梭于其中,而不至于干枯。

第三辑　散文刊评

2012—2014年度《东京文学》散文栏目刊评

1

本期散文栏目的两个作者,一位来自山西,一位来自山东。山,即北中国纵横巍峨的太行山,单就地理环境而言,山之西为高原,山之东散落着平原、丘陵与山地;而就人文来说,这两块地方皆是农耕文化持续传承的核心区域。

人、牲畜、庄稼、村庄是乡村生活的基本要素,它们包裹着民俗、信仰、香火、饮食、思维习惯等地域特性,共同铸造了"乡土"这一血肉丰满的躯体。自白话散文兴起以来,虽然有小品随笔的别枝旁逸,但强大的文化基因和抒情传统,驱使着一代代的作家们将一往情深泼洒到承载着童年经验、记忆、梦想的乡土之上。对于很多人来说,乡土是人们的出发之地,也是经验写作的源泉。如海德格尔所言,诗人的天职就是还乡,还乡使故土成为亲近本源之地。如果仅仅将散文篇章中纸上的还乡理解成诗意的旅程,则是对文学和散文书写的严重误读。比如20世纪末,刘亮程的《一个人的村庄》强化了乡村书写的诗意化路子,如此个体写作式的异军突起,在逐渐符号化的过程中,对他者的影响和覆盖是巨大而深刻的,流波所及,过度的诗意化也促使乡村书写渐渐步入一个窄小的胡同,如同马尔库塞笔下单向度的人物,本来驳杂丰厚的乡土世界,因为主体的单向切入,真实、疼痛、神圣、幽秘的因素便被普遍遮蔽。可以在此打个比方,就拿炊烟来说,它并非村庄的必要条件,比如在时间和自然双重作用下荒废的村庄中,以及在当下空心化的村庄中,炊烟是普遍缺席的。即使是在那些仍然活跃的村庄中,炊烟也并非完全与诗意、平和、自足、牧歌般的图景相对接,很多飘荡的炊烟后面,埋藏着我们父辈粗糙的胃,以及他们手臂上皲裂的伤口。

可喜的是,在本期两位作者的四篇文章中,读者可从中发掘到乡土书写的异质性因素。在此,我不愿将其归类为突围的范畴,宁可将其认定为乡土散文写作的还原和回归。作为离开乡土进入城市的知识分子,他们的写作,不是因为都市欲望的碎片切割或者挤压而回望乡村,并以之作为精神逃避的处所;也不是将其传奇化,作为吸引读者注意的消费符号;而是怀抱着敬畏之感和切肤之痛,在纸张上重建自我真正的故乡。在他们的散章中,故土,那个小小的村庄,如天空般悬置于主体的头顶之上,它的博大、深邃、神秘需要用最诚实的文字加以托举。这其中,指尖的两篇文字指向乡土世界的隐秘信仰层面,即一个有神的世界,无论世事沧桑,神仙们皆与村庄的人、动物、植物呼吸与共。这个有神的世界,并非外在强大力量的注入,而是乡土世界中自然成长的因素,并普遍植入村民的信仰之中,因为意识形态的压制,虽然在今天位居边缘,却依然强盛,一如既往地收留着土地之上的世道人心。而单保伟的两篇散文,开掘出的是另外的乡土书写的路子。在细微处用力,不断逼近那些硬实的内核,生的艰难,控制乡土世界的隐秘力量,一一得以呈现。抵抗、衰微与痛感并存,这是最真实的那个乡村,也是最深入的那个乡村。维特根斯坦曾经宣称,神秘的不是世界是怎样的,而是世界竟是这样的。村庄是古老的,也是现实的,它是如此亲近和熟悉,又是如此地容易被误解。在呈现乡土世界的话语层面上,这两位作者皆采取了场景叙述的方式,场景之间互相衔接、暗示,从而推进叙事的进程。另一方面,他们的情感进入不是炽烈的,而是相对冷静的。他们心中装着的不独是亲人们,还有关于乡土的一切,从而避免了因为亲情叙述而带来的过度柔软问题。他们的笔下,是乡土的某个切片,而这切片却因为本真、澄澈而闪闪发亮。

2

时令已经指向2012年岁末,一个原本平庸或者简单的时段,却因为玛雅预言的所指——末日情结的再度腾起——莫名地于大众话语的空间内高蹈开来。想起20世纪末尾时段甚嚣尘上的"恐怖大王从天而降"的各种传言,再来对照索尔仁尼琴的一个判断,即20世纪人类最大的悲剧就是对新奇的无止境的迷恋,也许,人们的心头皆会有所思。从一个善意的角度去理解,这种恶作剧式的末日情绪泛滥权当是人们儿童化的搞怪表演。

这一年,我指的是《东京文学》改版那一年,刊物实现了文学上的真正回归,小说栏目推出系列重磅文本,辅以评论者的现场声音,使得这一重点栏目活色生香开来。而散文窗口也是摇曳生姿,陆续推出来自省外的诸多新人作者,风格多样,自成一体,从而见证了开放、多元、宽容的办刊理念。所有的新变化,皆为擎大旗者张晓林先生及编辑部同人齐心协力之结果。

本期刊发的散文组章为四篇断简式写作的组合件,作者路延军先生来自山东这一散文大省。四篇文章,从路数上来看,前三篇走的是哲理路数,后一篇乃回忆性散文。先谈哲理路数,其实这个路子从20世纪90年代以来逐渐窄化,若缺乏艰深的笔力和深邃的思想,很难突围而出,品格卓然。大约是在十年前,山西文学院院长、散文家张锐锋先生在新风格散文研讨会上就曾指出,过去的散文是一种教育关系,写作主体与读者之间是教育和被教育的关系,它要求作家拥有至上的学识智慧和精神品格,也拥有无往不在的正确性。这一点非常令人生疑,且不说写作主体自身的局限性,但就接受层面来说,作品与读者间的平等关系在其前提下也是被取消的,在这种情况下,如何实现真诚地交流恐怕就成了大问题。张锐锋的这番谈话可谓直指诸多散文的软肋,尤其是哲理路数的散文,诸如周国平、林清玄等的作品,除了在低端读者群体中拥有响应力之外,一旦遭遇成熟的读者,作品中作家主观建构的高塔就很容易轰然倒塌。就拿路延军这三篇哲理散文来说,很遗憾,我看到的依然是经过文学包装的成功学抛售模式,这种模式的成立需要一个先验的价值判断,即指涉的成功学内涵为社会价值理念的核心构件,问题的关键在于,除了拜物教的因素及金钱至上的畸形价值观外,在今天这个多元的时代,我们已经找不到一种价值理念能够统摄社会整体的思维认识了,成功学也不例外。放到思想文化体系里去观照的话,当代的成功学一旦遭遇老子"无为而无不为"的思想,遭遇庄子式的本体颠覆,遭遇儒家的治国平天下,遭遇现代语境中的启蒙情怀以及科学、民主的阐发,其轻薄性、易脆性便显露无遗。

就具体的艺术处理来看,三篇哲理散文讲述了很多例子。这种写法同样问题重重,因为例子的介入显然承担的是说服的功用,这是议论文常见的处理方式,而非散文式的。纯正的散文更突出事件,因为事件本身附带的温度会指向某种迸发和照耀,由此可见书写的力量以及内蕴的情致。

最后一篇回忆性散文就选题来说,很有内涵,作者在这一篇中也找到了温情投射的正确路径,往事也好,回忆也好,因为具体的物件,其摇摆和历时性沧桑便散发出应有的光泽。这个路数应该是作者以后着力的地方,童年不仅是一棵大树,也使得成年生活的区域呈现出蓬勃的生机,建基于切实的自我经验,写作者的回望与抚摸会使其得到一种对根的认识,并在这种认识中找见自己。

3

2013年依然以直线的形式拍打过来,想象中的弯曲虽然经过过度的发酵和推举,猛击海床的底部,但最终未能翻卷成浪花铺展到沙岸上来。时光依旧,生活还要继续,写作也是。

本期刊发的文章,是一篇与疾病有关的长篇叙事散文,作者来自东北之北,人们俗称的黑土地上。她的家乡以一位英雄的名字来命名,他就是赵尚志,与马占山、外乡人杨靖宇、八女投江的故事一道,谱写了白山黑水间悲壮深沉的抗日传奇。英雄传奇,为历史撰写的支点,而文学的言说,则更多地朝向世俗伦常,从衣食住行、柴米油盐中寻见个体存在的局限与光荣。

疾病是什么?就日常人伦的角度来看,生老病死乃世上之最常态,疾病就是这常态中的一个,也因此,它是人生的固定形态,是每个人人生经验的组成部分。在信奉佛学的东方文化体系里,疾病的精神含义则与苦对位,生老病死皆为人生之苦。疾病意味着苦痛,这是举世皆知的道理,不过,在这个道理之外,在肉体的疾病之上,人们还开掘出了疾病的精神含义,其中包括疾病的文化含义、美学含义和哲学含义。文化含义方面,鲁迅就是个典型,他从父亲的病以及东瀛学医的经历出发,读懂了古老民族的巨大病根;美学含义方面,"病如西施胜三分"的比拟、看杀卫玠的典故、晚明士人张大复将身体疾病审美化的行为,皆为其例;哲学含义方面,中国作家史铁生和美国作家苏珊·桑塔格,皆从日常的病痛里升华出人生哲学中至大至深的因素。我之所以在此举出如此驳杂的例证,是想说明人的精神世界的深广性,肉体的病痛也许大同小异,而对疾病的书写和开掘路径却花开各朵。

这篇文章以"蜗牛在路上"为题目,暗喻身体行走的蹒跚,作者的书写,既没有集中阐发疾病的特性,也没有刻意钩沉疾病带来的身体之苦、之痛,而是以自我身体的一次诊断为原点,带入诸多经验的元素。老医生、年轻的护士、曾经的老师、中学异性好友、江湖术士,还有现在的同性朋友,与"我"的病体一道,在心理流的串联下,构成一个相对封闭的心理现实空间。而所有的心理指向,皆有现实的人事作为支点,大量的容易被忽略的细节,因为疾病这一非常态的逼视,而得到心理层面的观照,从而鲜活,从而剥掉浮华的外表,直达某种真实。平静的语言风格背后,掩藏着写作主体从心底流泻而出的温情,也让我想起张爱玲的一个判断:因为懂得,所以慈悲!

对于散文来说,鲜明的生活经验总是趋于先吸引后启发的过程,按照巴赫金的理论,他人,尤其是被我们的目光打量过的他人,从来皆是我们自身存在的一部分,"我"这个个体活在他们之中,他们的经验同样也活在"我"之中,所谓的生生不息,亦即如此吧。当然,除了启发之外,引起彼此心灵共振的,则是经过时间沉淀后愈发透明和纯净的情感。《蜗牛在路上》所建构的,恰恰就是以上双重因素的对接。

4

村庄叙述作为乡土散文的一束别枝,因为更多物理性因素的融入以及视野上的发散性,成为柔软沙滩上轮廓清晰的一片礁石。最近几年,涉及村庄的散文书写依然汹涌,不过,大多以切片的形式存在。地形、水文、民俗、饮食、村庄器物、人事等等因素,皆可从中截取横断面加以剪裁。相比较而言,村庄史的叙述依然稀缺,不单单是因为巨幅长篇以及史传性质,更重要的是,村庄史的书写必然带入社会学和人类学的视野,处理起来,需要记忆、传说、口述、访谈等因素的偕同,这对写作主体来说,将是个极其重大的挑战,如果没有足够的毅力和认知水平,单靠审美感知将无法完成史传式的处理。从这个意义上说,刘亮程的《一个人的村庄》走的是内向性的情感之路,熊育群笔下的湘北水乡亦如是。近些年来的散文,真正将村庄还原为完整的村庄并使村庄高于其他因素的作品,屈指可数。梁鸿的《中国在梁庄》算得上一个,陈桂棣、春桃合著的《中国农民调查》以及文化人类学者做的村庄个案,也可归入其中。

本期选编的两篇散文,皆可归置于乡土叙述之下,不过,两者从一个端点出发,所走的却是殊途。很显然,王进的作品是一片质地硬朗的礁石,而刘学刚的作品则是一片柔软的沙滩。《村庄史》计七万余字,刊发时为节选,这部长篇虽然也讲述了村庄人物及器物因素,但从写作思路来考查,作者更注重的还是村庄的完整性。他以冷静的笔触,以时间的跨度为主线,多侧面地勾勒出一座村庄的纵横,欲从这个独立的个案中找寻一般。这里提到的"一般",并非村庄之变,而是村庄之衰,虽然它并没有走向最后的灭亡,但呈现出的凋零气息比之灭亡更加令人伤感。对于拥有乡土记忆的诸多人士来说,故乡或家园的凋零,将使他们的情思遭遇巨大的冰封,所造成的精神创痛,即使将世界上所有的泥土填埋进去,也无法得以抚平。当然,这种情感的冲击不是从字里行间直接流泻出来的,而是掩卷之后思而后发的结果。作者本身的行文如黑白纪录片,除了序言和尾声两个部分,正文部分极少有情感的带入,而是以实录的形式讲述了村庄地理的沿革、水文地形、人口的变迁、饮食与民俗、农作物、建筑样式、信仰与香火等因素,因为忠实于历史与现实,该作品便拥有了某种程度上的社会学意义。当然,史传式的村庄叙述,除了细节和材料外,最重要的还是要实现文学性和社会学意义的有效对接,过度重视文学性,想象力与情感因素将会冲毁物理学意义上的真实感;过度重视社会学意义,将导致丰润饱满的细节的流失,感与兴的因素也会大大削弱。《村庄史》在文学性和社会学意义之间寻找到了微妙的平衡,不过,从总体上看,笔力上稍显生硬,比如序言中"了"这个字使用太多,导致价值判断的倾向性外露太多,另外,其他也有直白的地方。类似的文字,对比冯骥才先生写的几组民俗和民间艺人流失的篇章,即可明白,冯骥才的文字可谓举重若轻,自我几乎完全隐蔽起来,在具体处理上让故事本身来说话,而非以冷冰冰的数字进行推理。

刘学刚的乡土三篇,其中的路数我们甚为熟悉,这个路数即对象的高度主体化,并伴随着部分的诗化。这个路数的危险性在于矫情和自我重复,好在作者拥有深厚的乡土记忆,并将这记忆转化为巨大的心理能量,通过舒缓的文字节奏和专注的呈现,将情思的庙宇掩映在绿叶树丛之后,虽然仅露出一个檐角,但情感的大殿却足够深广。这也对应了含蓄蕴藉、含不尽之意于言外的美学传统。

书写乡土,最易上手的就是美文,而美文路线却愈发逼仄,如何从中突围而出,是每一位恪守乡土题材的散文作者必须思考的问题。这也让我想起狄尔泰的判断:一切沉思、严肃的探索和思维皆源于生活这个深不可测的东西。

5

本期"散文窗"栏目编发了两组不同的文章,第一组文章,即王进的《村庄史》(下),实际上乃上期栏目的直接延续。恰如此前所言,当下散文中关于村庄的叙述固然繁多,而上升到大叙事层面的依然鲜见。这里提及的大叙事,不同于小说评论中常见的"宏大叙事"这一术语,因为宏大叙事的背后,往往内蕴着明确的意识形态动机。散文中的大叙事凸显于两个向度,一个是来自历史纵深这一纵向的线条,因为纵深,所以沧桑和斑驳;另一个是来自平面的延展所形成的宽度,因为宽阔,百流成川,自然趋于"江流天地外,山色有无中"的雄浑。对照这两个向度,《村庄史》在历史因袭这个因素上,两代人,五十年,有足够的故事可以讲述;在横向铺展上,其视点固然仅仅只是一个村庄,却涉及村庄内部各个物理、精神的要素,繁木成林,就认识论的角度来说,当然可以做到以点代面。

大叙事的写作之路,考验的是写作主体个人所具备的历史观、价值判断能力以及思想发现的深度,体现在文字层面,准确应是第一位的。

如果说第一组文章勾勒的是整个大树的形状的话,那么第二组文章则指向村庄叙述发达的根系层面,所叙述的村庄物什无疑构成了某种小叙事,构成了大叙事的基本支点。

随着岁月的流逝,每个人的故乡都在凋零,与此同步的是,每个人的童年岁月却愈发清晰。记忆如沧浪之水,濯洗尘封的往事,艺术和心理上的双重还乡,使得那些黏附在童年岁月上的物象如此逼真地浮出水面,因为距离的存在和主体情感的深度切入,明亮的光泽和美的质感便掩隐在文字的丛林之中。芭蕉雨声笔下的草木灰,钱俊梅笔下的镰刀、筛子、连枷、锄头,张国太笔下的稻草与野草,乐祥涛笔下的水井,皆是寻常事物,却是古老村庄不断蠕动的根须,它们内在的秘密因为主体的观照而得以发掘。就现实来说,也许这些物事离我们越来越远,但在心理上,因为文字的重构,某种从未有过的血肉联系却被建立,也让我想起这样的一个判断,艺术家不过是这样一种人:他为那些天赋条件和技能较差的人,构造了一条回归的旅程。

与大叙事实录风格不同的是,小叙事更强调主体的想象力与情思的亲和力,对文字呈现必然有着更高的要求,比如生动与形象,比如主体体温的无遮蔽敞开,比如文字流动出的自然韵律,等等。第二组四篇文章,在呈现上各师其心,各异其面。芭蕉雨声的《草木灰》在文字的内在节奏上如烹炸过的黄豆,干脆利落,诸多南太行地域的土语被引入到文本中,形成浓郁的地方性特色;而来自江苏的钱俊梅的《那些农具》,是其农具系列中的一小部分,语句柔软,内在的节奏舒缓,抒情往内敛的方向行进,凸现江南女子的文字本色;张国太的《亲近草》走的是感悟与发现的路子,语言风格透亮、逼真;乐祥涛的散文作品,记忆的切入与目击所在形成互动,在文字上错落有致,注重的是抒情的纯度。

大叙事也好,小叙事也好,皆朝向村庄这一载体。村庄,无论其现实中的存与废,毕竟承载了太多我们的过去,它也是棵枝繁叶茂的大树,就长在彼此的心里,安静的时候它会摆动,在梦里,则风起云涌。

6

关于《村庄史》,此前的评论中已有所表述,这里就不再赘述,而要重点谈谈本期"散文窗"栏目所选编的另一篇文章——宋长江的《雷人风格》。

所谓"雷人"乃当时涌现出的网络流行用语,字面意思是某人、某事如自然界的打雷声,将遭遇之人迎面击倒。在互联网话语增殖功能的推动下,与这个词语直接相关的词语应运而生,比如"雷得外焦里嫩""奇葩""雷倒众生"等等,皆在同一话语的生产流水线上运动。所以,由"雷人风格"这个题目,大致即可判断出这是一篇写人的散文作品。探究起来,写人散文的源头可追溯到史传文学那里,"其文直,其事核,贵在实录"的《史记》在此方面堪称表率。作为古典文学的四大高峰之一,《史记》中的人物本纪或传略可谓光芒四射,其用笔如刀,将重大史实、人物的肖像、行动所展现出的内在世界等因素准确地勾勒出来,并将这些因素熔铸在一起,形神兼备。

新世纪以来,随着散文写作的叙事转向,以人物为主体的散文作品愈发活跃起来,数量上也大大地增多。概观这些作品,普遍的处理方式是这样的,作者往往以事件、场景为核心元素,垒其人物之墙,肖像或外在形象的刻画则退之为辅助性手段。《雷人风格》一篇中,开头虽然也有一段对人物老骞的外在刻画,却也简略,只是寥寥数语交代其人的形体特征,话语很快就有了转向。"老骞电话约我喝酒"这一句是文章的开头,也构成了独立的一个段落。作者在这里没有采取铺垫的手法,而是直奔主题,能够相约一起喝酒,则必定为熟人;其后几段,在对该人物简略介绍之外,作者进一步细化了"我"和他的关系,由熟悉进而落定为亲密;再其后自然展开,围绕着他的精神特质集中书写,并将其青年时代和中年时代加以对照;最后,则以如生活段子的酒席上的争锋收尾,戛然而止,让人意犹未尽。从写作学层面来说,这一种处理方式具体策略为:层层递进,然后自由绽放,最后是适可而止。文章笔法相对熟练,不会使读者有生硬和陌生的感觉。

以人物为主题的散文,发掘的重点在于人物之精神特性。《雷人风格》中的老骞,其人其事对应了特立独行、与众不同的精神内涵。成功商人只是个表面的符号,通过作者的叙述,读者得见的是他见识异于常人、执行力坚决、有创造性想法、思想独立的精神侧面,这些因素才是饱满的人的因素,方对应着"'人'是人的最高目的"的哲学判断。

7

本期散文稿件主题相对集中,涉及乡村器物的不同种类,钱俊梅笔下的那些农具、李新立笔下的水缸与腌菜缸、芭蕉雨声笔下的草木灰、张怀珊笔下的支锅匠所使用的工具,皆非乡村静物,它们尽管种类不同,但就性质而言,皆可归于实用的器物。乡村静物,比如一方池塘、一棵老柳树、一群驮着余晖返家的鸭子等等,就散文处理而言,很容易被风景化和美学化。静观之美,固然容易烟雨迷离,但也容易走向自我拟想的陷阱。烟雨中的一番事物所呈现出的总是"我看",而非事物本身的色泽,事物的本相一旦被遮蔽,那么附着于本相之后的深刻发现也就成了泡影一堆。今天的散文书写,不再是驿路梨花和丝路花雨这样的风格,用心的写作者,试图深入绝对真实的细节之中,雕刻出时光飘落后自我和生存物理空间之间最真实的倒影。如此情境下,实用类器物成为人们别一番钟情的对象。何谓实用?它意味着,在一个相当长的时间段内,这些器物本身会被不同的人以不同的方式抚摸,我指的是在农耕社会图景中永恒的抚摸。因为有足够宽和足够长的时间刻度,它可以轻松地折射出使用者的生活方式、思维方式和情感取向。当然,这后面还有一个厚重的因素,即数百年来,生活在黄土地上的人们的朴素的生活哲学。

在西北旱地,李新立通过他的细腻笔触,向读者展现了一口水缸意味着什么,也充分揭示了腌菜缸在困苦年代里对于一个家庭的神学意义,它们并立在一起,庞大而庄严,童年的气息紧紧与之缠绕;至于来自江苏的钱俊梅的《那些农具》,是其农具系列中的一小部分,语句柔软,内在的节奏舒缓,抒情往内敛的方向行进,凸现江南女子的文字本色;芭蕉雨声的《草木灰》,文字内在节奏上如烹炸过的黄豆,干脆利落,诸多南太行地域的土语被引入到文本中,形成浓郁的地方性特色;而张怀珊的千字文,可谓文短意长,虽然在表述乡村生活哲学方面有点直接,却在可接受的范围内。

这些乡村实用器物有些依然得以使用,从而亲近正在成长的少年们。而更多的器物,已经悄悄褪去光泽,立在废弃的处所。在大转折的时代里,通过文字去重温它们,也许会提醒每一个人的来处,提醒人们,所有手边的事物与我们之间的亲缘关系。

8

时令进入十月,愈发迫近新一届菊花花会的会期。菊花是开封的市花,在日常现实中,每每这个季节,因为菊花之繁盛,自然有若许的亲缘关系,但要说到深爱的程度,则容易流于虚妄。出于人的基本属性使然,偏爱来自喜欢的程度,而深爱的前提则必须是贯注强烈的生命意识。在工具理性盛行的文化体系中,某种植物或者说所有的植物,既难以让人产生敬畏之感,又无法带去救命之恩式的深情。从这个意义上说,菊花咏、菊花赋等等,诸如此类的散文诗歌,兴之所至,很容易过度,一旦过度,就成了伪言和饰言,这其中比较典型的就是"金风送爽"类的朗诵台词。作为旁证,历史上浩如烟海的咏菊辞章,真正能口口传诵的,也就十几篇而已。这种经典化道路上的"残酷"竞争也在提醒诸多的写作者,将所写对象纯粹而彻底地融化到自我生命情境中来,乃成功之关键。

本期散文栏目,比较注重题材方面之统一,选取的文章,可以以人物散文加以归类。所谓人物散文,仅仅就题材分类而言,这个类型的散文作品在艺术处理上,注重发掘对象身上的故事元素和经验元素,以此观照出生命独在的状态或者社会关系的纵深区域。就审美指向方面而言,因为涉及人和社会两个着重点,人物散文与小说更为靠近,但是两者还是有着显著区别的,人物散文更注重微小单元的刻画,由此引申出"我看""我想"之"我"的特性,其中写作主体与对象间是相互吁请、相互激发的关系。而在短章式小说的处理中,情感关系处于可有可无的状态,"我"是要被隐藏起来的,主体与对象的呼应关系大致处于被取消的状态。人物散文的热潮出现在十七年文学时期,所谓散文的特写化,就是与诸多书写社会主义新人的篇章的层出涌现相关。新时期以后,人物散文逐渐淡化,汪曾祺式的人物小品几乎成了绝唱,缘于文化散文、学者散文、历史散文、新散文、都市闲笔的勃兴,人物散文基本退居到亲情题材的作品类型中,而脱离了对社会世相的洞察,堆积了太多情感的亲情散文很容易走向空疏和自说自话,如此形成一个怪象。拼命往文本内注入情感的亲情类人物散文,往往最失败的地方就在情感层面,所以,最近几年的亲情题材处理,有了某种反抒情倾向。正是十七年文学时期散文特写化的因素,以及亲情散文的泛滥,导致新世纪以来人物散文的写作处于无力沉浮的状态。

大环境使然,本期入选的几篇散文,难以称得上是鸿篇大制,不过,特性却是分明的。曹玉凤的《清白的宿命》一文由一件瓷器的破碎,延展出对人的生存环境的深刻呈现,即庸俗实用主义哲学对物的伤害,以及对他人和自身的戕害。笔法上接近于小说,语言简约而有力,笔力深厚雄健,小姨太的人生悲剧、女儿的婚嫁问题和瓷器的摔落,三个重要场景被有效地组合在一起。董素芝的《大哥》一篇,虽然也是亲情路线,不过,从内容上看,是写逝去的姐夫,并以此拓展到对底层百姓良善品质的书写,大哥的仁义情怀和细心妥帖,乃孔孟哲学对这片大地长期穿透的结果。绳子的《工厂记事》味道尤其独特,作者卸掉了几乎所有的多余情感和水分,直接进入事实,进入现场,彰显了人在强大的工业程序和机器面前,在个性被取消的情况下,如何实现保存自我的努力。当然,这篇文章也反映了中国式的民营企业家族式、手工作坊式的成长特性。打工题材的诗歌和小说渐成气候,而以冷静笔触表现一线车间生活流程的散文却极为稀少,《工厂记事》就是这些许的熹微之光。芭蕉雨声的《病房女人》行文硬朗,带有女性作者少有的峻急风格,最重要的是,这篇人物散文书写的是一个边缘人物,历尽辛酸之后耸立着写作者的悲悯和同情心。后面两篇,虽然是短文,亦各有特色;智性的捕捉,细微场景的经营,皆颇有创意。

9

本期"散文窗"栏目,编选了三篇散文,风格路数不尽相同。其中《大水·十月围城》篇走的是纪实的路子,作者来自浙江余姚,身处大水围城的风暴之眼。因字数限制,所刊发的为节选内容。作为聚焦的社会事件,余姚大水乃2013年下半年的一个突出焦点。这场洪水发生在江南初秋时节,越过降水高峰期,使得城市和居民猝不及防。大水围城的时间虽不长,然而被天灾所触发的痛感神经再次被调动开来,主流媒介的专题报道,海量微博信息的细化,让别处的人们通过画面和文字直击现场,在获取宏观认识的同时,也察觉到微观层面的分岔现象。如此自媒体时代的信息博弈,为此前的灾难性事件中所未有,这个新的现象值得社会学、传播学研究者的高度重视。当然,文学有其自身的书写方式,作者在这篇文章中,去除了互助和关爱的宏大命题方式,而是以个体言说的形式展开现场的再现。在精确的时间标记下,洪水围困下的个人生活细节得以一一呈现。通信条件、危难时刻的心理、突发事件的被动应付、食物与睡眠状况、探查与离开等等端点,如拍打沙岸的海浪,如此清晰,又如此闪烁逼人。也正是基于对这些端点的透视,一场洪水方树立得如此具体,其透视力度与内蕴信息的深度也远超众多图片或新闻解说。不过,作为纪实性散文,这篇文章在节奏上的急迫多少影响了文本的品相,也制约了文本内部的张力。无独有偶,贾志红的《芒果雨》因某种机缘,早于选稿之前我业已仔细阅读,这篇抒情路数的文章如融雪后檐下的水滴,缓慢地滴落。这个路数的文章日渐逼仄,想处理得高妙,必须节制,必须饱满,需要将这一矛盾对立的因素融入文本之中,过度的节制,会带来干枯,过度的饱满,留给读者的遐想就稀少了,所以,节制和饱满需要兼容,这就需要非常高的处理技巧。这篇散文,最大的特色不是在非洲的医疗支援经历上,而是在语言的整体和谐层面。句子间安静而和谐,语词安稳而妥帖,从而更大可能地突显个体情感的投射。最后一篇《古都秋色》用词考究,作者对颜色有着清晰的感知,总体观之,尚欠缺些落地的物理性要素。

10

又一个岁末冉冉而至,无须深化或细化那些飘落的时光碎屑,对于《东京文学》而言,直切要义的结果是,刊物在文学事业的苍茫之途上行进得更加坚实,从订阅量到影响力的扩散,从实力作品的推出到新生力量的发掘,皆处于上升之状态。

本期"散文窗"栏目所收纳的文章从范式上可归入人文随笔的路数。人文随笔这种体式兴盛于20世纪90年代,兼容了学术随笔、文化大散文、历史散文的一些特性。从一个泛化的意义上来说,以上三种路数的散文皆可归入人文随笔的范畴。这二十余年来,各种路数的散文轮番登场,于相对冷寂的散文话语场中角逐,其中有女性散文、小女子散文、新散文、原散文、新媒介散文、在场主义等等,曲线起伏中,堪称不衰的大概只有人文随笔了。涉及影响力持续之久方面,有这么几个要素:其一,有《读书》《随笔》《书屋》《文学自由谈》等这些重要刊物的依托;其二,相关书系影响力之发酵,其中,必须提及辽宁教育出版社的"书趣文丛"系列,以及祝勇主编的"重读大师"系列等相关图书;其三,在散文热潮的触动下,诸多从事人文社科研究的专家学者兀然闯入,吹皱一池春水。季羡林、张中行乃其中为大众所熟知的作者,实际上,文本厚度在这两位之上的随笔作者,即使没有漫山遍野的数量,繁星点点至少不会成为问题。韩少功、刘小枫、林贤治、筱敏、扬之水、李皖、李零、金克木、黄赏、费振钟、资中筠、李欧梵、赵园、艾云、王开岭等,皆为其中的佼佼者。他们中固然有一部分因为年事或兴趣的转移,离开了这个路数的写作,但在耿立、王开林、狄马这些更年青的作者身上,依然可触及人文随笔的锋芒。

散文是一个时代智慧水平的标志,所谓智慧,指的是主体感知之切之后的求知之深,即洞见能力和审美判断力的高度契合状态。就时代风潮而言,浮在上面的往往是感知之切,甚至是那些由伪言和饰言构成的感知之切,当下流行的青春美文即如是,而求知之深无疑则为水中的沙石。追求智慧的深度，不是随便哪个路数的作者就能做到的，一位有才华、有灵气的散文作者，恐怕最难放下的就是心中才华这一执念了。人文随笔，从文体特性上讲，更重视学与识的因素，简单来说，无识则不立。

湖北作者虹珊的《离先生有多远》，外部是个游记的套子，实则是一篇向文学大师致敬的作品。沈从文先生的墓志铭、卖茶水的少女、率性浅薄的游客，还有"我"自身的进入，皆因为历史与此在的融会而使得"我"的眼睛被点亮，进而越过时空距离，和沉默的大师对话。王立的《毕生行径都是诗》，表面上看写的是已经烂俗化的民国才子爱情故事，实则在内在聚焦上实现了反转，徐志摩仅仅是个楔子而已，真正要处理的是陆小曼的故事，是她的一生由奢入俭、于破碎的时光中找到真实情爱倒影的故事，繁华落尽见真淳，历史的真相如此令人回味！对比张爱玲晚年的缄默以及最后的客死纽约公寓，真可谓"这次第，怎一个愁字了得"！李安平的《辑宁楼》书写了地方性历史建筑的文化担负以及象征意义，文短而雅致，透出中正平和的气味。深圳一石为天涯社区"闲闲书话"版块的知名写手，曾著有《诗经里的植物》《楚辞里的植物》，除钟情于古典之外，他对西方现代名著也娴熟于心，《每个人都是一道深渊》就是他阅读之后深层心理经验的果实，文本虽然显得有点小众，然而其中呈现出的进入能力和思辨能力，在浅阅读所掀起的大风中，当然独树一帜,也给读者更多的启悟。

11

从这一期开始,《东京文学》"散文窗"栏目将致力于一项重要的工作,即适时推出全国"80后"新锐散文作品。2013年,涉及"80后"文学新势力集中亮相之处,有两个事件,其一是《创作与评论》下半月刊集中推出的"80后"小说方阵;其二是云南人民出版社推出的"80后"批评文丛。由此,全国性的文学地图也发生了小小的版块移动。

自打2012年开始,笔者逐步接触到国内散文界"80后"新锐势力,通过一年多的观察和阅读,他们所带给我本人的冲击和震撼远远超过我的同代人——"70后"散文作者。其中的佼佼者,比如乔洪涛、草白、胡竹峰、朱强等人,他们的作品总体上步入某种"回归"。这里所指的"回归"并不是回归到80年代的真情实感,也不是回归到十七年文学时期的国家抒情形态,而是回归到现代散文确立时期的性灵、小品、智识的路数。

本期编发的三篇文章,涉及三位作者,他们是河南省内"80后"新锐散文的代表人物。其中寇洵和衣水两位"80后"作者,皆为多文体写作的实践者,既可归入省内新生一代的小说阵容,也可归入省内新生一代的诗歌阵容。众所周知,散文文体之于河南省,乃最弱的板块,其中最突出的问题,凸显于代际间的青黄不接方面。就省内范围而言,"70后"或"80后"散文作者在全国范围内受到关注和重视的极为罕见,此次推出三位"80后"的散文作品,希冀以集中的方式展现省内新生一代散文写作的风貌,并给以力所能及的推动和激励。

寇洵的《时间的沙漏》在写法上颇符合陕西黄海等人所提出的"原散文"概念。由窗外的植物切入,众多日常生活的场景折叠而入,为何是折叠而入?恰在于日益斑驳的都市生活里,昆德拉式的"生命之轻"长驱直入,驻扎在人心之上。对于写作者而言,他无法避开处处之轻,但是其本能驱使着他又要在处处之轻中寻找重的东西。寇洵笔下的场景书写呈现出平行的样式,原态生活的片断经过艺术处理,展示出独立、折叠、平行的特性。主体看似隐没,实则无处不在,就如其笔下的卖菜老人、朋友、陌生人、杨树等等,看上去在文本中驻留,实则横卧在我们每个人周围,其触角随时即可刺入我们的心魂。衣水的《谋杀在十岁》融入了诸多小说的笔法,这个跨文体的文本,在故事层面给人以惊悚之感,就文体来说,又在一定程度上冲毁了散文的冲淡平和之美。这种朝向锋利层面的处理,读者可以在格致、塞壬等人的散文作品中找到相似的情形。洛文的一篇,走的则是人文随笔的路数,作为刚刚上路的更年轻的散文作者,其知识积累的厚度颇令人惊喜,虽然少了些文学书写的感性和练达,不过,假以时日,依然值得让人期待。

12

阳春三月,江南草长,而北方的春意也已经朦胧,如细雨流光,在飞鸟的足音下掩映成章。本期"散文窗"栏目选取的三篇文章,皆是亲情路数,其中两位作者为"80后"散文作者,即湖南秦羽墨和山东张伺,另外一位,则为省内前辈。

文学湘军不可小觑,就年轻作者而言,小说领域有"五少将"之说,散文领域则有秦羽墨、向讯、王爱等青年才俊。秦羽墨的散文,我接触甚多,其之前作品在叙述上有如下三个突出特点:冷色调、陌生化和简洁冷峻之笔力。本期所选的《母亲进城记》在艺术处理上似乎有了新的转向,加以概括的话,为文学性、原态化、主体向下的姿态这三个要素。所谓文学性乃人们惯常提及的"文学感觉"一词,这种感觉一般会落定到文本的最细微处,比如对话、语感,比如某些词语的禁用或对语词的流向加以重新分配等等。所谓"原态化"指的是恢复生活本状的努力,本状并不意味着杂乱,它由主体的发现和感知作为支撑。长期以来,我们的散文书写太干净了,离地面太高,众多作者自身又不具备文人之雅好气质,散文的尴尬便由此而泛滥。所谓"主体向下",指的是写作者对待日常生活的基本态度,而生活或者大地纷纭,一旦握住其卑微和宽阔的双重性,写作者必低首垂眉。

亲情题材散文渊源甚深,所谓缘情而发,因情而造文,这些命题指向其情感性内核。这个路数的散文写作,在新世纪以来愈发逼仄,逼仄之因,概在于伪言与饰言横行,再加上新媒介推动了信息的交叉性和流动性,虚假和伪饰必在这种交叉性和流动性中暴露无遗。这个路数的作品,多在细节、形象方面用力,试图深挖情感之深挚性,而二律背反,挖得愈深,自我的埋没也愈严重,由此与散文的个人性渐行渐远。当然,这个路数的文章并非没有大作涌现,鲁迅之《父亲的病》和北岛之《父亲》,可堪垂范。而本期秦羽墨的散文即具备了突围之品质,面上写的是母亲,内里却是呈现个体和整个世界的交集状态。

闫红涛的《母亲》一章,走的是传统处理的路数,朴素而真切,由众多的细节搭建起对母亲的深切怀念,与中原文化的症候相切合。张侗的《木头人》一篇,写的是隔代之亲,行文、结构、情感呈现等因素皆很突出,缺憾在于情感流露的节奏没有压住,少了点引而不发的力度,好在他还年青,在文体自觉上,还有更长的路要走。

13

四月,春意渐深,《东京文学》"散文窗"栏目在推介青年散文作者的道路上,与季节之流变趋于同步。本期所选取的三位作者,张谋和闫语皆为"80后"散文新锐势力的成员,水兵则为本省南阳作家群中的一员。

有着十年打工经历的张谋,辗转于广州、东莞、深圳数地,在工厂,在加工车间的流水线上,见证和体验了外地打工者这一族群肉身的苦痛和心魂的隐秘。生存经验汇聚成宽阔的瀑布,不断冲刷自我的河床以及时间这一外在的岩石。在散文写作的第一阶段,身在异乡时常泛起孤独感的他,将故土关中聚拢于笔端,温暖的羊群、瘦小的村庄、涓细的往事不断被唤醒和打磨,于是有了《左眼沧桑》这部散文集子。客观地说,这些作品因自我文体意识的尚未苏醒以及表达上的直切,稚嫩与笨拙的气味贯穿其中。而一旦转入第二阶段,即写作《南方》系列之际,张谋终于由外围游荡者的角色转而为屋子里的安坐者,散文书写也进入亮度写作状态之中。其标志有两个:其一是艺术处理上的耐心;其二是对真实的洞见和呈现。

尽管这个系列被冠之以"非虚构"的名号,但对流行度甚高的文学术语,我会自觉保持警惕,上海的李丹梦已经对这个概念做出了相对清晰的梳理,具体可参看其文章。就文体特性而言,我更愿意将《南方》系列归于纪实类散文。关于打工生活题材的诗歌与小说,近几年来逐渐增多,并被批评家归类于底层写作的框架之下。而涉及这类题材的散文,除了《南方》之外,还有丁燕的东莞系列和塞壬的系列作品。丁燕的东莞系列带有深入生活的基本颜色,而塞壬的作品,则往个体经验的纵深处开掘,灼烧式的面貌成为显著的直观。而张谋的写作,兼具了个体性和社会性两个要素。本期节选的三篇文章,涉及了打工生活中情爱欲望、娱乐消费、吃饭内容这三个向度,每一个向度皆由具体的场景勾勒作为内容。从中不仅能读到作者还原场景的精细程度,也可见出其去价值判断和去情感走向的审美建构。流水线、车间、森严的等级、冰冷的生活、生存忍耐程度等味道混杂在一起,进入这些场景之中。

  闫语的《房间,从我到你》是一篇散发着独特气味的作品。虚构性、拟叙事、人称叙事的转向和结构上的平面化,作为组合件,皆指向新散文在文体上的实验性。不过,这种将散文的真实性过度取消的倾向,值得进一步的反思和商榷。水兵的两篇散文,走的是传统乡土写作的路径,记忆的濯洗,美与善的打捞和照亮,成为一个相对恒定的主题。这个路数的写作,在题材和艺术处理方面皆遭遇普遍的瓶颈状态,就这两篇而言,存在着两个问题,其一是文字上的自如度还不大够,这个自如度的后面是写作主体心性的自由,文字传达是外在,心性打通现实与过去,打通物理与精神,才是关键之所在;其二是写法上宽阔度不足,雅正有时对散文写作是一种限制,散文不妨野性一些,甚至可以胡扯一些,比如野夫的纵横,比如庄子的寓言体。

14

春末夏初,街上是满眼的轻纱,草木之上乃醉人的浓绿,而在人心里,却潜藏着欲语还休的浅薄。浅薄为俗世的主调,而薄凉则是文学感觉的尺度,倒悬在肉体之上,随波心而晕散。

本期"散文窗"栏目选取了三位"80后"散文作者的作品,长长短短,掩映于门扉之上。这些作品,会使读者和爱好者眼界为之大开,它们的新颖度不全是来自写法,在我看来,主要还是来自作品内部生发出的气质和韵味。其中尤其值得说道的是胡竹峰和文河这两位作者的文字。照应胡竹峰之《竹简精神》的话题有两个,其一为处理方式,如鲁迅所言,散文是大可以随便的。此话乃大家的肺腑之言,可惜的是文学史经验告诉我们,散文的书写非常不容易抵达"随便"的程度,废名和周作人皆为冲淡平和,晚年的孙犁走的是真纯路线,至于林语堂、梁实秋、钱锺书等散文方家,则是另外道路上的马车。符合"随便"这个标尺的散文作家,除了汪曾祺之外,其他作家皆不够典型和完整。胡竹峰的文字,吾手、吾口、吾心浑然一体,"随便"的尺度比之汪先生似乎有过之而无不及,他的笔下,几乎全部是烟火痕迹,却又让人不觉想到烟火之外的东西,"江流天地外,山色有无中",是耶非耶?唯大达而已!其二是在背景因素上,照应了古语所云的"处处留心皆学问"这句话,跟着这句话后面的还有一句,乃"处处无心皆文章"。作为"80后"散文作者,生活的历练和阅读的厚实,两股激流在胸腔里交汇和激荡,想不共鸣与发声也不成。"随便"与"无心"仅仅是凸显于作品层面,实际上还有更锐利的东西在作品之后伫立。作为个体的作者,在生活长流中透出的优雅度,才是真正让人的嘴巴合不上的因素。抛开"作者死了"这个解构主义命题不言,其实中国的读者还是相当关注作家的生活因素的,当然,也能够明白创作与生活之间角色转换的问题。角色的遮羞布之下,生活中的作家干了什么,大抵皆可以包容。

  文河的《乱红》一章,走的是随性、自如的路数,读起来特别舒服。舒服的感觉不是来自其深厚的古典诗文与历史修养,以及由这修养而带来的视野宽阔度,而是因为其作品中浅浅淡淡的流线,无宣教气息,无压迫感,无精英启蒙意识。其作品,随时皆可进入把玩,随处可以阅读中止。而曲曲的文字,同样追求散文的淡语效果,场景描写的后面,是作者对生活本来颜色的忠实。另一位"80后"作者王鑫的《故乡美食两题》,相对中正,娓娓而细致的描写,传达出其对故土的依恋与感怀,只是在笔力和视野上还需要进一步提升。

15

"六月莎鸡振羽",莎鸡又称纺织娘,与蚂蚱、蛐蛐纲目相近。此诗句的意思是到了六月的节气,这种昆虫会发出鸣叫声。很显然,《诗经》中的这一句与日常劳作有关。田间劳动、庄稼植物、昆虫门类在那个前机械时代与季节之流变相互拼贴,栖息在大地上的人们因之能够发出沾满泥土味道的吟唱。若非秦汉间口语传播方式的大变,这些混合着青草、热汗、口腔气息的句子依然可以在词语的密林里穿行,将野地、田间的节奏直接敲击在人们的唇齿之上。

第六期"散文窗"栏目所选取的文章,在文体特性上比较集中,皆为新散文路数的篇章。新散文思潮发端于新世纪前后,前期因祝勇、林贤治的鼓噪而声名传播,最近几年则趋于平缓之势。什么叫"新散文"?三言两语实难道之,摘要点来说,可以归纳为如下几条:其一是重建文本与读者间的审美关系;其二是作者身份的去群体化,回归到差异性个体之上;其三是话语秩序的重建,文学性成为第一选择;其四是叙述的转向,描写、抒情退出处理方式的主体地位;其五为结构上的并置与多元,打破了散文结构长期扁平的境况;其六是文体自觉与个性话语的拼接。

当下"80后"散文群体中,大多数作者在写法上皆有新意,在创作个性的养成过程中,个体的差异性也凸显出来。若将先锋性、实验性与个体的文体追求结合起来考察,本期几位作者堪称典范。后叙事的《人力自行车》《爸爸去哪儿了》两章,叙事上多种手法的调和已臻老练之境,诸如《人力自行车》一章,叙述人称交互使用,叙述视角不断切换,使有跨度的场景得以并立并相互暗示,这些场景直接对应了人们日常的经历,那些无逻辑连接、无因果关系的小事件叠压或重复,它们没有头尾,没有戏剧性,没有疏离感,而以紧贴的方式将我们包裹。尤其需要指出的是,这篇散文里还隐藏着先锋小说文本中常见的叙述声音凸显的要素,从而与巴赫金的多声部理论不谋而合。《爸爸去哪儿了》一章,故意设置了几个虚构性的场景,通过这些话语的预设,日常的冷、灰色现实细节簇拥着进入文本,进而构成了犀利的指向,重量的因素是新散文文体实验中比较欠缺的一面,可喜的是,后叙事的文体探索,正努力地将重量不动声色地融入文本之中。

茅店月的《沉疴者》为散文中身体叙事的实践产物,周遭的世界晃动着沉重身体的多重影像,它们的扁平来自令人可畏的生活本身。而新散文场景叙述的细密在此章中可见一斑。阿步的《碎句子》走的是反精英、反智性的路数,类似于诗人于坚的日常书写。来自西安的庄辜笑声,其《失魂引》一章为节选内容,在这部一万多字的长篇散文中,想象力成为最为显目的标记。作者几乎摆脱了散文写作中常见的记忆和经验要素,而是围绕间接经验中的节点,注入大量的想象力。如将红、白、紫等颜色,纳入古老的神话和历史轨道,以之激活它们身上潜藏的神性和光华。石头的《过劳死》一章,让人有惊悚之感。白歧的《夜归人》一章,写法诡异,做到了"破旧",却限于笔力,尚未抵达"立新"的境地,好在她刚刚上路,还有更长的道路可供其锤打想象、磨炼个性。

16

从本期开始,《东京文学》将正式更名为《大观》。这对讲究名正而言顺且恪守文化传统的朋友而言,或者对有着地方文学情结的朋友而言,确实要有个心理调适的过程。不管怎样,新征程已经启动了,虽然仅仅是名号的门庭改换,而非内质的转向。而另外一个,不管怎样,后面接续的内容都是文学不会熄灭,如萨特的一个判断——这个世界完全可以不需要文学,但更可以不需要人!

本期"散文窗"栏目所选文章,风格上皆趋于恬静淡然。恬静,既是一种心境,也是一种生活方式。古典诗文,自然本色之章如星垂平野,而切合恬静之风韵者,盛唐山水田园诗派堪称表率。尤其是被李白呼为"风流天下闻"的孟浩然,特别擅长在诗歌中营造淡然雅趣的意境。王维的诗歌过于静寂,乃士大夫之大爱,而孟夫子的作品,有泥土和草木的原味,雅俗共赏,老少皆宜。对比王维和孟浩然,我们可以看出,生活方式的分野导致了两者作品风格不同的流向。

乔洪涛的《谷雨》篇是他的大地系列散文其中的一个篇章。这位来自山东的"80后"新锐,老到而沉稳。而立之年从城市重新回归乡村,通过一块耕地的租种,实现身体物理性和精神性的双重治疗,物理性的疗程结束之后,精神性的深入也轰然洞开。节气的流变,草木虫鱼的交欢与更替,作物的苏醒与成长,一个叫刘三的邻居的经验智慧,皆如同艾略特笔下的"那扇不曾打开的门",一旦推开,便永远敞开。个体假如被全新的、异质性的东西所穿透,或者极度恐惧,或者极度兴奋。就兴奋感而言,乃典型的本雅明所命名的"晕眩"。《谷雨》篇与其他篇章相比,投射性的因素增加,田地周围的杏花、桃花、芦苇、鸟类、鱼类等,成了书写的重要对象,它们的存在方式,保持了与土地、与劳作的人们之间的带有原始风味的关联度。

当然,他也写到了麦子、大葱和薰衣草,这些生长于田间的作物。以上诸种物事,纷纷以自我的颜色贴近谷雨的节气。作者的这种基于生活方式的散文书写,在当下散文中,无疑是独特的,也是非常可贵的。来自皖南的晚乌的《居家笔记》包含四个小节,厨房、菜市场、家养草木、镜子,皆为日常之物,其处理如19世纪早期印象主义画家笔下的静物描绘,安静淡然的后面藏着主体心思的敏细。四个小节,因之透出宽和仁静的气味。浙江作者叶琛的《山色》书写的是自我心思的荡漾状态,山色纷纭,激起内心无限的往事,一番波澜之后,又归于平静。阿步《碎句子》一章,随意中见出日常的诗性,文本的后面,藏着另一双眼睛。

17

本期散文稿件征集完稿的时候,七夕刚刚转身而去。就当下而言,节日这种形式,业已跨过自然的维度,甚至也跨过仪式化的阶段,而进入后现代语境中文本狂欢的当口。恰如美国学者詹明信所指出的那样,纯粹自然的东西已经被彻底侵蚀,文化成了第二自然。

七月流火,天气转凉,想起杜牧"天阶夜色凉如水,坐看牵牛织女星"的诗句,也仅仅是短暂的遐想,再往前走,必为奢佟。月光依旧明亮,丝瓜架横穿城乡,只是小板凳已经消隐,蒲扇早已褪色,奶奶或姥姥则永远安息。

这一期选编的四篇散文作品,有两篇为"80后"作者的散文习作。一则为重庆吴佳骏的《散文两题》,另则为湖北石头的《过劳死》。两篇文章单列的话,阐释空间当然具备,《散文两题》中处处可见文史知识的考证细节,却无堆砌之感。舍利也好,福寿也好,皆为世间稀罕之物,作者以一种超然的态度加以观照,并在不起眼的细节上,抵达智性。这些细节藏于文末,藏于胆结石和老子的话语之中。而《过劳死》一章,以亡灵书的形式书写生存的重负,文字虽短,但散发出的气味几近小说的玄虚,比照余华的小说《兄弟》,则似曾相识。两位"80后"作者的作品若是放在一起阅读,则颇具戏剧性。吴佳骏之中正和平,沉稳而老道的话语呈现能力,让人惊叹;而石头的极端虚构,内向化的处理方式,明显是剑走偏锋之路。由此一点,可见出"80后"散文作者在写作上的多元性以及相应的张力。

赵敏为河南本土中年一代的散文作者,《风兮风兮》书写了主体面对周源、面对庞大历史时的心理体验。这种洗礼式的主题彰显模式,在部分"60后"散文作者身上体现得相对明显,自我洗礼的好处为激情的投射有力而深沉,而短板在于过度取消了主体的存在,即主体的小和对象的大形成一种不对称的结构。高杨的一篇,书写对象为亚洲流行乐坛的一位巨星——徐小凤,作者避开了猎奇和主动迎合粉丝的两种路径,一方面呈现了对徐小凤本人,尤其是其情感世界的理解,一方面是对徐小凤音乐的理解。和那些大小报纸的报道式文章相区别的是,作者将对象还原到"人"这一本体之上,人的软弱和人的良善,这些因素才是时光漫漶之后留存下来的存积物,才是文学的力度和温度之所在。

18

十月下旬,开封这座老城迎来一年一度的菊花盛会。这个时节漫步于宽街窄巷,虽闻不见沁心之芬芳,却可直击浓烈的绽放。这个时节,从容漫步依然奢侈,而一旦漫步,就会和街头巷尾寻常小店门前的菊花倏然相遇。

本期"散文窗"栏目编发的三篇文章,作者皆为"80后"新锐。端木赐的《谜》再现的是其在医院实习的经历。切入点在于人和故事,有故事的人并不鲜见,而多侧面、多维度的立体之人,其行走的方式也总是特立独行。作为一名南下的单身中年女性,她在工作上的积极与认真、她对于自我身体的趋于极致的爱护、她的社会交往形式,以及她的极具攻击性的对待信仰的方式,统一于单个的个体之上,恰恰对应了黑格尔对人所下的判断,即人总是担负各种各样的矛盾,并在这些矛盾中忠实于自己的本色,忠实于自己。作为一名刚刚离开学校大门进入社会实践的医科大学生,端木赐对于人事的敏感程度,以及艺术处理能力,呈现出少有的老成姿态。

至于吴佳骏的《散文两题》和白歧的《兔子兔子》,两篇文章单列的话,阐释空间当然具备,《散文两题》中处处可见文史知识的考证细节,却无堆砌之感。舍利也好,福寿也好,皆为世间稀罕之物,作为某种趋于极致的形式,世俗之仰慕或者刻意模仿,固然会侵蚀掉一池春水的边沿,而其内在的颜色支撑却始终未变,这些固定的颜色涂抹,与自我牺牲、隐忍有关,与信义、道德、自我完善有关。站在历史的岸边,作者以一种超然的态度加以观照,并在不起眼的细节上,抵达智性。这些细节藏于文末,藏于胆结石和老子的话语之中。而《兔子兔子》一章,渲染出的色调,如早期印象派的画作,鲜艳而浓烈。超经验的书写形式,直逼前意识的写作状态。几个短章的荟萃,融汇了童话、寓言、超现实主义作品的气息。毋庸置疑,这篇作品可归属于形式主义实验的范畴,其间梦幻与过度虚化的处理方式,固然值得商榷,而若以更加包容的心态来看,先锋精神不独为小说和诗歌所专属,散文写作亦可以风行水上。两位"80后"作者的作品若是放在一起阅读,则颇具戏剧性。吴佳骏之中正平和,沉稳而老道的话语呈现能力,让人惊叹;

而白歧的极端虚构,内向化的处理方式,明显是剑走偏锋之路。由此一点,可见出"80后"散文作者在写作上的多元性以及相应的张力所在。

19

《大观》第六期出刊的时间,恰逢公历新年的年底,又是年岁更替的时节。前些天在读批评家张闳研究鲁迅《野草》的一本专著,作者就《祝福》的开头"旧历的年底毕竟最像年底"这句话展开话语分析,提及历史循环的古旧,以及参与新文化运动的那一批人心理上的焦虑。就表达的深切而言,"旧历的年底毕竟最像年底"这句话确实具备了文学话语所拥有的足够张力。而张力场的存在,恰恰与古典文学时期的多义性以及诗与思的含混特质形成级差的效果。

本期"散文窗"栏目推出的三位作者,皆为"80后"散文新锐。来自江西的朱强可谓这个群体中的代表作者,他和胡竹峰、乔洪涛、草白、纳兰妙殊等作者一起,构筑了这个群体处于挺拔期的山峦。《日常生活》一篇,凸显私叙述的话语特色,此次言及的"私叙述"一词,与私小说不搭界,而是指向散文话语由公共性家国话语机制向着个体性的日常叙述机制的转移。私人性、个体性的叙述方式,有效解构了影响当代散文甚为深远的国家主义抒情机制,更重要的是,在题材和艺术处理上,能够切实地回归真实和伦常。那些带有现场体温的文字一旦涂抹于纸上,就会有日常诗性的偶然敞开。而日常诗性中所释放出来的美、爱、温暖等因子,有如土壤中的温度和湿度,恰好培育了每个个体与生活间的感性联系。罗曼·罗兰坦言,看清这个世界,然后爱它。《日常生活》里的文字,随意、散淡、自由且从容;谈走路,谈吃饭,谈艺术,谈老城建筑,一路下来,悟性转折来去,敏感转折来去,陡然让我有这样的感叹:虽有太多事物老去,而生活却永远保持新鲜和质感。

叶城的《从广州到台山》一章,是一篇使用新散文笔法写出的文章。话语的浓稠度、个人性的张扬,以及对普遍遮蔽的微小细节的重构能力,使得这篇散文和一般的纪实文章有了根本的区别。成功学里流行一句话:"细节决定成败。"而对于叶城来说,细节意味着个人与世界遭遇的方式,只有通过细节,深层的经验才会被打捞出来。《旧时光,旧物什》的作者李楠非常年轻,他还是位在校学生,他笔下潮汕地区的民俗和民情对于中原内地来说,构成了激发想象力的他者因素。高校学子中,能够拥有这样笔力的作者还是很少见的,希望此次的刊发,在其个人成长史中,留下一份令其难忘的印记。

《牡丹》杂志2015年度散文栏目述评

2015年,天涯社区"闲闲书话"板块推出闲谈专题,其中一期以朱自清的《背影》为蓝本,展开关于朱自清散文、现代散文,以至百年白话散文史的话题争鸣。民间话语争锋,好处在姿态上自由搏击,弊端在于话题容易跑偏,使得基于学理的认知共同体很难建立起来。因缘际会,以朱自清的散文为由头,我对百年散文做了即兴的也是粗疏的发言,内容如下:其一,自白话文学兴起以来,散文作者的数量是小说、诗歌、戏剧、影视之作者所难以比拟的,但其中绝大部分为自发式写作,自觉式写作非常稀少。其二,散文的文体建设和理论批评与其他文体相比最为滞后。学术功底深的人基本不搞散文研究,这导致了散文的审美判断难以普及,也造成了散文研究偏弱的局面,其中来自南方的两位学者孙绍振、陈剑晖较为突出,而受制于学院,他们的学术观点难以普及到大众中间。其三,对白话散文文体演变、创作情况、理论发展等比较熟悉,而及时跟踪当下散文创作实际的评论作者严重短缺。其四,散文评论多为非专业人士所写,导致了公信力的丧失。比较有力的证据就是很多散文评论皆以序跋的形式存在。

如果上述所言大体成立,那么因果链条继续延伸,将带出另外的问题,比如如何从海量的作者那里寻见并发掘出真正有潜力的作者,比如如何在广场式的话语体系中生长出清晰的关于什么是好散文的判断标准,比如新时期散文如何实现经典化的问题等等,不一而足。这些问题目前来看,短期内难以厘清。总而言之,散文因其文体边界上的模糊性以及包容性,落实到写作实践中,形成了观念反差极大的不同的写作圈子,彼此交集甚少,这也导致了近二十年来虽然可以定位为散文的繁荣时期,但是,也是散文价值判断异常混乱的时期。

散文为《牡丹》杂志的常设栏目,每期两到三篇,2015年度《牡丹》杂志共计刊发散文近三十篇,就作者的地域身份而言,一方面刊物整合了洛阳地方散文写作的有力资源,如谭丽娜、郭瑞民、赵克红、贾志红、王梦颖、黄婕六位散文作者;另一方面将重点放在辐射面上,遍及国内诸多省份不言,个别作者甚至延伸到海外,如旅居新西兰的大康。纵观所有作者的地域分布情况,《牡丹》去除了地方文学刊物以服务地方为主体的办刊思路,而是将视野扩大,投射到更为广阔的写作者中间去。洛阳为王者之都,文化底蕴与向西之长安遥遥相对,两汉时期,乃当之无愧的文学中心。不过,现实中的洛阳文学创作却处于比较尴尬的境地,拿散文来说,整体创作水平并非居于高位,也缺乏在全国范围内能够产生影响的散文作家。此种格局,与中原散文整体偏弱不无关系。不过,洛阳地方的文学气氛异常热烈,2015年下半年,小说家阎连科曾有一次故里之行,无论演讲还是座谈,大量的普通作者皆蜂拥而至,掀起一场文学交流的高潮,若是缺乏丰厚的群众基础,此种景观则难以想象。洛阳地方散文作者除了上述几位外,还有几位勤勉的作者尚未纳入年度散文的版图,如"80后"的余子愚,"70后"的浅蓝和马军等。

六位洛阳本土散文作者中,贾志红的文笔、才力、文体的和谐度无疑最为突出。《牡丹》第七期刊发了其《桉树林》《一张报纸》两个短章,其中《桉树林》为其在非洲支援建设时经历的一个片段。一只名叫胖胖的小狗、一名叫乌力的异国孩子,还有桉树林的前世今生,皆在作者若隐若现的思绪里凝聚成形。我曾读过这位作者的多篇文章,也了解她的一些经历,作为国土资源作家协会系统的成员,她的生命历程涂满了"漂泊"二字。北岛的《午夜之门》集中书写了20世纪世界范围内漂泊的艺术大师,异乡人在路上之感受读来令人顿生苍凉之感。而贾志红与北岛及北岛笔下漂泊四方的作家们在精神气质上有着根本的不同。她一路行走,一路深情地凝望,向微小之物灌注自我细腻而深沉的感情。《桉树林》就有两个突出的质素——平等精神和对生命的怜悯。《一张报纸》以幼时经历为切入点,写到了其成长过程中的三名角色不同的女性,班主任、祖母、与祖母形成紧张对峙关系的谭奶奶。幼年的她并非乖巧地游走于三位女性之间,而是以早慧的眼睛注视那些细微的伤口,注视锋利的时间雕刻出的伤感,并以自我多思多情的笔触抚慰它们的存在。这是一篇温婉动人的美文,阅读市场上鱼目混珠之美文与之不可同日而语。回首来时路,几乎所有人的人生皆横亘着或粗粝或皲裂的伤口,对于它们,人们往往自动选择米兰·昆德拉所言的"故意的遗忘",而非轻轻地抚平,"爱"是这个世界上最易说出的词语,却非人人去主动深入的情感。其他五位洛阳作者中,黄婕、谭丽娜、赵克红三位作者的作品皆为游记,赵克红的《我和草原有个约定》流淌着诗性的气息,谭丽娜的《风情济州岛》着眼于异国之见闻,黄婕的《在日本邂逅洛阳》有诸多历史知识的融入。总的来说,在游记这种体式业已步入死胡同的基本态势之下,想从板结的土地中生长出风姿绰约的植物,将无比艰难。"90后"作者王梦颖的《南方》所写内容并非为地理上的南方,而是心理上向海上张爱玲致敬、行动上如影随形的过程细节。文章采取了感觉派的基本路径,似乎在渲染一种强烈的自我色彩,但细思其心理机制,真正的主体却又处于虚空的状态,这个文本暴露了诸多"90后"作者一个根本的缺陷,即自我行动、心理自我与自我真正的"完形"之间的分裂和疏离关系,愈想趋于自我的完形,愈是与这个目标南辕北辙。也许多年之后的他们,会领悟到散文真正的风采不在个性,而在于"智慧"二字。郭瑞民历史题材的散文,为历史教科书内容的复制和转引,这种观点在前、材料在后的处理方式,无疑极大地削弱了文本中的文学性要素。

随笔路数的文章,有三篇可归入其中。《成语闲言》的作者大康作为海外专栏作者,在审美诉求上将趣味性摆放在第一位,同时注意平易通俗的表达方式。他对受众的充分考虑与自我孤绝式的随笔写作范式恰恰构成对立关系。文章所属的三个小节——君子之风、河东狮吼、一衣带水,有趣、好玩,同时追求常识的普及。其作品思维指向和处理方式与王小波近似,皆去除了家国诉求和载道式的沉重要素,回到家常可感的轨道上来。不过,大康更侧重历史常识的普及,而王小波则追求理性和逻辑的建立。凌鹰的《秦汉湘江》融汇了诸多考古的成果,以湖湘地域为端点,思维视角延伸到历史文化的精神图谱中。秦汉之际的文明成果,如秦简、漆器、白瓷、典籍等,它们的辉光于近些年方重见天日,作者以扎实的发掘成果为基石,透视这些辉光之后所掩藏的古文明的秘密,行文上情感藏于思辨、逻辑之背后,可谓历史随笔居于正则的写作范式。因此,这篇散文凸显出充实、厚重的力量,应该是《牡丹》散文栏目不可多得的佳作。李梦芸的《随想录》除了感性因素稍显不足之外,在思维深度上却有可圈可点之处。白话散文在性情、智慧、学识、道义担负等方面皆有黄钟大吕之声,而在认知人、认知自我的主题开掘上,却少有人涉足。这篇《随想录》在思维纵深上实际上是对西方经典命题"认识你自己"的回应。无论是写外婆的容颜还是写卡拉扬、埃及艳后,抑或写巴黎案件中个体的两重性,精神观照的端点皆在于"人"这个个体。苏格拉底曾言,未经审视的人生不值得苟活。考察自审性的作品,关键在于是否能够深入那些荒凉的区域和那些幽深的走廊。

新世纪以来,乡土散文写作的重心由人物刻画、意境(乡愁的寄予之地)营造转移到对乡土草本植物、乡土器物的描摹之上。2015年度《牡丹》上刊发的散文亦可见出此间的转向。管弦的《吐气如兰》集中笔墨书写了几种中草药;叶灵的《小城,小城》以草籽的飘零隐喻人事的沧桑,情思凝重,节奏舒缓,相对比较突出;杨胜应的《鲜活在记忆中的树》(题目起得生硬,语法有不通之处)写到了川渝之地果木和经济类植物,与童年记忆交织在一起,透过植物去打捞童年往事,有一种美丽的哀愁蕴含其间;柴薪的《草木签》部分小节涉及植物,带入了行走中的思绪。总的来看,因为处理上是以人事为中心,而非以植物为中心,使得人间的功利压过了这些草本植物应有的光亮,其中根本原因,乃理解不透彻。作为一种对比,冯杰笔下的北中原的植物,则晶莹透亮,为这一题材的高水准所在。另外更多的篇章,则集中到对乡间器物的描述之上,请允许我花费点笔墨集中讨论散文中的乡村器物题材。乡村器物指向物件本身的实用性,与乡村静物有着很大的不同。乡村静物,比如一方池塘、一棵老柳树、一群驮着余晖返家的鸭子等等,就散文处理而言,很容易被风景化和美学化。静观之美,固然容易烟雨迷离,但也容易走向自我拟想的陷阱。烟雨中的一番事物所呈现出的总是"我看",而非事物本身的色泽,事物的本相一旦被遮蔽,那么附着于本相之后的深刻发现也就成了泡影。今天的散文书写,不再是驿路梨花和丝路花雨这样的风格。用心的写作者,试图深入绝对真实的细节之中,雕刻出时光飘落后自我和生存物理空间之间最真实的倒影。如此情境之下,实用类器物成为人们别一番钟情的对象。何谓实用?它意味着,在一个相当长的时间段内,这些器物本身会被不同的人以不同的方式抚摩,我指的是在农耕社会图景中永恒的抚摩。因为有足够宽和足够长的时间刻度,它可以轻松地折射出使用者的生活方式、思维方式和情感取向。当然,这后面还有一个厚重的因素,即数百年来,生活在黄土地上的人们的朴素的生活哲学。在诸多乡村器物迅速流逝的情况下,有一些依然得以使用,从而亲近正在成长的少年们。而更多的器物,已经悄悄褪去光泽,立在废弃的处所。在大转折的时代里,通过文字去重温它们,也许会提醒每一个人的来处,提醒人们,所有手边的事物与我们之间的亲缘关系。

彝族作者阿库乌雾的《短章》、柴薪的《草木签》、丙方的《在记忆深处停顿》、马浩的《瓦棱间的花草》、安安的《那些古意盎然的乡间词汇》、李长顺的《一脉书香》,皆可归入乡村器物的书写题材。或许是因为笔力的问题,或者因为情感投射的力度问题,上述文章在审美接受效果上出现了平面化的倾向。

在亲情题材方面,暗香的《樱桃红了》,以物喻人,写到了母女之间的和解。撕掉的照片及其被重新粘连的细节植入,闪亮动人,散发出亲情书写的隐秘芬芳,然而被母亲精心存留乳牙这个细节,则过犹不及。亲情写作最易上手,却也处处存有陷阱。向讯《父亲的花园》一章,笔力深沉,致力于塑造富于牺牲精神的传统父亲的形象。处理这种共性的东西其实非常有难度,从个别到一般的过程,其实就是典型化的过程,当然需要良好的叙事能力。其中父子静坐相对,终于无言的细节,尤其动人。张元《父亲的桑科草原》以草原上的葬礼为叙述重点,带入祖母秉持善念的一生。或许出于表达上的急切,向内的纵深还不够丰富。

安宁的《正在消失的乡村生活》需要单独拎出述说一番。这篇散文为《牡丹》散文栏目少有的个性写作的范式。其叙述能力卓然不群，冷静而有力，从而搭建起锐度叙事的话语风格，这里的锐度直接对应了话语叙述的锋利性。另一方面，这篇散文的切口也比较独特，尤其是《串门子》《走亲戚》两个小节，写到了热情背后的冷寂、温情背后的机心，以及算计背后的云烟苍茫。若非对世道人心有透彻的观察和思考，就很难抵达白茫茫一片大地真干净的了悟之境。总的来说，这是一篇通透的散文作品，信息量也足够大，如果再注入一丝作者的悲悯底色，则堪称大品之作。

散文是个人与世界相遇的方式，是准确地传达周遭世界的投影。如何理解斑驳的万象，并纳入内心的河流，使泥沙下沉，草叶被漂洗，而水滴依然剔透，这是散文的第一步。再通俗点说，就是心胸足够扩展，包容并净化世间诸物，方是最重要的，也是最高的台阶所在。

《山东文学》2016年度散文栏目综述

新世纪以来的散文写作,持续了20世纪90年代散文热以来多元并举的态势。行走地理、学术絮语、历史随笔、思想地图、叙事抒情、杂谈小札等等,不同体式、不同路数的写作实践汇聚成川流,深度和高度且搁置之,单就宽度而言,已然足矣。总括和俯瞰这十几年的散文写作,当然存在着难度,不过,描述其间的新变,却并非一无可能。依照我个人的观察,其中有两点值得称道。其一为叙事的转向,即由过去的抒情或者思辨模式转向以叙事为主体的艺术处理方式。关于这一点,我在《重建散文的叙事向度》(《艺术广角》2014年第1期)一文里有集中的阐述;其二为随着微博、微信等新媒体的大规模覆盖,碎片化的写作推动了一种微语散文的兴盛。这种新体式大致具备以下特征:自发性、精短化、混合性、资讯化。其中的混合性主要指具备文学性的篇章和非文学性的篇章混杂在一起，如此一来，翻检和解析比之过往有着更大的挑战性。

散文栏目为《山东文学》的重点栏目，与周边的一些省级文学刊物，诸如《莽原》《长城》《安徽文学》《山西文学》《延河》《天津文学》等相比较，有两个特点表现得尤其充分。一是栏目自身的独立性诉求，其一直注重对新锐散文群体的推举，考察刊发作者的年龄分布就会发现，他们基本上集中于五十岁以下的年龄段。千万别小看了这个独立性诉求，在当下的文学生态中，年岁愈高，则资历、资源等文本之外的因素对刊物的用稿干扰就愈大。二是兼容并蓄的包容性精神，其辐射面并非限于本省作者，而是不分地域和族群，唯才而举之。以上两个因素加在一起，也就可以解释为何该刊物刊发的散文篇章被选刊和年选转载率颇高这一问题。

2016年，《山东文学》散文栏目第1期至第4期刊发的文章有24篇，总字数约13万。这些文章对应了上述所言的路数、体式多元的局面。首先来谈谈文史随笔这种体式，前4期基本上皆有所覆盖，而比较集中地体现这一散文体式特征的篇章为湖南王开林的《苏门四学士》（第1期）。文史随笔首推对历史材料考辨、甄别的功夫，其次为切口所在，再其次为价值判断的确立。《苏门四学士》一章围绕着苏轼及其弟子们的交游、雅集而展开，他们彼此个性不同，却相互敬重、相互惜别。如果说欧洲的莎乐美的故事为后人留下了爱与美的光辉的话,那么,苏轼及其弟子之间,则给后人留下了真与艺术的光辉。不同的文化传统,打造了色彩各异的河流,不过在高点上,两者之间有着内在的一致性。而此高点在传承有序的文化星河中,给予后来者的启示则如此丰富,其中有人性、温暖、个性的真纯,还有才思喷涌和艺术的华章。作者在处理这一重要的文化端点之际,做足了材料的功课,正史的映照、民间笔记野史的补充,每一则典故皆围绕彼此的惺惺相惜而展开,皆朝着日常而敞开。也正是依靠日常生活场景的建立,那些被大历史遮蔽的微细线条方如涓涓细流般滋润着你我的想象与情感。诸如苏轼与黄庭坚围绕书法笔迹的调笑,诸如苏轼对秦观的戏谑,以及秦观与黄庭坚的生死之别,人物性格中至情至性的毛细血管就此纤毫毕现。古典文人间的交游与雅集实则营造了一个巨大的话语场域,杰出的诗文与艺术因此得以相互激发,若无意趣之玄远、胸襟之阔大、志与道之交汇,这一话语场域必将垮塌。这篇随笔致力于钩沉的恰恰是这些文化品格,作为传统文人相轻的对立面,彼此映射,令人不觉沉思与往返。不过,这篇文章尚有缺憾之处,人物故事从此者过渡到他者之际,稍微有点生疏,另外在运笔之际,尚缺乏温润的光泽。湖南熊卫民之《不绝的殷商铜鼓声》(第 2 期),借助有限的出土文物,试图还原三千多年前湘北铜鼓山先民的劳作与战争。文字材料的阙如使得历史事件的处理先天不足,尽管有寡妇矶的地名流传,有陈爹地窖中出土的兵器和尸骨,但两点难以成面。也因此,与王开林不同的是,熊卫民在处理史实之际,代入了自我的诸多想象,以填充具体的历史场景。部落女性嬉戏的场面、首领的雄武、战争的反复等等,皆为如此。关于散文的想象与虚构因素,为近些年来理论争鸣的焦点,散文界渐渐趋同于对想象与虚构因素的包容。在我的理解,场景叙事中的想象性因素的比例并不重要,重要的是情理逻辑的结实度。在情理逻辑层面,这篇作品处理得比较充实;不过,在思维认知上,对决定战争胜负的根本原因,即青铜文明的辐射力与威力方面,尚认识不足;而对失败者的同情则延续了文学性叙事的一贯传统。雍也的《夫子其实很可爱》(第2期)文风亲切,走的是亲和力路线。信息的单一和封闭,给造神行为提供了极大的便利,而以互联网为标志的信息革命尽管携带着技术自身必然的负面因素,但就理性启蒙的基础——去魅行动——而言,几乎完成了百年启蒙所未能完成的工作。被拉下神坛步入日常烟火的孔子,其形象当然应该是立体的,其性格当然应该是丰富的。作者通过孔子与不同弟子间言语与行为的相切,还原了一个烟火味十足的夫子形象。不过,因为所使用材料的公共性,以及文本处理故事化的倾向,虽然人物形象的烟火味以及个性的趣味性得以彰显,但个性的纵深却未及挖掘。维吾尔族作者帕蒂古丽是近几年迅速崛起的一位散文作家,她的关于民族、身份、自我认同的系列书写在散文界独树一帜。《乌什,那场历史性的大雪》(第3期)是其返疆也是援疆之行的系列之作中的一篇,在内容的厚重程度上虽然比不上其他作品,但在笔法上却有大的突破。香妃、十全皇帝乾隆、沙枣树、酷吏、少数民族的叛乱与弹压、多位女子的殒命、断裂的墓碑、恪守民族志的当地作家,以上这些要素皆处理成简练的线条,压缩入文本之中,实则虚之,虚则实之。因此,有大量的留白存在于作品中,以供读者观摩与想象。难能可贵的是,面对历史悲伤的片段,作者保持了情感的克制,也有效地压住了行文的节奏。唯其如此,历史的复杂维度,方能凸显出来。葛取兵《一个村庄的静时光》(第4期),看上去是在讲述小山村走出的大人物,此为民间传奇尤喜的题材,而实际上却是在向先贤前辈致敬。作者致力于挖掘杨一鹏这一晚明重臣修身与齐家的修为因素,"静"与"清"使得其在晚明污浊的官场中卓然而独立,带来了巨大的声名,同时也成为杀身之祸的伏笔。而其家训的遗留则穿越历史的烟云,依然存储于小村的记忆之中,成为看得见的传统所在。

行走地理类散文往往容易与旅游散文混淆,两者实则大有不同。旅游散文在处理上通常将笔触集中于对象的绚烂、多姿或者特异之处,而写作主体的身体因对象的挤压形成了一种抽空的状态,这也是为何诸多旅游散文无法卒读的根本原因。而行走笔记笔下的山川地理仅仅是个凭借，真正浇筑的恰恰是内心的块垒，或者可以这样说，离开了体验的凝聚，行走地理就难以成立。从体验的本真和自由度来考察，高鹏程的《白海岛笔记》（第2期）可谓酣畅自得，尤其是作者本人的诗句与米沃什的诗句的代入，并无隔离之感，恰恰为本心的确立制定了准确的图标。而敬一兵《风从河西走廊掠过》（第4期）在体验的本真度上尚未到位，文本中，更多的是团块状意绪，以及感觉的分散聚合。

时空的《黄金米香》（第1期）、侯贺林的《味道》（第1期）、项丽敏的《乡村食味记》（第3期），这三篇文章可归入近些年流行的美食散文序列。但是，与市场化路线的美食散文相比较，这三篇作品皆保持了文人化写作的独立性。当然，美食散文的流行，无外乎两大因素的推动，一个是旅游热的泛滥，一个是持续恶化的食品安全环境。《黄金米香》在叙事上颇有特色，现实抒怀与历史传说交错折叠，远和近之间伸开了张力。若能够自觉地去软文化，文本的品质则更上一层楼。《味道》写的是山东一省作为符号性的吃食——糊涂和煎饼，因袭流传，进入文化观念和习性的谱系之中。在此三篇中，《乡村食味记》在处理食物与人、食物与地域性、食物与自然间的关系层面，最为精深。王国维先生言有境界者自成高格，食物说到底是自然的馈赠。当笔触深入到与自然的交换层面，那么，思之深与诗性萌发方得以建立。而作者文字的灵动也促发了诗性的发生。海德格尔曾指出,艺术的本性是诗,诗的本性是真理的建立。

以日常现实为题,呈现个人认知和情感维度的篇章有:莫景春的《黑白生活》(第2期)、陈元武的《被风忽略的事物》(第2期)、丁燕的《银白火车》(第3期)、于燕青的《一种有缺陷的生活》(第4期)、彭家河的《工业园》(第4期)。君子敏于事,这些作品或者承载现实关怀,或者寄托内心的意绪,或者托出与现实的紧张和对峙关系。其中丁燕场景叙事的快与准,于燕青笔力的雄厚,皆为特色之所在。这个类别的散文中,尤值得一提的是格致的《在乡村葬礼上哭泣和思想》(第3期),这位新散文写作的代表人物,与众多的散文作者相比较,自有一套独特的神经感觉系统。若亚里士多德关于黑胆汁的说法言之有理,那么,她的黑胆汁明显要比常人多。这篇作品实际上是两个短文的组合件,有两个因素尤其值得说道,一个是格致的语言传达。她的行文结合了两种行路方式,是缓步前行的蚂蚁阵列与斜刺里杀出个程咬金的合成体。家常、简单、平易的语言传达占据八九成的样子,而陡然的反转之语,至多一两成,却如天空垂落下的几朵乌云,迅即给人带来雨意,令人不得不感叹。格致是手持语言魔杖之人,硬生生地将诗人的专利给抢夺过来,据为己有。另外一个就是其作品中鲜明的主体性的确立。由葬礼上的女性专属的哭泣而切入东亚文化体系中女性的角色、地位与自我规训,由身边哗哗流淌的水线而生发自我心理深处严重的罪感意识,这一切的一切,皆离不开作品后面的那个业已明确的主体。

乡土题材的写作依然数量众多,如果算上前面所言的三篇美食文章,总共有九篇之多,数量上居于各种路数、题材的首位,就此可见乡土散文强大的渊源和生命力所在。程耀东的《1985 年的秋天》(第 1 期),除了痛感的书写外,还讲述了童年和少年经验的戛然终止,一个显明的节点构成了人生旅程的界碑,进而搭建了个人史的凭吊之处。刘丽丽《风是雨头》(第 1 期)与微紫的《苹果花呐喊》(第 2 期)同属情感投射之作,从中可见血脉意识的传承。祖克慰的《狐》(第 4 期)呈现出大生命观与人世冷暖两相交融的色彩。其重点开掘的是青年时代的爱恋关系,以及执情强物所引发的命运倒转,以此在砧板上反思自我。这个路数的作品中,处理得最好的当数指尖的《变脸术》(第 3 期)与宋长征的《乡村游戏谱》(第 4 期)。他们的共同特点是确立了乡土散文的宽度和厚度。在指尖笔下,鸡与狗的变脸,其内在机制是不同的,而多样性个体的变脸,则更为幽微和复杂,或取决于人伦法则与一颗痴心,或来自神灵的赋予。理性与非理性纠结如藤葛,恰如维特根斯坦所说的那样:神秘的不是世界是怎样的,而是世界竟是这样的！而山东本土作者宋长征的笔触则更为宽阔，在书写乡土诸事物如桃符、柳笛、木偶、蟋蟀、风车、老电影的过程中，引入了知识谱系学的框架，自我经验与阅读经验相互验证，进而抵达观照之境。这种烛照机制为乡土散文的康庄大道。仅仅依靠情感、记忆与经验的切片，纸上再现的终究是微型景观，唯远取诸物，方着手成春。

刘梅花《白露成霜入梦中》（第1期）为品画录的随笔体式，这一系列虽进入甚深，惜乎未能从故纸中抽身而出。中国山水画作与道家哲学之玄远，与文人的出世精神，与黑暗现实的浓稠，关系甚深。意象愈清奇，内心的孤独与哀伤就愈深。若离开了美学精神与文人群体的生存语境来谈艺术品，终归隔了一层衣服。杨春的《猎狐》（第3期）味道特别，简练的小说笔法的涌入，从根本上改变了散文叙事的节奏、语感和气韵。不过，故事虽然讲述得酣畅，使得阅读快感迭出，却也带来了一个突出的问题，即力度之重破坏了散文内部的均衡与和谐。

文学阅读是个见仁见智的活计，上述诸见，仅一家之言，待贤者而切磋之。

第四辑　散文批评与经典品读

散文的困局:机制、路数与文体意识

1. 机制与路数

  社科院的楼肇明先生曾以"繁华遮蔽下的贫困"为题指认2000年前后中国散文的现状。"繁华"一词对应着"太阳对着散文笑"式的繁荣局面,"贫困"一词尚需仔细思忖。根据我个人的理解,这一词语既指向散文文体层面,也指向散文的内在精神层面。就文体层面而言,其摇摆不定的历史并非与散文概念的不确定性直接对应,而是与从业者的自我意识以及社会风潮的吹打紧密相关。就一般散文作者而言,强烈的刊发诉求以及跟风意识,使得自身难以旁顾对散文文体的思考以及做出相应的选择,毫不夸张地说,一些作者几无古典散文的基本积累,怀揣朱自清或杨朔的几篇散文,便勇敢冲锋。而对于相对成熟的作者而言,虽然肚子里装了不少优秀作品,不过常发生相互打架的情况,古典散文理念和文体的演变,现代散文的分化与突进,以及外围理论中的文学性、主体间性、叙事学等,皆成为纠缠不清的问题。这也导致了散文文体自身净化的难度,以及相应的散文理论建设的滞后。散文风格、路数和主题的芜杂作为外显的因素,如遍野的草,兀然在风中招摇。评论界与研究界各说各话,即使偶尔凑在一起说同一个话题,也似一堆漂浮的冰块,挤在一起半天,方才发现各自隶属不同的冰山。在2014年,《光明日报》陆续以专栏形式刊发散文批评文章,探讨散文的边界问题,发言者皆为评论界或研究界的名家。多篇文章读下来,好像是在谈边界,实际情况乃各自围绕着"散文概念"这一核心点展开,阐发自我的独特见解。显而易见的是,边界意味着区域的扩展以及界限的划定,而非核心支点的定位问题。北岛曾写过一首名为《无题》的诗歌,第一段内容为:对于世界/我永远是个陌生人/我不懂它的语言/它不懂我的沉默/彼此交换的/只是一点轻蔑/如同相逢在镜子中。如果用这一段来形容散文评论界和研究界的关系,可能有点偏颇和刻薄,但若是用来形容评论研究界和写作界的关系,还算比较贴切。

  就散文的内在精神层面来说,楼先生的指涉似乎与现代性有着诸多的缠绕,现代性作为精神气息贯通于文本之中,乃主体精神的投射,其在一定程度上的缺失,凸显出散文写作群体文化上的不自信。启蒙的欠缺和文化上的不自信,导致写作者转而迷恋写法、技巧、语言等技术性要素,而黄钟大吕的稀缺大概也与此相关了。最近,文化界热议底线思维问题,这个概念若放在文艺创作层面考察,则与创作主体的思维认知、价值取向和写作立场紧密相关。文艺创作,说到底应该具备自律和他律的两重性。其中自律直接对应主体的底线思维,而他律则对应文艺作品的接受效果层面。马克思曾经指出:"诗一旦变成诗人的手段,诗人就不成其为诗人了。"

与小说之重视叙事能力、历史观和经验积累不同,散文这种文体则对思维认知、学识积累和人格操守因素有着特别的倚重。毕竟,散文是一个时代智慧水平的标志,布封曾经提出"风格即人"的命题,将此命题转换成"散文即人"也未尝不可。

理论看上去虽然具备了无往不在的正确性,而一旦进入实践层面,则落差显明。就当下的散文写作来说,无论是机制和平台,还是散文写作的纷纭形态,皆掩藏着极深且极兀的病灶。先说机制和平台,散文作为强调个人性的文体,在作协和文联系统内相对边缘化,这个可以理解;而一些民间社团性质的学会,以及以收费为诉求的刊物,借助各种散文大赛乘机敛财,则无法令人容忍。作为一个应该推动散文向前发展的机构或平台,其主体功能演化为对散文肌体的本质性伤害。一旦事物走向其反面，那么就足以说明常态的机制被严重毁坏。诸如冰心散文奖的严重扩容，诸如中国散文论坛大奖赛的年年举办，即为明证。我有一位写散文的朋友，每聊及此事，则一改平日之温煦，大加斥责其欺瞒行为。后来得知，他的名字曾出现在某报的一篇文章里，这篇文章的主体内容就与揭发赛事活动的虚假性、欺骗性相关，而对他的采访内容，则为实打实的反水之后的内部供词。我还曾目击过一位地方作者，在某省作家网站上贴出其获得年度散文论坛一等奖的消息，企图获得他人的注目和掌声。这种被人卖了还替人数钱的现象扎根于身旁，作为旁观者的我，内心惴惴，如履薄冰。至于各个景区所推出的大赛活动，进入百度或新浪博客搜索，相关信息则如一树梨花带烟雨。如此赛事活动的后面，有没有学会机构的推波助澜，因为缺乏充分的调查，尚不敢言之。不过，可以言说的是，有些散文路数正是源于此而进入死胡同之中，步入垂死状态的游记体裁即为其例。而一些刊物作为刊发散文的平台，纷纷开办中旬刊、下旬刊，并外包出去，或者将订阅与刊发挂钩，诸如此类，不一而足，皆为散文乱象的体现。除此之外，打着散文精选、经典美文、年度散文的旗号在图书市场捞金的行为，如过江之鲫。总而言之，机制和平台的过度商业化以及物欲满足的价值取向，不断冲击中国散文界所应有的价值预设的底线。

人们常常将"圈子化""山头主义"这些标签直接砸向诗歌界,实在委屈了诗歌界的一些朋友。地域性因素、写作理念的差异、刊物的办刊思路等因素,诱发了诗歌界"圈子化"现象,但诗歌界的圈子化并不意味着绝对的封闭。而散文界何尝没有这些现象的存在,关键的问题在于,某些学会机构的人马,十几年如一日未尝变动,严重的自我封闭必然导致造血机制的贫弱。努力发掘新人也好,切实有效的批评及时跟进也好,皆是某一文体步入繁荣健康频道的必要环节。谁来发掘新人新作?谁又会去建设一个平台让更多的后进分享及时的文学资讯,开拓各自的人文视野和写作维度?这里面存在一个大大的问号。

就散文写作而言,劣币驱逐良币的现象同样令人心忧。公开出版的散文作品中,受众最多、影响最大的并非如林贤治、韩少功、王开岭、汪曾祺、北岛、费振钟、孙郁等一流作者的作品,也非人文随笔、性情小品、新散文、在场主义等路数的力作,而是青春美文和哲理散文这两大路数的软文。这两个路数的文章,其受众多集中在15岁至25岁这个年龄段,这个庞大的读者群潜隐着未来真正的读者和作者,可惜的是,在他们走上阅读道路的起始阶段,因为缺乏经典作品的指引,其审美取向以及对待文学的态度将受到极大的损害。问题的关键尚不在于审美格调和文化品格的缺失,而在于一旦美丽的谎言被生活的真相碾碎,该有多少人就此厌恶、咒骂、愤恨文学的无力和无用。散文没管好自己的事,使得文学整体受伤,情何以堪?青春美文的代表作者有安妮宝贝、雪小婵等,她们的写作存在着严重的套路化和格式化因素,有着强烈的数量意识以及自我复制的能力,再加上熟悉读者群的心理取向,所以她们会自觉地加大迎合度。青春美文的两大杀手锏,一个是语言,一个是情感。语言方面,走的是清丽灵动路线,如王国维评冯延巳语"弦上黄莺语",清丽和灵动本身没有问题,但一旦大规模地云集则必然过犹不及,无论是古典散文还是白话散文里,关于散文语言的认识,皆大体趋于统一,即"道之出口,淡乎而有味",正所谓淡语而有余味。诸多模仿者将清丽和灵动模仿得过了头,百度一下"人生若只如初见"或者"我愿意低到尘埃里"这两条信息,细心汇总之后,便会发现成千上万的所谓美文直接以此作为文章题目。再来说说情感因素,真正的情感感染力来自情动乎中,来自感知之切,而非自我的揣摩和想象。也因此,青春美文,所谓的美仅在包装,仅在标语,里面灌注的实则是扭捏和造作。其实真正的美文并非美语,而是朴素、本色、自然的人格倒影。

哲理散文以周国平、林清玄为代表,《读者》《格言》《思维与智慧》《做人与处世》等刊物则推波助澜。山西文学院院长张锐锋先生在新风格散文研讨会上就曾指出,过去的散文是一种教育关系,写作主体与读者之间是教育和被教育的关系,它要求作家拥有至上的学识智慧和精神品格,也拥有无往不在的正确性,这一点非常令人生疑,且不说写作主体自身的局限性,只就接受层面来说,作品与读者间的平等关系在其前提上也是被取消的,在这种情况下,如何实现真诚的交流恐怕就成了大问题。张锐锋的这番谈话可谓直指哲理散文的软肋。哲理散文一旦遭遇成熟的读者,作品中作家主观建构的高塔就很容易轰然倒塌。部分哲理散文则成为经过文学包装的成功学抛售模式,这种模式的成立需要一个先验的价值判断,即指涉的成功学内涵为社会价值理念的核心构件,问题的关键在于,在今天这个多元的时代,我们已经找不到一种价值理念能够统摄社会整体的思维认识了,成功学也不例外。放到思想文化体系里去观照的话,当代的成功学一旦遭遇老子"无为而无不为"的思想,遭遇庄子式的本体颠覆,遭遇儒家的"治国平天下",遭遇现代语境中的启蒙情怀以及科学、民主的阐发,其轻薄性、易脆性便显露无遗。

散文的门槛较低,从业者众,却普遍缺乏精品意识。新世纪以来的散文,单纯提炼性灵小品、纯散文、美文、艺术散文等概念业已无大的意义,散文正步入复杂性语境之中,这也促使散文这种文体成为最具综合性的文学体裁。如果缺乏足够自觉的文体意识,写作者很容易进入偏至论的轨道上。而养成自觉的文体意识,离不开文学素养、开阔的视野和学识磨砺基础上的现代性情怀这三大要素。

所谓文学素养,指向个体的感知之切和求知之难。如歌德所言:"人的自我意识只能通过对外部世界的认识才能达到。正如人只有通过自我才能发现世界一样,对自我内在世界的发现是在对外在世界的发现中实现的。人每发现一个新的事物,就意味着在自我中诞生一个新的器官。"开阔的视野表征着对个体认识的深入程度,仅仅限于散文的领域去思考如何写作散文,很有可能步入技术的泥淖,只有在对自然、社会、历史纵深切入的情况下,再返回散文之路,散文中的"人"才会最终确立。另一方面,视野的放大也意味着审美经验的丰富性获取,而审美感的精细程度和个体的情感、精神、智力的发达程度恰恰成正比。就现代性情怀而言,除了近十几年来散文界常常谈到的自由精神外,还应该包含个体的爱的能力,卢梭曾经就此发声:"由自爱产生的对他人的爱,是人类正义的本源。"

2. 散文语言、文体意识

谈到散文语言,近二十年可谓风云变幻。智识、思辨、诗性、本色、回归日常等,各自挺立潮头,领风骚数年。

语言、文学性和审美特质,彼此间相互缠绕,一旦进入文学实践的命题层面,往往容易过犹不及,比如韩东的"诗歌到语言为止",还有分析哲学提到的语言为本体的问题,以及散文语言的过度诗性问题等等。就我个人的理解而言,谈散文语言,必须和写作对象结合在一起,使用什么样的语言样式,并不是最根本的问题,最重要的是要和对象之间形成一种浑融的关系,要考虑到散文路数的基本特性,更应该关注书写的具体对象。这方面鲁迅的散文就是例证,其回忆性散文明媚温暖如冬日之暖阳,其杂文犀利如刀,其独白体幽深如墨黑的峡谷。其实这也对应了陈剑晖先生提出的"语体文体"这个概念,因为文体是不可重复的,是独创的,最重要的是,其内质是别林斯基所言的"思想的浮雕性"。换一种说法,散文语言若想趋于大成,其前提并非学识的积累程度、才情的喷薄程度,亦非语言传达的推敲程度,其准则是写作者是否具备独立自觉的文体意识,离开文体意识去琢磨散文语言,往往是偏门而入,也不可能建立一种鲜亮的自我风格。风格是艺术所能企及的最高境界(歌德语),就散文而言,风格从何而来?自觉的文体意识,系列写作中凸显出的统摄的话语特色,两者需完备,方能形成自我的风格。

就拿格致、塞壬的语言来说,我个人非常喜欢,但我不会轻易下判断,说她们两位的语言极好,或者说她们的散文作品已抵达顶峰。毕竟,个体基于主观的、经验性的感受和认识,大多是暂时性的审美判断。虽然胡塞尔曾提出"既是应时的又是永恒的"这一说法,但这也仅仅是针对极少数文学天才而言。放宽历史的视野,文学史告诉我们的结果则是:位于上者,头上星空。基于此,我个人的想法为,对于那些处于上升期的散文作者而言,不仅要喜欢格致,或者韩少功,也要喜欢汪曾祺,也要喜欢鲁迅或者张爱玲,如此,才能融汇文学史上良好的语言经验。

卡勒提到文学是语言的"突出",散文当然也包含其中。散文的语言传达能力,撇开个案式的天赋才能,还是要从基本训练入手。从模仿到积累再到准确最后到生动,这是基本的节点顺序。而在我的阅读经历中,诸多散文写作者往往省略了"准确"这个节点,只奔生动或灵动而去,结果往往是一脚踩入空虚之中。

3. 民间写作的艰难

中国社会科学院的钱中文先生曾以前现代、现代、后现代的并存情状来描述当下中国的基本境况。以此类比文学界的前行态势,文学界似乎也存在着体制写作、学院写作、民间写作、网络文学四者并存的局面。体制写作拥有更多的资源以及相应的专业精神;学院写作恪守智识主义的传统;网络文学则充斥着自由与冒险的精神。上述三种范式,竞相于话语场上厮杀,唯民间写作漂浮如萍,聚散多无踪。毋庸置疑,近二十年来,随着工业化进程和商业因素的渗透,在文学话语层面,主流意识形态、知识精英、媒介力量三分天下,而民间立场愈发边缘和退化,其话语权全面遭受压制。而民间写作虽然在其他话语的挤压下,空间愈发逼仄,但其自身具备的自发性诉求和至上性信念,有效维护了文学存在的纯粹性,而纯粹性因素恰恰构成了文学合法性的根基。

所谓民间写作,指向一种写作状态和价值立场,同时也是一种写作经历。诸多成名成家的作家,皆曾有过类似的经历,偏安于小城的路遥是如此,饱受退稿烦扰的贾平凹也是如此。说"经历是一种财富"这样的话,也许有点矫情,而不管怎样,走过的路多了,遭遇的人事丰富了,再返诸内心,自我的兴趣、影像、心理投射等,就会得到明晰和确证。禅宗阐发的第三重境界——看山依然是山,与上述道理大概相通。

就散文领域而言,所潜藏的民间写作者可谓汹涌,毕竟,散文写作容易上手,虽然难以工之,却如王国维所言,是易学的。与诗歌、小说、戏剧这些文体相比,散文话语对于语言的"突出"不设置过高的门槛,家常话就足以营造有温度的、湿润的话语现场。另一方面,新世纪以来的媒介之变在很大程度上改变了文学生态。自媒体载体的多元与方便为民间写作提供了难以想象的自由空间,论坛、博客、微博、微信等载体的助推,诸多无心之作于乍暖还寒间进入文学书写的阵营。"边缘—中心""底层—体制",类似这样的传统式写作秩序正大规模地解体,"与其相濡以沫,不如相忘于江湖",松散性文学江湖正规模化生成。江湖无所谓远近,自发性为统一的着色,自由度则构成了各自的标签。2001年,美国学者米勒曾提出了"文学是否面临终结"之问,因为文学江湖的自由性的存在,我对文学的未来并不悲观。一位农场主的女儿,艾丽丝·门罗,能够步入文学殿堂的深远之境,那么,补鞋匠、盲人、采矿工人、按摩师、推销员等等,一旦拥有了言说的冲动,洞见了人性的幽微,同样可以在文学的江湖里畅游。如雅斯贝尔斯所言:"人类并不仅仅由我们同代人代表,但同代人能够给我们带来震动。"

客观而言,大量的民间写作处于自生自灭的状态之中。刊物也好,协会也好,评奖机制也好,他们皆没有耐心等待民间作者的成长。更重要的是,偶然迸发的自由精神也被海量的信息所淹没。在跟踪性的散文评论极度缺席的境况之下,大批的民间写作者被固化在"他者"的世界里。他们是构成金字塔基座的部分,因为向上一路的路途基本被阻断,使得同样从事散文写作的他们与成名散文作家分属于两个世界,如同流水落花,缘生缘灭。

总而言之,散文因其文体边界上的模糊性以及包容性,落实到写作实践中,形成了观念反差极大的不同的写作圈子,彼此交集甚少,这也导致了近二十年来虽然可以定位为散文的繁荣时期,但是,也是散文价值判断异常混乱的时期。

当下散文场域的几个问题

1. 散文中的故乡形象

中国社会强大的农耕传统曾被马克思命名为"亚细亚生产方式",其中,厚人伦与自然的艺术化构筑了这个传统的两个重要向度——实践的和审美的。两个向度相互缠绕,极大地影响和改造了这方土地上的文明范式、文化精神与思维方式,反映到文学上,则是恋土与返乡情结的浓郁。不独千古文人侠客梦(陈平原语)使然,文人士大夫心中其实还藏有田园梦、故土梦,正所谓乡关何处,欲语还休!

散文一度曾被认为是最能够直抒胸臆的文体,时至今日,各种教科书上,真实性、情感的真挚度和题材自由依然作为散文文体的三大特征而被强调。这种文体观念虽然在今天遭受了散文边界不断被拓宽的冲击,但是若将散文与小说、诗歌、戏剧这些传统文体比较的话,散文在言说的个人化、情感的直抒性和审美判断的直接性方面无疑是最突出的。恰恰是这些文体特性的存在,使得散文与故土书写和家园情怀的抒发有着天然的亲缘关系。20世纪90年代以来,随着社会流动性的加剧,以及工业化和城市化进程的深入,乡愁的翻卷形成巨大的时代潮流,滥觞于流行文化、媒介、出版业和文学书写之中。"每个人的故乡都在凋零",这句话成为最直接、最有效的广告语,它所带来的并非视觉的冲击,而是情感和想象空间的弥漫。顺理成章,散文积极投身于这支抒发乡愁的大军,故土与家园下的诸多碎石,皆被作者们捡拾起来,以铺就乡愁之路。

乡愁是一种情怀,是一种莫名的情绪,虽然难以量化和物化,却必有附着,而故土和家园则是这情怀的直接载体。如此一来,能否在艺术上将乡愁成功处理,则取决于主体对故土的搭建和营造,这需要细节层面的透亮逼真和整体层面的格调和氛围。细节的问题相对容易,毕竟,个体的记忆性经验如深井之水,源源不绝,可供打捞和照亮。恰恰是因为容易上手,所以泛滥的故土书写大多沉迷于细节发掘之中。童年往事、亲情因素、村庄人事、器物、民俗风情、饮食种类等等题材,皆是常见的取材形式。或许是因为受制于思维方式的单向度,多数从事故土书写的作者,将故土与情感投射直接对应起来,沉醉于炊烟的袅袅、人伦亲情的温暖、对乡土趣事的洞察等里边,一旦对照现实,不免惶惑于恬静田园的逝去,感伤于往事的随风而去。如此这般,容易掉入复古和一味怀旧的洞穴里,其实,故乡田园一直就是变动不居的,只不过在当下转型期社会下变动之增速突然加大而已。也正是缺乏对故土、故乡整体性的理解和思考,在情感上过度沉浸进去,使得写作主体难以做到出乎其外,所以,这个路数的作品,所呈现出的故乡形象支离化、碎片化——纵然涂抹了炽热的情感,结果却依然是碎片化的。于是,故乡形象受限于强烈的"自我性",成了想象的他者。

故乡不仅是想象的共同体,同时也应是群体记忆的共同体,并结实地附着于鲜明的地方性经验上。在一片苍茫中,其实还有个别作家潜心于故乡形象的整体建构工作,来自中原的冯杰散文作品恰能够让人眼前一亮。迄今为止,冯杰共出版散文集五部,其中四部在台湾出版,而台湾散文界和出版界看重的正是冯杰散文乡土的正宗性和完整性。上百万字的散文篇章中,冯杰一直坚持致力于"北中原"的营建和重现。这里的"北中原"是一个地理符号,负载了作家的童年经验和乡愁,又是乡土中国的一个精确倒影。冯杰笔下的故土家园同样汇聚了众多的细节,而在处理这些细节的时候,他能够做到在"以我观物"和"以物观物"这两个角度间的自由切换。前一个角度与自我情感的投入度相关,后一个角度与乡土世界的自足性、独立性、客观性相关,两者恰切融汇,如同沈从文笔下边城式的故土田园得以巍然树立。若展开具体的考察,冯杰之笔触有两个特别的地方需要指出。首先是在乡土世界中本体的确立上,在其笔下,草类、树木、动物家畜与村庄人们一道,构成了乡土的本体,有些时候,草木植物及动物甚至高过人自身。冯杰对待草木精神有着独特的理解,翻阅其文,会发现他对《本草纲目》有一种特别的熟悉和偏爱,他在那些大地上最卑微、最寻常的草木身上,发掘到另外的神奇,红薯、榆树皮、茄子腿、石榴籽、凤仙花、楮树、牛舌头等,或者可治大书法家傅山的糖尿病及苏轼的咳嗽,或者在困苦年代拯救乡民的性命,当然,它们共同的奇效则是治疗人们的乡愁。其次,在其笔下,在北中原这方土地上生活的人们和动物等,他们和它们劳作的神圣性和美之所在,得以准确地捕捉和还原。即使是在困苦和贫乏的时代里,生活在这片土地上的人们仍然能够借助劳动充实生活,传承与昭示后人,建立朴素的希望向度。千百年来,栖息在这片大地上的乡民,其精细化的劳作方式,不单是为了解决生存之需要,更重要的是,他们在劳动中自觉形成的美学态度,夯实了文化的本源,构筑了哲学、艺术的原点。而冯杰的乡土书写,以一花一世界的方法,逼近并还原了这一原点。

整体大于部分之和,这个来自美学上的判断,尤其适合对散文中故乡形象的解读。整体性的出位,单靠情感因素的注入远远不够,最重要的还要依赖于思索的纵深,正如胡塞尔指出的那样——诗和思以同一方式面对同一问题。

2. 人物散文流变述略

所谓人物散文,仅仅就题材分类而言,这个类型的散文作品在艺术处理上,注重发掘对象身上的故事元素和经验元素,以此观照出生命独在的状态或者社会关系的纵深区域。在审美指向方面,人物散文涉及人和社会两个着重点,与小说更为靠近,但是两者还是有着显著的区别:人物散文更注重微小单元的刻画,由此引申出"我看""我想"之"我"的特性,其中写作主体与对象间是相互吁请、相互激发的关系;而在短章式小说的处理中,情感关系处于可有可无的状态,"我"是要被隐藏起来的,主体与对象的呼应关系大致处于被取消的状态。探究起来,写人散文的源头可追溯到史传文学那里,"其文直,其事核,贵在实录"的《史记》在此方面堪称表率。作为古典文学的四大高峰之一,《史记》中的人物本纪或传略可谓光芒四射,其用笔如刀,将重大史实、人物的肖像和行动所展现出的内在世界等因素准确地勾勒出来,并将这些因素熔铸在一起,形神兼备。

自白话文学兴起以来,人物散文的第一个热潮出现在十七年文学时期,而散文的特写化,就是与诸多书写社会主义新人的篇章的层出涌现相关。新时期文学的第一个十年,人物散文逐渐淡化,汪曾祺式的人物小品几乎成了绝唱,人物散文基本退居到亲情题材的作品类型中,而脱离了对社会世相的洞察,堆积了太多情感的亲情散文很容易走向空疏和自说自话,如此形成一个怪象:拼命往文本内注入情感的亲情类人物散文,往往最失败的地方就在情感层面。所以,最近几年的亲情题材处理,有了某种反抒情倾向。正是因为十七年文学时期散文特写化的因素,以及亲情散文的泛滥,诸多人物的散文写作,处于无力沉浮的状态。

20世纪90年代,伴随着大文化散文和历史散文的涌现,人物散文迎来了第二次热潮。余秋雨所开启的文化大散文模式,除了在长度、气象、格局、内在关怀等方面带来新的文体冲击之外,就取材而言,文学史、学术史、思想史、政治史上的重要历史人物,皆成为其再现民族内在精神的基本卷轴。当然,在技术处理上,他往往将人物置于重要历史事件下的场景中加以勾勒,借助想象力的灌注以及戏剧化冲突的设置,凸显人物性格的辐射力以及其文化精神的巨大张力。这一点,与以白描手法为主的人物散文传统形成一种疏离效果,由此也获得了令人瞩目的成功。而在历史散文中,人物自身同样也成为作家书写的主体。与大文化散文注重发掘人物背后的文化精神不同的是,历史散文更倾向于观照处于时代夹缝中人物的命运因素。命运的跌宕起伏,性格与命运间的不对等,以及由此而生发出的浩叹,为历史散文的基本路径。作家们依然将人物作为中介,最终指向则是向人物所处时代的发问,进而阐发某种对历史的判断和价值判断。而在技术处理上,历史散文剔除了写作主体激情和想象的因素,采用如同短篇小说"截取横断面"的方法,冷静而客观地再现对象的生活片断。历史散文虽然在审美感染力上不如大文化散文,却在思辨深度上独树一帜,从而确立了人物散文书写的深度。这一类别的散文作品,以世纪之交祝勇主编的《重读大师》为代表,这套丛书分外国卷和中国卷,收录文章多取自《读书》和《随笔》这两本杂志。中国卷中涉及的写作对象以近现代以来思想文化领域内的开风气者、学术大师、文学大家为主,外国卷中涉及的对象遍及人文、社科多领域,其中哲学大师和文学大家分量最重。历史散文的写作范式一直延展至今天,涌现了许多从事系列写作的散文作家,诸如费振钟的晚明思想史系列,耿立的现代革命史、战争史系列,王开林的近代人物系列,王开岭的历史人物系列,等等,皆为其例。历史散文的激流勇进,为中华文化强大的史学传统、知识分子之史家情结在今天这个时代里的流变与存续。

新世纪以来，亲情或乡土题材领域内的人物散文固然还在持续，却因为缺乏大章的涌现，难以产生巨型漩涡而归于整体的平淡，其在散文内部，逐渐成为边缘化的写作潮流。而随着散文写作的叙事转向，以人物为主体的散文作品愈发活跃起来，数量上也大大地增多。概而观之，普遍的处理方式是这样的，作者往往以事件、场景为核心元素，垒其人物之墙，肖像或外在形象的刻画则退之为辅助性手段。小说领域里的人物写法被大量地借用，细节描写、心理刻画，甚至是意识的流动，移植于散文文本之中，形成鲜明的实验性色彩。这些因素无疑极大地丰富了散文的表现力，不过，也带来了一些问题，诸如技术层面细节沉迷所致的琐碎化现象，品格层面智慧和人学的因素被弱化和悬置等。对于散文这个中正平和的文体来说，这当然是个巨大的冲击。这股实验性的潮流，能否形成散文的大道，尚需进一步的观察。

3. 散文的"看见"与"洞见"

买来龙应台的《人生三书》和《孩子你慢慢来》留给了上小学六年级的闺女儿，把《亲爱的安德烈》《目送》放入春节回老家的行囊,一路南行。返乡后在大哥家闲坐,偶然翻检侄女手上把玩的手机,发现她正一路狂奔追着阅读下载而来的玄幻小说,于是将《亲爱的安德烈》送给了同样上六年级的侄女。

《目送》在散文圈名头太大,当然留给我自己。

我所理解的好的散文作品,应为感荡心灵之作,所收纳的真实体温、闪烁的现实片断可直接揽入怀中,非如是则不及沾花香满衣之境。散文一旦成了《尤利西斯》那样的贡品,将非常糟糕。小叙事、家常和温度,以上三因素在散文中三位一体,如春色三分,二分尘土,一分流水。也因此,散文阅读不适合正襟危坐,闲坐翻弄,会心处抵掌而叹,如斯甚好!

回到《目送》的话题上来,我当然知道这本曾大热的图书,也通过各种自媒体形式数次遭遇其中的《幸福》章节。而对于热销的图书,错后的阅读是我个人的一个阅读习惯,错后所带来的心理距离不一定促发美的产生,却一定推进思维的清醒。归来的列车上,硬卧上铺逼仄的空间内,赤白的灯光下,我花了四个小时的时间读完了《目送》,顺道浏览了此书的字数和定价——14万字43元,遂心中感慨,追求民主平等、公平正义的龙应台女士,所著却成了图书市场金字塔的顶层部分,她自己并非操盘手,而是由这个市场所盛行的等级分化、丛林规则所导致,两相比照,何尝不是一种反讽!

就文字工作而言,龙应台经营多年,她在杂文界声誉甚隆,与李敖可谓双璧而立。其文风之简约明晰,布局之恰切有序,思维之清朗绵密,与同样处于台湾、香港的张晓风、林清玄、张曼娟所走的文艺小清新路线大有不同。文辞粲然,单篇则月色撩人,一而再再而三的话,则容易走向过度的油腻。台港散文界自恃有国学训练在身,在文辞处理上往往会过头,以至于因辞害意,损伤了文章的筋骨。在文体的平衡方面,《目送》有着不一般的自觉意识。内中篇章多精短之作,在处理场景和片断方面如简笔画一样点到即止,文中多见留白,结尾处则为缥缈惊鸿影式的乍寒乍暖,给人以蓦然回首之感。从文体上看,《目送》最漂亮的地方在段落间的转换上,老子曾言:"当其无,有室之用。"水满则溢,龙应台不仅懂得收束,也懂得跨度对于文章的重要性。在其笔下,段落间往往形成一个大的跨度,于是在较短的篇幅内,逐级形成落差。这比鲜花满树下的审美效果明显要好很多。段落间形成的跨度不仅带来了文本的张力,也增加了文本的容量,当然也使得散文书写向着自由精神进发。综上所言,换一个通俗的讲法,《目送》自觉的文体意识体现在画面感的经营、文字的张弛有度和叙事策略的自由从容三个要素之上。

尽管龙应台的文字非常老道,《目送》中的个别文章也很快进入了大陆出版的中学语文课本中,成为中华文化圈亲情人伦教化的枝叶部分,而从文学性散文的视角出发,《目送》尚未从畅销类图书的浅显琐碎中超拔出来,走向雅俗共赏的范畴。如果让我个人下一个结论,或许会武断地将此书归为浅阅读的范例。在信息泛滥的时代,此类图书适合一个列次的火车或者航班。坦率而言,我在阅读此书的过程中,只有一次因章节内容合上书本而静思的间隙,其他部分,则快速行进未得停留。写到这里,我想起了卡夫卡的一段话,转引到这里,似乎颇有预言的味道,他是这样说的:"文化正在死去,死于过剩的生产中,文字的浩瀚堆积中,数量的疯狂增长中。"该怎样理解卡夫卡言说中的"文化"一词?米歇尔·福柯是这样认为的,他说:"文化不是一种教条,一种学说,一种理论,文化是一种态度,一种气质,一种有价值的生活。"

《目送》的主要章节为亲情书写的范畴,母子之情、母女之爱、父女之缘等等,小叙事中掩藏着生老病死的恒常。他们就是我们的逼真倒影,两代之间,不独为亲情之爱,在朝夕相处中,容易于彼此间洞见自己,那些落寞,那些孤独,甚至那些病痛,皆如备份一般,总有一天会被打开和复制。我想这个因素方为打动诸多读者的核心所在。笔者毫不怀疑作者内心真情的流泻,也没有低估龙应台女士对于文章结构的控制能力,而在伪抒情时代里,对于抒情之作我却有着本能的警惕。汪曾祺老先生曾言过度抒情乃一切文章的大敌,深以为然。颇为意外的是,《目送》的开头就出现了三一学院、康桥、康河中的白天鹅、希思罗机场,以及老友蔡琴、剧院同坐的马英九等标签。读到这些细处的时候,我立刻想到了韩小蕙写伦敦下水道的篇章,那个篇章的前提为去英国探视在伦敦留学的女儿。这些细处不客气地讲,皆潜隐着隐约的虚矫在里面。伦敦先进的排水系统不是不可以写,问题的关键在于如何写、为何写。不独伦敦使然,遍布西欧的老城,皆有着相似的层级积累问题,它们在保有旧事物的同时,依然前行,而我们的城市,历史悠久得傲视天下,可惜的是一次改朝换代或者天灾人祸,就毁于一旦。每一次毁坏皆是人性恶的大释放,而且要命的地方在于,它总是在循环往复。如果缺乏直逼历史暗处的勇气和胆识,"康河的柔波"等等很容易沦为美饰。《目送》内中分三辑,第一辑和第三辑内容近似,第二辑则为打开视野之作,书写的多是他处的东西。这一辑有一些精品之作,如写长江白鳖豚之篇、孟买篇、金门篇等。不过,这些相关行走的文字中更多的还是作者的"看见",而非"洞见"。笔者从家乡归来之后,阅读的第一本书刚好是北岛的《午夜之门》,第一篇写纽约就让我爱不释手,喜欢到不想一次性看完一篇的程度。北岛笔下的纽约,写作主体的"看见"和"洞见"不仅并驾齐驱,而且不露声色。何谓笔力之雄健?北岛《城门开》中《父亲》一章,题材上似乎亦为亲情人伦,但北岛将血缘之情压得很低很低,向内投射了大量的家国历史,有相互的对立和最后的和解,有温暖和焦虑的交织,有解读一代人的视野和理解一代人的情怀,观乎人文以化成天下,此天下之所以为大者也欤!

文学是人学,散文尤甚。郁达夫总结"五四"散文的得失时曾指出,白话散文最大的成就在于个性的发现。所谓散文后面所站立的那个人,对应的不是写作主体的性别、年龄、职业、爱好等因素,而是写作者的真实体温、情怀、识见、笔力等因素。通过《目送》的阅读,方知作者为单身女性,而通观全书,那个"他"则完全被遮蔽掉了。龙应台本应该认真写一写那个"他",我这样阐述丝毫没有窥视他人隐私的意思。男性和女性是一个硬币的两面,作为上帝的杰作,他们之间战争关系与和解关系并存,任何单一维度的关系必将步入危险之境。读懂这个世界,并包容这个世界,需要从与我们保持亲密关系的异性开始。从这个意义上而言,龙应台若是能够在笔下充分地解读那个"他",那么作为读者的我们才能真正地进入作者的内心世界,若非如此,通过文本而生成的主客体深层对话则无法成立。显然,作者在此书中不愿敞开深处的心结,如果更加苛刻一点,或许可以这样说,《目送》对于龙应台而言,有着浓郁的为"他们"而写的色彩,留给自己的篇幅,则被亲情书写的薄雾所笼罩。

"目送"作为书名,有颇多妙处,回过头来,方发现取此为名带有女性特有的温婉绵长之意。未翻此书之前,我曾有过误读,因为想起嵇康"目送归鸿,手挥五弦"的诗句。读完之后方发现,此书名和朱自清的散文名篇《背影》其实是一种同构的关系。

4. 散文综述的难处与难度

逝水无声,流年暗中转换。新的一年,时间的卷轴正依次打开,岁末年初之际,文学领域内各个门类、各种文体的去岁总结轮番上演。这里面有长篇小说、中短篇小说、诗歌、散文、网络文学、童话作品等等,不同作者的笔下,视角皆有所区别,形制上亦有观察、扫描、年度综述之差异。就散文来说,受制于从者众多、体式繁杂的基本生态,大到全国,小到地市,若想做到全面把握,且抵达准确、客观、经脉分明之境地,着实难上加难。难度的形成,大概有以下几个因素:其一,阅读数量和阅读视野方面难以得到保证。全国层面且不言之,就拿省份来说,每年刊发的作品保守估计也有几千篇,做到系统跟踪几无可能。而此处所提及的阅读视野,涉及能否兼容随笔、札记、序言后记、纪实篇章、博客文字、书信等体式,能否从这些体式中发掘到隶属于散文文体的篇章,或者说发掘到散文之新的生长点所在。所有这一切对于作为个体的评论人而言,皆构成巨大的挑战。其二,评论者文体自觉意识的高度问题。

此处的文体自觉意识对应着评述者对文体演变、理论发展情况的熟悉度,通俗地讲,就是评论者是否带着发现的眼光,带着问题意识进入文学现场。目前来看,小说领域内堪当大任者较多,而诗歌领域次之,至于散文,则和童话以及科幻小说一样,多少有点瑟瑟发抖的味道。尤其是近几年散文态势趋于平稳,在思潮的鲜明性尚未得以确立的境况之下,前瞻性也好,理论归类也好,皆存在现实操作的难度。其三,共识的欠缺,即判断散文优劣的标准尚不明晰。什么是好散文?目前来看各说各话,孙绍振先生曾著文倡导回到秦汉古文的传统中,以确立散文的宽博和深度;贾平凹先生则推出"大散文"观念,意欲以文体的驳杂和汇通取得散文在气象品格上的拓展;而陈剑晖先生则主张确立散文的内在诗性机制,恢复散文的诗性正统。如斯等等,皆难以作为主体性标准进入到纷繁多样的写作实践中去。若生硬地去推行一个标准,横扫固然痛快,然却易造成摞砖砌墙成小院的局面,如此则会把众多的作品推到墙体之外,成为漂游的浮萍。评论者的偏好易于克服,评价标准也可端出,但其审美判断能否为大多数人所信服则成了问题。而涉及具体操作层面,作品刊发的刊物等级、获奖情况、写作者的名头等这些标准之外的因素往往容易渗透进来,进而干扰个体性审美标准的确立。

农历春节前后,笔者相继细读了王必胜、韩小蕙、纳杨、李林荣四位专家学者写就的年度散文综述篇章,也研读了几篇地方散文年度述评的评论文章。比较而言,地方(主要指的是省份)散文述评相对易于处理,无论是对重要作品的发现,抑或对不同题材、不同代际作者的把握,数量和规模的相对狭小带来了评述的方便。毕竟,在纯文学退居边缘、职业化写作尚未成形的态势下,涉及具体体裁的创作群体日益衰减就会成为必然,没有那么多枝叶的遮蔽,主干的清晰度自然容易透显。当然,上述所言也仅仅是针对地方性写作而言,诉诸全国层面,每种体式的文学创作,皆是一番浓荫匝地的景象。若想拨开云雾见天日,则有如同海底捞月一般的难度,这也解释了每年的年度综述完成之后,很多人不买账的因由。单从技术操作层面而言,年度散文综述并不难写,几种题材的归类,再加上对十几个作家、十几篇作品的推介,或者为几种思潮的描述,再加上数个作家作品的匹配性认同,如此即可完工。这种处理方式往往会形成一个人的表扬名单,与一个人的排行榜有着很大区别。因为一个人的排行榜里面会切分出高下,并配置评论者自我的判断和见识。而表扬名单则一目了然,虽然,人皆喜欢被表扬和赞颂,但是,表扬名单的容纳量毕竟有限,十几人的私心对阵数万人的私心,结果可想而知。

  目之所见,对于四位散文年度综述的专家学者的才识、阅历和视野,笔者不会产生任何怀疑,他们的专著和批评文章常是我学习的对象。不过,涉及2015年度的散文年度综述,四篇论述固然侧重点各不相同,但几点缺失所在,却是共生的问题。最突出的缺陷在于他们对随笔体式的严重忽略。随笔为散文园地中最重要的枝干之一,新时期文学以来,报告文学和杂文这两种体裁逐渐从散文这一文类之母中独立出来,而就随笔体式的独立而言,尚未形成主流性认识。遵照文体界定的约定俗成,或者说散文文体的模糊性原则,可以认定随笔为散文领域内重要的分支。20世纪90年代的散文热,随笔体式贡献诸多(学术随笔、思想随笔、文史随笔的繁荣即为其例),新世纪以来的十几年,新潮散文势头纷纷减弱,而随笔依然高歌猛进。就笔者的个人看法而言,表征新世纪以来散文最高成就的,乃随笔耳。孙郁、李零、南帆、朱大可等人的学术随笔,林贤治、耿占春、艾云、筱敏、费振钟、北岛、高尔泰等人的思想随笔,王开岭、耿立、王开林、李国文等人的文史随笔,李皖的音乐随笔,诉诸散文界,在学识、洞见、厚度、深度,甚至才气方面,皆呈现出高耸之势。就2015年度而言,张承志、许纪霖、耿占春、孙郁、李庆西等人,皆有佳作问世。遗憾的是,四篇综述中,不仅对随笔取得的成就缺乏深掘,而且也没有相关的专题论述。其次的问题在于对中青一代散文群体的关注度不够。综述中所提及的作家,基本上以生于1950年至1965年间的作家为主,少有对青年新锐的评述。而这一年,几个

"90后"作者,如端木赐、程川、廖莲婷等人,业已崛起,更不用说"70后""80后"的稳步推进了。在青年新锐散文群体中"70后"的王族、江子、玄武、谢宗玉等人,隐隐然显出大山一般的气象;而"80后"的胡竹峰、朱强、草白、吴佳骏等人,亦奋然疾进。尤其是来自安徽的胡竹峰,为国内少有的能够接续魏晋文章、明清小品这般正宗中国文统的散文作者。再一个欠缺在于对专业散文作家的忽略。综述中提及的作家,大多拥有其他的写作身份,如诗人、小说家、学者。笔者当然清楚散文领域内存在跨文体写作的普遍现象,也清楚这种写作范式给散文带来的清新之气以及文本的宽度。不过,我依然有一个观点,即在文体的自觉性上,专注于散文写作的作家方能摊开深耕的图景。比如"65后"的周晓枫,对于新散文文体上的推进,罕有匹敌;比如冯杰的"北中原"系列,乃正宗的乡土性所在;比如胡竹峰的饮茶、书法、品读、观画系列,可见真纯的行云流水之精神。这些成就的取得,与专注度和持续性密切相关。

散文领域内体式众多,姿态各异,讨论文体的边界问题固然重要,但更重要的是如何在纷乱的星系中重建作为判断依据的审美标准。即使这一标准是模糊的,或者弹性甚大,却依然能够趋于大多数人的共识。16世纪的卡斯特维特罗曾言:"欣赏艺术,就是欣赏困难的克服!"

"在场主义":理论建构的得失

新世纪以来的散文场域,在写作实践环节,延续了20世纪90年代兴起的"散文热"局面。参与者甚众且趋于广泛,非体制化、非职业化的色彩愈发显明。在写作体式上,诸多杂语体、微语体不断涌入散文的园地,形成杂花生树的景观。社会结构转型过程中"紧-松"的基本语境,以及新媒介的迅速更迭,主要指"论坛-QQ空间-博客""微博-微信"的过渡模式,乃制约上述写作实践的基本因素。随着大众文化的兴起和深入,涉及各种文化载体的读者、观众的争夺战越来越激烈,包括文学在内,这些文化载体的受众如同整个社会结构格式化一般,逐渐步入固化的模式。而且在文学内部,比如散文诸体式之间,各自的受众群体也经历了分化组合的过程,然后逐渐稳定下来,情感美文、哲理散文是这样,人文、思想随笔是这样,小品文是如此,在场主义也是如此。虽然,其间也存在一定的流动性,但是受众固化的端倪依然清晰可见。就散文思潮、流派的形成而言,新世纪以来的基本态势则如散漫的滩涂缺少明显的凸起,可以就此指认思潮、流派的客观存在。新散文运动作为跨世纪的散文现象在2005年左右步入落潮期,后续理论的空档、代表性作家的分流与认同感的薄弱、同人刊物的缺失,从根本上制约了这一运动向着思潮、流派的深化与完成。新媒体散文的口号也仅仅是偶尔见诸报刊,未成雏形,业已烟消云散。细数下来,唯在场主义风头强劲,纵深度与不同的剖面因素兼具,不过,至于是否越过现象层面,业已抵达思潮、流派的完成,尚需要进一步的观察。

在场主义的先声为2005年在四川眉山召开的以新散文批判为主题的笔会。经过进一步的酝酿和准备,2008年3月8日,周闻道、周伦佑等18位散文写作者,联名在天涯社区发表了《散文:在场主义宣言》,正式打出了"在场主义"的口号,倡导散文的无遮蔽性、敞亮性、本真性。2010年5月5日,散文界奖金额度最高、拥有强大评委阵容的在场主义散文奖由在场主义创始人——散文家周闻道和企业家李玉祥——联手发起,于北京正式设立。再之后,《在场》杂志创刊,在场主义专题网站得以建立。迄今为止,在场主义散文奖已经举办了六届,相关的理论建构文章也陆续推出,《文艺报》《文学报》等报刊陆续推出专版介绍在场主义,为批评与争鸣提供话语场地。在此后的理论演变过程中,"在场""去弊""散文性"成为在场主义的三个关键词。作为一个散文界的自发性话语运动,在场主义从提出到今天,已经接近十年光阴。从"文学运动－文学思潮"和流派的演化规律来看,在场主义有几个因素明显区别于文学传统,首先,这场运动的理论宣言并非诉诸刊物或报纸,而是寄托于新媒介语境下文学论坛这一新兴载体;其次,诸多文学流派、思潮是在文学史化过程中被后世追认的结果,而在场主义则主动宣称自己是当代文学进程中第一个自觉形成的散文流派,激昂、悲壮的语调背后,则为散文文体不断弱化、散文话语被全面压制的尴尬现实;最后,这一散文运动是越过地域性框架,超越单一载体,向着全国性层面进军的主要力量,并非依靠作家作品的途径获得认同,而是通过奖项活动的覆盖面、话语场效应取得反响。

考察在场主义运动的基本轨迹,有两个焦点问题亟须解决。一个是广受质疑的代表性作家和作品问题,仅仅依靠理论指导写作,或者依靠理论照耀写作则很难解决这个难题,需要写作主体的高度自觉,才能够找到准确的契合点。另一个则是理论建构的模糊性问题,针对在场主义的理论建设,范培松曾撰文指出:"经历了历年在场主义散文的评奖,人们也有颇多的疑惑,许多理论问题也就浮现了。虽然,在场主义散文有明确的理论主张,但是实际的评奖结果对在场主义散文理论似乎体现不够鲜明,缺乏理论的自觉,评奖的对象没有'在场主义'的限制,当年有影响有特色的散文作品全部在列,在场主义散文的印记不鲜明,和其他散文难以区别开来,在场主义散文评奖渐渐蜕变成一般意义的散文评奖。……在场主义散文的流派形成还有很艰巨的工作要做。而当务之急,在我看来,在场主义散文理论建设显得尤为突出了。"①在相关的理论争鸣中,针对散文性是否合乎情理的问题,争议甚大。周伦佑作为在场主义理论的主要建构者,曾著长文阐发散文性的基本内涵。何谓"散文性"?在他看来,所谓"先秦散文"和"广义散文"的概念皆为谬误,并提出散文应该具有的四大标准,分别为"非主题性""非完整性""非结构性"和"非体制性"。②具体地说就是"随意""片段经验""散漫""发散"和"自由表达",而最终极的追求应该是思想上的自由。针对周伦佑的理论伸张,在散文研究方面卓有建树的陈剑晖则著文加以批判,系统反驳"散文性"这一提法。③

撇开"先秦散文""广义散文"并非散文的文体概念而不言,散文性能否独立出来,根据白话散文理论的发展脉络来

---

① 范培松:《浅析在场主义散文理论的三个问题》,《文学报》2014年2月13日第11版。
② 周伦佑:《散文观念:推倒或重建》,《红岩》2008年第3期。
③ 陈剑晖:《巴比伦塔与散文的推倒重建——驳周伦佑的〈散文观念:推倒或重建〉》,《文艺争鸣》2009年第6期。

看,尚缺乏必要的逻辑支撑。一方面,如果将散文性当作在场主义散文的文体特征,那么,"在场""去弊"与"散文性"之间的并列关系是否能够成立,散文性是否为在场主义作品所独有,在周闻道、周伦佑关于散文性的理论建构过程中,皆语焉不详;另一方面,如果将散文性视为当代汉语散文流变过程中的一个根本特性,从而与诗歌、小说等其他文体,与传统散文及白话散文区别开来,是否具备理论的自洽性,则多有存疑。提及戏剧这个文体,或许人们会阐发它的间离化和冲突性,然而戏剧性作为文体总特征是不能够成立的。提及小说这个文体,则涉及故事、情节、人物、结构等要素,"小说性"这一提法尚未见之于世。对于诗歌而言,"诗性"这个提法是存在的,但诗性非诗歌这一文体所独有,乃一切优秀作品所具备的精神特性。总而言之,抛开文学性、审美现代性这些总体性理论命题,散文性的存在在理论指向上是模糊的,在内在逻辑演绎上也趋于某种自我断裂。

在场主义的理论建构尽管存在一些问题,比如粗放性问题,逻辑推理不够严谨的问题,但就新时期以来散文理论建设长期偏弱的局面来说,"在场""去弊"这些概念的提出,一方面,触及散文界长期悬而未决的散文主体性问题,散文理论建构的聚焦点由文体边界问题和作品风格特性问题,转向认知主体、实践主体的统一问题之上;另一方面,其初具规模的话语场效应,对于推动批评界对散文文体的关注与争鸣,对于解决散文创作实践中谁来写和怎么写的问题,皆有建设性的意义。

"在场":认知维度的确立

"在场"概念首次进入当代散文场域,还要从"新散文运动"说起。在纠偏抒情传统的过程中,新散文的文本实验有着明显的叙事转向,即以叙事为主体,取代国家主义的抒情模式或者个人情思传达的抒情模式。出于突出叙事的目的,部分新散文作家非常强调"在场感",所谓"在场感"指的是笔下事物的冷静呈现,是对日常生活场景的真实还原,既非事物的简单罗列,更不是主体感觉、判断和情绪的覆盖。宁肯在其《说吧,西藏》中谈道:"我一再强调状态(在场)与视角,是因为这两个词在散文叙述中非常重要……散文是一种现场的沉思与表达。散文应该像诗歌那样是现在时的共时的,而不是回忆的过去时的。"①他的《天湖》《沉默的彼岸》《虚构的旅行》等作品,在叙述上采取了影像语言长镜头推进的形式,作者自己在其中充当一个冷静的凝视者角色。对在场感的营造意味着创

---

① 宁肯:《自序 我与新散文》,载《说吧,西藏》,北京十月文艺出版社,2013,《自序 我与新散文》第9页。

作主体更多地选择了旁观者的位置,这自然也导致了叙述视角的变化,即由第一人称向第三人称叙事的转化。一个可堪玩味的事实为,"在场"这一概念在新散文主要理论建构者祝勇、林贤治那里,却处于一种缺位状态。从这个意义上而言,在场之于新散文的文本实验,尚局限于叙述视角的丰富以及叙述主体的有效进入这两个因素之上,并未通过归纳进入理论命题的通道。

毋庸置疑,"在场"作为一个散文理论命题的完成,要归功于在场主义,并逐渐落定为这场散文运动的核心支点。在场主义的理论伸张很多时候就从"在场"这一概念入手,在理论渊源上,将其上溯到德国古典哲学那里,而主要对接点在于海德格尔的存在主义哲学及部分现象学成果。"在场主义"在推出理论原点演绎的路线图上,虽然搬出了康德的"物自体"、黑格尔的"绝对理念"、尼采的"权力意志"、歌德的"原现象"和笛卡尔的"对象的客观性",但在笔者看来,这些概念实际上是某种烟幕弹,其真正用心发掘的是以海德格尔为代表的存在主义哲学王国中的"存在"概念,以解决认识论维度上写作主体与写作对象(客体)的混融与统一问题,而《在场主义宣言》中对"在场"的进一步生发则为"面向事物本身",这个论调的直接理论来路则为现象学中的一个著名论断"回到事情本身"。"面向事物本身"也好,"回到事情本身"也好,皆指向一种方法论。而认识论和方法论的契合,方能够抵达作为本源的"去蔽",即存在的"敞开"状态。毕竟,海德格尔将美视为无弊的真理的一种现身方式。

19世纪以前的西方哲学,真伪二元对立的思维模式和主客二分的认知模式一直占据主导地位。现象学在实现对主客分离的消解之后,关于存在和认识的位置关系的界定与之前相比就发生了一百八十度的反转,人的认识的局限性也暴露出来。如何解决存在的困境问题和意义丧失问题?海德格尔的哲学应运而生,他的存在主义可以说是建立在对传统哲学中"存在"这个概念的批判上的。在传统的形而上学中,"存在"被当作一个名词,研究的是各个存在者之间的逻辑关系。而在海德格尔看来,这个对存在的理解是从柏拉图开始的,而在前苏格拉底时期,存在有着更为丰富的含义,存在意味着聚集,所以,海德格尔说,形而上学的历史是对存在遗忘的历史。在他看来,哲学源于惊讶,这个惊讶的东西有一个最高的存在者,将所有的存在者全部聚集到一起,这个最高的存在者是什么,即形而上学要考虑的问题。而在海德格尔看来,不应该只考虑存在者,更应该考虑这些存在者是如何被聚集,是如何存在着的。接下来一个重要问题是从何处入手追问存在的意义。对于存在来说,总是存在者的存在,所以必须从存在者入手追问存在的意义。这种存在者能够追问存在并且因为它的存在而使得存在显现出来。这种存在者就是我们向来所说的"在者",海德格尔称之为"此在"(dasein)。"此在"一方面以去存在的方式显现存在,另一方面还具备"向来我属性",即一个未成定型的、始终面对可能性筹划自身的开放的在者。海德格尔曾使用"林中空地"这个具有象征性的图景加以指认"存在""存在者""虚无""敞开"这些概念。其中,那片充满阴影与光亮的地方就是宇宙的"存在",是形而上学的"存在";那光亮之地就是人的认识能力可以达到或已经达到的"存在",而处在明处的人,具有认识能力的人就是存在者,即"此在"。而作为人类没有能力认识到或者还没有认识到的宇宙存在的暗处,就是"虚无",即尚未达到的处于暗处的存在。在暗处的虚无,有一部分是人的认识能力可以达到的,但尚未达到,对于人来说处于遮蔽的状态,而"敞开"就是人对处于遮蔽状态的虚无的认识和揭露,从某种程度上说,敞开的虚无就是真理。具有认识能力的处于明暗交错的林中空地的宇宙中的人,就是"此在",这个概念为能指,而非所指,以此更好地表达出有认识能力的人在存在中动态的存在状态。

通过上述对存在、此在、存在者的理论梳理,再结合在场主义关于何谓"在场"的论断。我们可以得出,在场就是直接呈现在面前的事物,就是"面向事物本身",就是经验的直接性、无遮蔽性和敞开性。周闻道在系列文章和访谈中进一步明确了在场的内涵,包括他在《在场主义散文中的在场精神》一文中对在场精神的阐发:"散文中的在场精神包括五个维度,即在场写作的精神性、介入性、当下性,以及发现性与自由性。"①就此可以判断,在场主义中的"在场"概念所对应的恰恰是海德格尔哲学体系中的"此在"概念。"在场"为"此在"中国化的结果。

海德格尔的"此在"观以及后期的语言观的确立,在认识论上,无疑标志着新的认知维度的确立。受其影响的在场主义理论所要解决的既是认识论转向问题,也涉及新世纪的散文话语能否实现突围的问题。回首当代汉语散文传统中所确立的基本维度,要么在情感上,要么在家国关怀上,要么在语言诗性上,要么在叙事上。这些维度集中在审美价值判断以及形式载体因素上,主体的精神自觉,即谁来写的问题,则刻意被忽略。而"在场"的提出,则意味着散文在认识论层面上有了明显的转向,即转到认知维度上来,谁来写和怎么写、写什么的问题归并到一起。在场意味着写作主体要建立一套新的认知系统,在此系统下,经验、感性和认知三个要素偕同如一,认知越深入,对暗处和虚无的认识就越深入。"知其白则守其黑"!那么,主体对人自身、社会、家国和自然的感知就越

---

① 周闻道:《在场主义散文中的在场精神》,《四川经济日报》2015年8月24日第6版。

靠近真相和诗性的真实。由此可见,此"在场"指向一种写作主体与写作对象相互激发的状态,进而与新散文作家笔下的在场视角与在场姿态有了根本性的区别。

从主体自觉到"去弊"的完成

在"在场主义"理论中,"在场"意味着肉体、精神、世界的多重在场,"去弊"则意味着审美的完成。"去弊"是"在场"的完成式,"去弊"即敞亮,即本真性的获取。

面向事物自身,通过去除遮蔽获取诗性的真实,获取人和对象(自然、社会、族群)存在的本相。这注定是一条艰难之路,尤其是在当下散文写作的基本生态之下。其中的困难主要表现在以下几个方面:其一,因权力的无界限性所致的话语和观念被全面删改,事实真相被无限延宕问题。即使是在信息时代里,能够对这些携带"病菌"的话语、观念保持足够的警觉,注定是一件极具考验和风险性巨大的事情。其二,在古典诗文与艺术双重浸染下的写作者不自觉形成的阴性柔美欣赏心理如何得以克服的问题,切断文化心理同构的要素,转向以现代性为标识的心理认知系统,其中大转折的难度,可想而知。其三,回到散文内部的生态系统之中,传统的机构、刊物、奖项依然对散文写作有着根本性的制约,非审美的因素仍然极大地干扰着对散文自身的价值判断。实现对上述因素的超越,取得散文写作的独立性与自由精神,诉诸当下,寥若晨星。

　　克服上述困难,单靠勇气以及承受孤独的能力,显然远远不够。这个时候,呼唤散文写作主体的高度精神自觉,就成了某种必然。尤其是"在场"精神中的精神性和自由性问题,离开了主体的自觉,就很容易被虚化。而散文界关于主体的认识,受特定条件的限制,长期以来无力加以陈述。外师造化,中得心源,如何取得其中的心源?这需要主体具备黑格尔所言的精神完整性的因素,换句通俗的话来说,散文的背后应站着一个大写的人,这就需要写作主体的人文历史积淀、独立人格、思想启蒙、审美解放等因素的有效整合。众所周知,散文写作的通道多种多样,比如,依赖天赋和才华当然可以写出优秀的作品,格致的巫性化语言,阿微木依萝直呈的能力,皆树立了标尺;倚靠灵魂的安静,取得与他者平等的对话关系,同样也可获得瞩目,苇岸的散文和新疆李娟的作品就确立了这样的向度;依赖学识与学养的深厚,其中的典型代表为余秋雨;倚靠诗化与陌生化,其中的典型代表为刘亮程;倚靠学识和洞见,王开岭、林贤治、孙郁、扬之水等则堪为代表。这样的举例可继续铺排下去,关键的问题是,他们的散文作品,是否构成了典型意义上的在场主义,这是问题的关键之所在。毕竟,按照海德格尔"林中空地"的图景比喻,存在的光亮来自暗处和虚无的被照亮,在文学书写过程中,谁来照亮暗处和虚无?很显然为写作主体,在照亮的工作解决之前,则需要指认;而离开了主体的自觉,这种指认工作就难以完成,更谈不上照亮了!从这个意义而言,在对"在场主义"理论进行演绎的过程中,"在场"与"去蔽"之间嵌入"主体的自觉"就显得尤其必要。具备了主体自觉的因素,在场精神的介入性、发现性、自由性等,方进入一个有效的通道,"去蔽"审美品质的获得,方拥有必备的逻辑前提。

"主体性"作为一个热点问题,活跃于20世纪80年代文学和文化的讨论语境之中,其基本指涉则为小说文本。不过,因为理论准备的不足,出现了前现代与现代相杂糅的情况,这也导致了紧接着的90年代的各种文本实验中,反主体性的大规模发生。散文的主体性问题,实际上长期被搁置,直到新世纪初,陈剑晖著文讨论散文作家人格主体性问题。借助对文学主体性理论的梳理,他将散文作家人格的主体性定位在创作的个性化、精神独创性、心灵自由化以及生命的本真性的维度上,尤其是生命本真性的因素,在他看来,"生命的本真是一种更深层、更内在的真,因而也是一种真正贴近了主体性的真。因为生命不仅是人的本能、意志的集中体现,生命还具有无限开发的可能性,它是超个人、超主体的充满原始激情的实在"①。"个性化""自由精神""独创性"这些提法,常常见于对其他文体的批评话语之中,而生命的本真性问题对应了海德格尔提及的诗人所承担的"召唤"的使命,在抒情泛滥和伪诗化遍地的现状下,这些提法确实有积极的理论意义。回到散文主体性这个问题上,受制于当下文学场域中启蒙思想的尚未结业,以及个人主体尚未获得精神自立的普遍现实,即在对人的尊严的尊重、自我导向与自我发展的确立未成为制度实践的基石和人们的思想共识之前,主体自觉必然遭遇巨大的现实困境。在《失去象征的世界》中,耿占春将这种主体性缺失的困境命名为"主体性缺失下的主体"。也因此,在散文写作实践中,诸多写作主体将散文的主体精神简单图解为主观意识或者个体性,情感、情绪的泛滥和文体的单薄,由此而发生。实际上,在文本实践中,作者固然离不开对主体的表现,包括对深层秘密心理的表现,但对于作家所要表现的世界来说,这是一种单质的东西,它们只有在和外在的客观事物性因素发生联系时,在纳入、同化于作家的意识形态,逐渐融为同质并与之旨趣相合时,才能成为作品观照与表现的对象。

散文作为一种智慧文体,其对经验的依赖性超过其他文

---

① 陈剑晖:《论散文作家的人格主体性》,《文艺理论研究》2003年第5期。

体。而个体的经验,尤其是直接经验毕竟是有限的,这与众人的经验(众人经验的聚集与聚焦是形成智慧的前提)之间无疑构成一种矛盾关系。解决这个矛盾,就需要主体的高度自觉,如此方能切身地投身于外在世界。这就意味着主体要超越个体性的张扬因素,将自然、历史、社会当作平等的生命场域,置身其间,照亮共通的生命经验,担负起对存在的发现、追问与反思的使命。行文至此,有必要描述一下主体自觉的基本内涵。在散文主体性的框架体系中,实现主体自觉应该具备以下要素:首先是启蒙和自我启蒙,此处的启蒙不仅是思想观念的启蒙,也指向审美。在自我启蒙的基础上建构自我人格的完整性,以此摆脱文化因袭过程中的依附性人格。其次是要拥有一颗赤子之心。"赤子之心"说,老子、孟子对此皆有阐发,而王国维的解释更为系统。他主张诗人、作家要心地纯洁真挚,不计利害地直抒胸臆,对人事和自然、宇宙做到"忠实",也即真实赤诚,如此即能抵达真、善、美的境地,才能创作出有境界的大作品。叔本华在《天才论》中举海顿、莫扎特为例,说他们终生都没有脱离孩子的气质,在此基础上,他给出了"天才者,不失其赤子之心者也"的判断。再次是成熟的文体意识,即创作主体对散文文体的熟悉,在此基础上形成的文体自觉意识。这其中不仅包括对散文语言、结构、艺术手法所拥有的清晰的指认,也包括对散文作为个人化的文体,作为自由精神的载体,所形成的深刻洞察。最后是散文主体审美的自觉以及思想力,即主体所具备的对美的感性形式的直觉能力、呈现能力和判断能力,在观照自我与世界之际,能够在细微的经验上照见生命的运动形式和规律,审美自觉是构筑主体创造能力的基础,思想力则支撑了主体对文学之道和审美之道的深刻体认。

海德格尔曾引用尼采的话说,思想当生发浓郁的芬芳,犹如夏日傍晚的庄稼地。在他看来,思的发生,即意味着存在的显现。他还进一步指出,诗人和思想者皆是语言寓所的看护者。"只要这些看护者通过他们的道说,把存在之敞开状态带向语言并保持在语言中,那么它们的看护就是对存在之敞开状态的完成。"①对于什么是思,他指出:"人和存在这种本源的符合,明白地实现出来,即为思。通过思,我们才第一次学会安居于存在的天命的超越之境,亦即安居于框架的超越之境。"②综上所述,在场主义对创作主体的认知维度和自觉性提出了明确的指向,在理论生发上,若去除暧昧模糊的"散文性"概念,在"在场"与"去弊"之间拱起"散文主体性"的理论标识,其理论路线图必将更加清晰,也会更加完整。

---

① 海德格尔:《人,诗意地栖居》,郜元宝译,上海远东出版社,1995,第91页。
② 海德格尔:《人,诗意地栖居》,郜元宝译,上海远东出版社,1995,第14页。

散文写作应该注意的几个问题

散文作为恪守生活真实、生活情理的文体,其对经验的依赖远超诗歌和小说。散文一度也曾被认为是最能够直抒胸臆的文体,时至今日,在各种教科书上,真实性、情感的真挚度和题材自由依然作为散文文体的三大特征而被强调。这种文体观念虽然在今天遭受了散文边界不断被拓宽的冲击,但是若将散文与小说、诗歌、戏剧这些传统文体作比较的话,在言说的个人化、情感的直抒性和审美判断的直接性方面无疑最为突出。

从实际操作层面,我想谈谈散文写作中应该注意的几个问题:首先,体式选择上,有两种体式我建议大家不要轻易触碰,一种是游记,目前来看,大部分游记已经步入死胡同,正如旅游热之于大众一样,演化成了这样一个结果——重要的是我曾到过哪里,而不是我在行旅过程中有多少风景深深地驻扎在心头。旅游的目的是放松,是看风景,是欣赏自然的景观美学,但在实际生活中,却走向了反面。旅游热当中出现的扎堆现象、物质消费现象等等,皆说明一个问题,我们当下的旅游还处于大众旅游的层面,个性化的旅游,回归旅游本体的旅游方式,目前来看,还没有形成主流。游记与之类似,很多游记皆是景区宣传栏文字内容的翻版,在游记文章中,只要出现对景点历史的介绍,出现相关民间传说,或者以优美的词汇来介绍风景,这样的文章基本就可判死刑。为何这么说呢?很简单,因为缺乏深刻的体验的凝结。很多游记作者只能在历史背景知识上下功夫,在语言表达上下功夫,体验不到家,怎么补救也无济于事。华兹华斯曾说过,一朵微小的花对于我而言,可以唤起用眼泪也表达不出的那么深的情感。他的所言,指的就是情感体验的深刻性。真实的体验,写到文章中,是一种自动涌出来的状态,像泉水一般,而不是词语的堆积。相反,太多的词语堆积,只会伤害那些本真的情感,本真的情感体验带有唯一性、此时此地性的特征,词语太繁杂,情感指向就容易混乱。另外,现在很多景区都在做征文大赛,诸多未到过此景区的外地作者,仅仅依靠百度,就能写出一篇游记来,且还能获奖,拿到一份奖金。这种举国行为,加剧了游记体散文死亡的速度。我曾经做过我们省一个景区举办的征文大赛的终审评委,而在最终的十篇获奖作品中,我知道有六位作者其实从未到过这个景区,其中还包括一个特等奖获得者,为何我敢这么肯定呢?一方面,通过文字可觅踪迹;另一方面,这六位作者我都熟悉,我当然知道他们没有来过景区。近几年,笔者在为一些刊物写年度综述的时候,也注意到有多篇游记出现,我个人的判断是,个别作者除了写点游记充实自我散文作家的名号之外,已经远离了散文写作的现场,丧失了散文写作的能力。坦诚地说,在我大量的散文阅读经历中,极少有一篇游记能够打动我,极少有切实而深入的体验在里面。生命气息的通道是相通的,美的发现和体验里面有鲜艳的色泽,来不得任何的虚假和作伪。当然,任何事都没有绝对,如果你确实拥有丰沛的体验,且又具备良好的表达能力,游记也不是不可写。另外,还可在游记的模式里学会转弯,注入自我的某种独特发现。或者说,借助游记这个体式,来浇注自我的块垒。另外,人们常常把游记和行走地理混为一谈,实际上两者之间有根本的区别,这种区别如同普通旅游者和野外背包客的差别。行走地理类别中,《中国国家地理》上的文章可归入这个类别,但是,其典型性还不够,典范的行走地理文字,里面有着充沛的体验,有着个体与自然间的交互感应。"交互感应"的说法来自19世纪法国诗人波德莱尔的"应和"理论,他认为不同感官之间存在着交互感应,内心世界与外在世界之间存在着交互感应,诗人心灵和隐秘世界之间也存在着交互感应,诗人可以感受到这种神秘的交互感应。人的身体是一个生命的容器,在城市化、工业化不断深入的当下,我们的身体容器看上去和很多事物发生接触,实际上,在内在生命机制上却处于一种封闭的状态,这种封闭是一种自觉规训的结果,规训的力量来自道德、人伦、法律、国家意志、文化意识等等。在行走地理文章中,作为对象的风景的完整性不是其发现和体验的重点,而是其中的片断,从个别的神秘的景观中,得到自然的暗示,自我生命进入一个交感共振的频道,因此,获得了大量鲜活的、特别的生命体验。河南作家鱼禾曾有一篇写柴达木盆地盐湖的散文,中间有一段写德令哈的夜晚的文字,在奇特的景观中,她和海子的诗歌产生了真正的共鸣,她用文字记录了自己在德令哈夜晚的奇特感受。这样的文章,就是好的行走地理散文。

第二种是亲情散文体式,这种体式特别容易上手,毕竟,在成长的过程中,每个人都积累了大量的亲情素材,也积累了相关的体验。亲情散文和游记一样,非常泛滥,结果是精品极少,极少的原因在于,个人的情感沉陷其中,拉不开距离。作者写完后,自我感觉往往深情如许,能够像《牡丹亭》一样震撼世人,而实际结果,却不尽理想。亲情散文同样来不得一点作伪。更关键的问题是,写作者太急于表达情感,往往过犹不及。华兹华斯说,诗是平静中回忆起来的情感;鲁迅也讲过,愤怒的时候,不宜作诗,皆是一样的道理。此外,亲情散文的作者,千人一面,皆是往情深处用力,其实亲情之间远远不止爱和温暖那么简单,情感样式同样是姿态万千的。若没有彻骨的情感体验和高深的笔力,我不建议普通的作者触碰亲情题材。这个体式中也有优秀的篇章,如北岛的《父亲》、汪曾祺《父子多年成兄弟》、湖南李颖的《虚幻的鱼骨》等。《广西文学》在2016年做了个专题改稿班,有十几位学员提前给了我他们的作品,我注意到亲情散文或者家族叙事占据了较高的比重,我能够理解大家的写作出发点,就是写自己最熟悉的人或者事物,但是作为一个成熟的散文作者,总是沉浸到这个题材中,自我限制就太大了。散文作品的优秀程度,虽然和题材的关联度不大,但是,题材越自由,那么,就意味着作者对于怎么写和写什么的问题解决得就越好。山东作家王月鹏有一个作品《切口》,以微小的生活细节为端点,通达个体灵魂深处的悸动,语言流利畅达,细节钩沉准确有力,哲思宽阔,向着现代人变动不居的生活体验而敞开。吉林作家格致在今年的《山东文学》(2016年第3期)上有一篇散文,《在乡村葬礼上哭泣和思想》,为两篇文章的组合,一个是写葬礼上的哭礼,一个是写对身边水的浪费情况的严重心理排斥。这位新散文写作的代表人物,与众多的散文作者相比较,自有一套独特的神经感觉系统。若亚里士多德关于黑胆汁的说法言之有理,那么,她的黑胆汁明显要比常人多。这篇作品实际上是两个短文的组合件,有两个因素尤其值得说道,一个是格致的语言传达。她的行文结合了两种行路方式,形成了缓步前行的蚂蚁阵列与斜刺里杀出个程咬金的合成体。家常、简单、平易的语言传达占据八九成的样子,而陡然的反转之语,至多一两成,却如天空垂落下的几朵乌云,迅即给人带来雨意,令人不得不感叹!格致是手持语言魔杖之人,硬生生地将诗人的专利给抢夺过来,据为己有。另外一个就是其作品中鲜明的主体性的确立,由葬礼上的女性专属的哭泣而切入东亚文化体系中女性的角色、地位与自我规训,由身边哗哗流淌的水线而生发自我心理深处严重的罪感意识,这一切的一切,皆离不开作品后面的那个业已明确的主体。

所以,对于王月鹏和格致来说,我的阅读感觉是,他们已经解决了怎么写和写什么的问题。这就是一个作家成熟的基本标志。

除了亲情散文和游记之外,乡土写作这块,我的建议是应该开拓出新的生长点,我注意到一些作者,依然持续了过去田园牧歌或者乡土哲理开掘的路数,而且为数众多。这个路数现在非常单薄,想写出一番新天地,实在是太难了。还有许多作者,喜欢写乡土人物。乡土人物同样好下笔,毕竟有故事,可读性强,但乡土人物的写作大多停留在没有难度的写作态势上,整体上格局太小,不客气地说,写乡土人物,散文怎么能写得过小说呢?当下的乡土写作,根据我的个人观察,目前有两个热点,一个是以乡土沦陷为主题的散文,表现乡土凋零的现状,表达自我的困惑和伤痛,价值观方面避免二元对立,即工业化进程、城市化进程与传统乡土的对立,文学不能挽救时代,但可以表现它的失落;一个是以乡土的植物和器物为主题的散文,河南冯杰的散文,有不少就触及了乡土植物和器物,也有一些作者专门写乡土植物或者乡土器物,如舒飞廉、刘学刚、朱千华等。除了这两个焦点之外,我觉得乡土题材还有几个地方可以开掘,一个是乡土民间信仰,一个是乡土人伦关系以及道德观念的迅速更迭。这两个地方,皆需要扎实的田野调查的功夫,功夫下到了,就可以建立独特的审美观照体系,认识乡土的多元维度就可以建立起来。

另外,副刊美文也是从者甚多,几乎每个报纸的副刊版块,皆云集了一批支持者。作者们晒稿费,晒成绩单,交流投稿心得等等,煞是热闹。对于副刊写作,我本人并不是严重抵制,我觉得一个基层公务员、中小学教师、家庭主妇等没事的时候,写写副刊美文小品,挣点稿费,结识一些文友,寻找一份心灵和情感的寄托,总比将时间浪费在麻将桌和练歌房要好得太多。因为我本人做的是严肃文学的评论和跟踪,所以,对于写作,我有自己的理解,我觉得一个作者,无论门槛多么底,年龄多么小,身份多么低微,但对于写作,要有一份敬畏之心,要虔诚和执着,更重要的是,要有一份野心。而副刊写作和写作野心之间相互无法并存,副刊写得太多,就只会写副刊文章了,就会把心思全部用在报纸的风格要求以及读者受众的心理接受层面,就会在写作中彻底抹掉个人的底色,而离开了个性的发现,散文这个文体就没法成立。一句话,副刊写作,若是以此为主体,那么,之后就只能钻小胡同,基本无法看见墙外的田野和森林了。

散文写作实践中的体式诸多,还有闲适小品、学术随笔、思想随笔、历史文化散文、纪实性散文,以及趣味性强的书话,等等。每一种体式后面,皆有自身的要求,皆需要对症下药。结合当下散文的现状,我觉得有一个问题比较突出,即随笔写作比较匮乏。20世纪90年代的散文热,随笔体式贡献诸多,学术随笔、思想随笔、文史随笔的繁荣即为其例。新世纪以来的十几年,新潮散文势头纷纷减弱,而随笔依然高歌猛进。就笔者的个人看法而言,表征新世纪以来散文最高成就的,还是随笔。孙郁、李零、南帆、朱大可等人的学术随笔,林贤治、耿占春、艾云、筱敏、费振钟、北岛、高尔泰等人的思想随笔,王开岭、耿立、王开林、李国文等人的文史随笔,李皖的音乐随笔,诉诸散文界,在学识、洞见、厚度、深度,甚至才气方面,皆呈现出高耸之势。随笔体式,考验的是作者的见识和学识能力,我记得有人曾总结过:诗歌是一个时代情感水平的标志,而散文是一个时代智慧水平的标志。我个人对这个判断较为认同,因此,期待大家摆脱散文必须写情感的认识误区,若有这方面储备的作者,不妨多写一写随笔。

学术随笔的个案探查

1. 张中行:《负暄琐话》

《负暄琐话》及其续编进入我的阅读视野已经有些年头了,但一直没有机缘得以亲近。想起美国作家马克·吐温的判断:伟大作品是每个人希望他已经读过,但没有人想要去读的书。还真有几分在理,其实何止伟大的书籍,放低标准,很多好书对于我们来说也是如此,想打开阅读却总是难以成行。解答这个问题也很简单,只因好书太多,我们只能一本接着一本地去翻看,而且如果是随性读书的话,我们和一本书的亲近必须凭借一些机缘。

在个人阅读史上,我还有一个比较"偏执"的习惯,即对那些热点书籍保持必然的距离。就拿散文来说吧,这是一个偏于安静的文体,所谓"热点书籍"只能是相对而言,其普及的范围很难越界走向大众。新时期以来也就是秋雨散文是个例外,不仅在文学圈内制造了轰动效应,而且外溢到普通大众的阅读空间里,成为如小说《废都》一样的巨大文化事件。秋雨散文之后,刘亮程也好,近两年的梁鸿也好,李娟也好,虽然是江湖再掀风云,但这风云也仅仅局限在文学场之下的散文空间之中。因为我个人的保持距离,所以对热点书籍的阅读总是存在着一种错时的形态,《负暄琐话》这本书所掀起的波澜比起上面所举例子,可能要小一些,但不管怎么说,在随笔小札类的书籍中还算知名。

近日去书店浏览,在书架上碰巧遇见这本书,毫不迟疑地取下,一同购买的还有另一本同类书籍——冯亦代先生的《洗尽铅华》,用了一周的时间将其读完。

《负暄琐话》是一本很好的枕边读物,倒不是因为张中行先生的闲情,而是因为有趣,而且这有趣的后面是作者的厚道。我还注意到一些读者的评价,将其视为新时期的《世说新语》。对于这个论断,我不是很同意,就人格来说,张中行先生作为老北大精神的亲历者,传统士大夫的修身之道,即温柔敦厚、中和平正的品格在其身上沉淀甚多;就审美格调的层面来说,这本书恪守尊贤和立人的儒家色彩,所张扬的也是老北大兼容并包的人文风采。这一些,与《世说新语》"越名教而任自然"的道家底色归根结底有很大的不同。更何况,《世说新语》作为一本奇书,在内容上生发的是个体生命在一个纯粹精神世界里的高蹈,类似于绝版的舞蹈。

之所以使用"有趣"的判断,是因为这本书读后会让人开眼界,长见识;所书写的对象,无论学人也好,艺术家也好,普通人也好,往往有些越界的行为和轶事,这些因素,对于日常状态下常常被规矩所拘束的我们来说,无疑是一种解脱和放松。也因此,我下了个"好的枕边书"的判断,其实,能够成为好的枕边书不是那么容易的事情,有意思、有趣味、让人遐想本身就是优秀散文的一个基本品格,这一点,在政治和文化环境双重严峻背景下写作杂文的鲁迅先生也表达过类似看法,即生存的小品文首先要给人以愉悦和休息。

这本随笔小札的内容,以怀人居多,文笔朴拙,与当下的才情式写作的散文风气有着泾渭之别。周作人大概就表达过"简单是文章的最高境界"的意思,从民国、从老北大走出来的文化人,他们处理文学的方式,往往皆带有化繁就简的精神,这一点,与新生代作家形成隔离。提到这本书,读者们津津乐道的是书中涉及的老北大旧事与旧闻,张中行先生作为在场者,无疑增加了这些事件的真实性和可感性,毕竟,民国时期的北大,是今日之民众创造"大师神话"的重要背景因素,和当下的善于强化及多度阐释相比较,作者似乎过于"老实",在处理这些风采人物上,张中行先生表现出的是近似于农民式的实诚之心,他把对象拉回到日常人伦的框架内,其中有敬意,但更多的是温情,这或许正是老爷子憨厚可爱之处吧。这两年的社会话语,流行"邻家大哥"或"邻家妹妹"的说辞,琐话中出现的一干学者、文化名人,则类似于邻家大爷或大叔,作者所挖掘的恰是他们柔然的另一面,读来自觉亲近可人。

在这本书中,我最喜欢的倒不是涉及老北大旧事的章节,而是作者对记忆中普通邻居身上良善之品格的准确记录和还原,如《王门汲碎》中的房东李太太,以及她那曾担任过晚清时期京兆尹一职的怪癖老父亲。这种生活史的还原,是对宏大历史叙事的重要补充,其社会学意义的重要性,并不低于后人对历史事件的解释。更关键的问题在于,这个小小的窗口一旦洞开,那些与大地紧紧相连的中国人的处世哲学和生存精神,就会真实地敞开,后来者就得以窥见构成中国文化的最微小的细节,正所谓"一花一世界"是也。

2. 冯亦代:《洗尽铅华》

大年初五,正是走亲串友、礼尚往来的佳期,可我却因身体隐疾卧床在家。窗外,不时有行人的朗朗笑语与沉闷的鞭炮声传来,料峭的寒风尖叫着冲向玻璃,然后折转,留下些许的颤微响动。即使是在自己家里亦行动不便,困卧间闲来无事,将去岁购置的一本随笔集取来展开,打发稍显空荡的时间。

这本题为《洗尽铅华》的集子为老一代文化人兼翻译家冯亦代先生所著,与张中行的《负暄琐话》和曹聚仁的《中国学术思想史随笔》似乎路数相同,既包含怀人之作和文史杂谈,又有一些关于文学现象或作品的枕边杂谈。按说如此路数正合我的阅读口味,作者冯亦代先生也为我仰望已久。十几年来《读书》杂志的阅读熏陶,让我熟悉了诸如冯亦代、李长声、蓝英年、金克木、董鼎山等阅历无数、学识丰厚的文化学者,也见识了刘小枫、刘再复、崔之元等中青一代的思想锐笔。在我的印象中,这本杂志会不定期推出域外拾贝类的栏目,介绍他国的文学动态或人文风貌,而冯亦代先生于美国文学着墨甚多,定向引导之下,自然印象尤深。

这本随笔的封皮为绛灰色,如诸多古典建筑的顶部颜色,暗含厚重、古朴的指向。题名为"洗尽铅华",内蕴返璞归真之意,于是想起金代诗论家元好问评陶渊明诗歌,用了"豪华落尽见真淳"一句,赞赏其作品真朴淳厚的美质。铅华洗尽,回归内心,这也是无数中国文人知识分子修身的终极目标,其余晖一直延续至今,成为难以破碎的石头,沉潜在河道的泥沙里。这本集子里的文章,基本上可归于作者晚年的作品,如河流般,迂回曲折至此,多舒缓平展的姿态,人生中的很多事情皆可放下,回归内心,真情写作便成为无法排却的念想。

从内容上看,这本随笔集子大体可分为三个部分,其一是怀人之作,其二是追忆自我的读书或者做编辑的历程,其三是对美国文学的瞭望。收录的文章中,短章甚多,只有在第三部分中才出现若干长一点的篇章。怀人之作这一块,因为作者历经民国、新中国成立后、改革开放时期这三个大的标段,与学术界、文学艺术界、编辑界等皆有接触,所以涉及人物众多,总的来说还是以文化人居多。如果不熟悉这段历史及文史掌故,读起来可能会麻烦一点,有人曾说距离会产生美,但这句话也不是绝对的,如果你距离那段历史或者具体事件非常遥远,无法进入真实的语境,就很容易过目即忘,也很难产生兴趣,这必然制约阅读过程中想象的空间。而对于阅读来说,恰恰这个想象因素是非常重要的,德国古典哲学和美学的奠基人康德就曾说过"对艺术来说,只有想象的愉快才是真正的愉快"。在怀人系列中,给我印象最深的就是第一篇,主题人物是漫画家丁聪老先生,这位集烂漫、了无机心、睿智、博学多识于一身的文化人,在人格风范上本身就是一把特异的标尺,无须写作者的文字技巧,只需忠实地记述,就可达到传神写照、尽在这个之中的效果。其他所怀的对象,或许是因为隔膜,读下来几无会心之处,濠濮间想就更不用说了。

涉及讲述自我读书历程的篇章，给我两个强烈的感觉，其一是这位老文化人异常诚实，不虚美，不饰薄粉，从中读不到一点大牌的意思，虽然他也是声名显赫的编辑兼随笔作家。或许这个符号时代容易给我们一些反向的刺激，也培养了部分读书人审视和怀疑的心理机制，读这本集子，则无须防备之心，敞开心怀，尽心聆听即可。其二是作者似乎也沾染了不少老年人絮叨的话语风格，部分篇章中，不仅有情节、事件的重复，就话语机制来说，重复语句出现得也很频繁，尚未臻绚烂之极而归于平淡之境。在悦读时代，如此话语风格就吸引读者这个层面来说，会打上一些问号的。

第三部分的文章，基于作者曾经的亲历，与美国近现代文学相关的诸多人物及故事清晰地展现在读者面前，有着极高的史料价值。其实在这一部分中，作者不独介绍了美国文学，还有几篇涉及了欧洲文学系统中的作家。这一部分也真实地呈现了作者的学养和视野，喜爱美国文学的读者从中可获取颇多收益。

从整体上看，《洗尽铅华》带有浓郁的"旧"味，旧人、旧物、旧事、旧评等等，这些老旧的东西可能少了些光泽，却有其另外的积淀，认同如何就看所好的程度了。单拿"旧"这个词来说，在冯亦代先生的话语特色上则尤甚，他走的是明白如话的路子，这也是他们那一代文化人运思成篇时多选用的路子。

明白如话,在很长一段时间内被作为散文的内在标准而树立,而最近二十年来,这个标准逐渐被淡漠,才思类散文随笔喷薄而出,成为新的光芒,在更年轻的作者手里不断变换着花样。刘勰说"文变染乎世情",抛开快餐化阅读的因素不说,求新求变业已成为普遍的趋势。这就好比当代散文史上曾出现的诗化路线一样,如果现在还有作者过分坚持这个方向,作为读者,我们只能告诉他:"先生/女士,您的笔下风景是漂亮的,人物是灿烂的,故事是婉转妩媚的,但是我们却一点都没瞅见您!"

3. 费振钟:《堕落时代》

六月底,进入期末时段,于诸多繁杂事务中若断若续地读完了费振钟先生的随笔著作《堕落时代》。类似于欧阳修的读书三法,笔者的阅读进程基本上是以枕上或厕上为主。他的"马上"读书法换到现在,或许可以用车上取代之,可惜的是车上读书伤害视力,晃荡中更容易头晕。就前缀来说,过去的马虽有肥瘦和品种的区别,但总体上形制并无大的落差;现在的车若说道开来,实在是一言难尽,种类、规格等,相去岂能以道里计!比如老式拖拉机,谁若是能在突突之声中,在震荡弹起过程中依然入目而静心,那绝对是禅坐老僧的级别,一旦被侦知,必为膜拜之对象。

学术随笔一向是我读书之钟爱,20世纪90年代中后期,此类书籍异军突起,多以丛书示人。印象中规模较大且较整齐的,当数辽宁教育出版社策划的"书趣文丛",数量上虽不及90年代初长江文艺出版社策划的"跨世纪文丛",形制上却大体相当,一为学术随笔,一为中短篇小说,两者交相辉映,可谓出版人之群体之功。

《堕落时代》凡二十万言,内容包括二十篇或长或短的文字,性质上可归入思想随笔的类别。更准确地来说,这是一本关于中晚明时代思想生态的集子。作者费振钟先生兼及文学和史学,并专攻明代思想史研究,同时也兼具了作家与学人的双重身份。

这本集子以点线结合为基本逻辑思路。单篇文章抽出来看乃个案研究,置放在一起,又有纵横之筋络。也可以这样说,二十篇文章皆可单列,而归置到一块,味道则尤为热烈,尤其分明。第一篇文章论及的是王阳明先生,王阳明为明代心学开宗立派者,考察明季思想史的流变,他是一位无法绕过的人物,王阳明心学一度拥趸无数,却在演化中分岔诸端。作者重点梳理了王学左派的思想轨迹,进而阐发了晚明狂禅运动的由来,也透视了他们的思想底色,及深层次精神世界中道与术的分裂,愈是这般,他们为弥合分裂所做出的努力也愈悲壮绝望,让人叹息,并加以警醒自身。王阳明之后,李卓吾、公安"三袁"、徐渭、屠隆等,皆是中晚明发出思想光芒的人物,逸闻闲事,泽及后世者甚多,作者的笔触非花边琐事挖掘之路数,而是注入学理的钩沉,厘清他们各自的思想渊源,透视其特立独行之后的巨大思想危机,最终以安身立命的根本之道来观照各自的生命形态。这些人,终归是一条线上的蚂蚱,只不过各个人张开的翅膀宽窄不齐,深浅不一。如果说李贽是刚烈的话,那么徐渭则为酷烈,袁中道则为热烈而虚弱。他们都是雷阵雨前被水面极度窒息的鱼儿,意图拼命一跳,跃出较之死亡还要可怕的沉闷陷阱。

道术裂开,由来已久,这是由传统士大夫阶层的依附特性所决定的,在政治生态多样性的春秋时代,孔夫子就曾自道:道之不行,乘桴浮于海!大一统之后,政治生态的多样性被破坏殆尽,士大夫群体的出气口越来越小。不过,就道术分裂来说,中晚明尤甚耳!"山雨欲来风满楼",这些思想者的心中似乎都有一种死结。儒术已经彻底腐烂变质,在整个社会这个骨架上满目皆是这种坏肉。他们首先是为外部世界寻找拯救之道,这也是由中国式知识分子深入骨髓的群体意识所决定的;其次才是为自我寻找拯救之道。遍地哀鸿之下,心学成了最后一根稻草,然而这根稻草,终归是大厦将倾前的强心剂,而非辉煌澄明的彼岸世界,除了强化毕其功于一役的自我心态外，在推动士大夫阶层的思想新生方面，几乎是无力的。《堕落时代》这本集子，写得最多的就是痛苦这项内容，这种痛苦既是社会性的，又是个体性的，是那种觉醒后的痛苦，那种觉醒后无路可走的痛苦。

在历史教科书中，涉及中晚明时期，有两个论题被着重强调：其一是明中叶后的资本主义萌芽，其二是蓬勃发展的思想解放运动。这种宏观大论一路所向披靡，淹没了我们年轻时的头顶，对于历史来说，附着于这种宏观大论之后的往往是当下意识形态的魅影。其实历史观的形成非"总—分"的关系，而应该是"分—总"的关系，关系一旦倒错，就很容易南辕北辙。比如晚明的思想解放，"解放"这个术语的使用，就形成了正面评价的约法，进步/落后的二元评价模式，依然属于主题先行的套路，按照这个套路出牌，往往驴唇不对马嘴。

考察中晚明思想史的变量，个案与细节是基础。历史虽然已遁入烟波渺茫的江面，但毕竟是带着体温的，《堕落时代》的题名，本身就绕开了历史进步的先入之见，堕落的彻底与激愤的极端，相生相克，相互缠绕，构成一枚完整的硬币。在书写那些带有体温的历史瞬间，呈现那些逼真的历史细节之际，作者平静的叙述语调下面似乎隐伏着一个波涛起伏的情感湖面，这让我想起华兹华斯的一个判断，他说："诗是强烈感情的自然流露，它起源于平静中回忆起来的情感。"

与季羡林、张中行、冯亦代等老一辈作家的学术随笔但求白话的语言风格不同,费振钟先生在这个文体中融入了锐利的文风,多短句,多转折,多令人想象的空间,如此组合在一起,力度尽显。总的来看,费振钟先生的文风介于张承志与余秋雨之间,注重追求厚重和力度,而抛却了张承志的犀利与锐度,也远离了余秋雨的华丽如斯。这种语言风格弱化了才和学的因素,凸显了气与识的方面,可谓"于我心有戚戚焉"!

《堤契诺之歌》:黑塞的疗伤与自我治愈

1919年,在阿尔卑斯山南麓,春天的堤契诺山谷,如水墨画般铺展。尖顶小屋、静谧的湖水、幽深的森林,还有躲在浓荫深处的古朴教堂,是构成这幅大地之画的主要元素。这样的画卷原本可以远离纷扰的视线,躲开由中心话语构建的世界图景的覆盖,安静地在时光之湖中沉潜,却因为一位异乡作家的到来,因为其钟情的叙述,改变了停靠姿势,回到水面之上,成为欧洲,乃至世界的诗情与梦想。这位作家叫黑塞,他的柔情蜜语则化为一本名叫《堤契诺之歌》的集子。从此之后,这片山谷如泉水般浸透作家身心的每一寸细节,而村庄也轻舒臂弯,将疲惫受伤的他收留,该地也就此成为诗人的第二故乡。

赫尔曼·黑塞,德国著名作家、诗人,曾被称为"德国浪漫派的最后一名骑士"。1877年7月,出生于德国南部靠近黑森林附近的卡尔夫镇。拿古鲁特河畔的一座古老宅院,是他童年时光的展开之所。孩童时期的黑塞聪明而且活力十足,身上那种强烈的个性后来甚至发展成攻击性,他的母亲曾经在给朋友的信中不止一次抱怨过:"赫尔曼使劲折磨保姆,所有的意志都能贯彻。""这个孩子是一个奇怪的造物,很好斗。"活泼的他在家庭熏陶之下,学习《圣经》及拉丁文之余,又对印度哲学产生了浓厚兴趣,幻想成为诗人和魔术师。5岁时曾写出像诗一样的东西,记在他母亲的日记本上,7岁入巴塞尔的密逊小学,13岁的时候认为自己"如果不做诗人,就什么也当不成"。然而,童年时代结束后,率性而为的曼妙很快因家庭而阻断。他的父亲是位虔诚的新教牧师,并固执地认为唯牧师这个职业是世界上最高尚、最纯洁的,因此,在其干预及强制规划之下,15岁的黑塞进入毛尔布隆神学院学习。一个身心健朗、耽于美妙幻想的自然之子,突然遭遇阴森严厉的神学岩壁,其间的落差与失望可想而知,半年之后,黑塞趁着黑夜翻墙逃离,可是身无分文的他很快又被警察抓住,并扭送到父亲跟前。狂怒的父亲又将黑塞遣返至神学院,这令他彻底绝望了,于是诗人使出了终极的招数——自杀,幸运的是他得到了及时的救治。这个时候,他的祖父站了出来,表示出对孙子的同情和理解,老黑塞被迫改变想法,同意儿子脱离神学院的请求。之后,黑塞进入康施塔特文科中学,未待毕业,又因为校方的歧视而辍学。1894年,17岁的黑塞携带着简单的行李,只身来到科隆一家钟表厂里当学徒,不久后又转移到德国西南部内卡河畔的蒂宾根城一家钟表厂里当学徒,从此他踏上了独立谋生的道路。在这里,他一边辛勤工作,一边饱览群书。与他的前辈卢梭相似,皆从事烦琐而机械的钟表制造工作,而且,两个人敏感而热情的心思,也都因沉浸于文学与思想而荡漾开来,他们后来也都很快离开自己的祖国,只不过卢梭去了启蒙运动的中心——法国,成为影响后世的思想巨子,而黑塞则去了卢梭的故乡——瑞士,并定居下来,绘出了欧洲文学史上优美恬静的散文画卷。

22岁那年,黑塞在巴塞尔经营书店,同一年,自费出版了两部诗集《浪漫主义之歌》和《午夜后一小时》。从此之后,他开始向文学的巅峰攀登。从1899年到1919年这二十年间,黑塞出版了多部诗集,同时发表了多部颇具影响的小说,其中《乡愁》《在轮下》使其一跃成为当时德国最优秀的作家之一。步入文学之路,逐渐获取盛名,这并没有削平黑塞内心的挫败感,他注定是一位独特的作家,在回顾自己的生活经历时他说道:"任何一种把我培养成材的尝试,结果终归是失败,发生了一次次耻辱和丑闻,到头来不是逃走就是开除。"神学院的经历也许是毁灭性的,如巨石般耸立在记忆里,使诗人内心的河水流向偏转,从而转折到一个相对纯粹的精神世界之中。现实在黑塞面前一次次打结,他开始选择退居,以躲避现实的缠绕。1904年,黑塞将自己经营的书店转让给他人,移居到僻静之地盖恩豪夫乡间,过着一种隐居的生活。田园的安静使其能够专心于创作,在这里,他写出了长篇小说《盖尔特鲁特》(1910)、《罗斯哈尔德》(1914)和短篇小说集《克尔帕》(1915)。乡村生活使作家获得了暂时的灵魂安宁,然而几年之后,随着自身神经衰弱症的持续发作、父亲的病故、小儿子马丁的重病缠身,以及妻子精神病的恶化,黑塞的内心渐渐失去平静,陷入孤独与绝望之境,重新步入异常纠结的现实苦痛之中。1912年,35岁的黑塞结束了8年的隐居生活,离开德国到印度旅行,以寻求东方的智慧,作为心灵的慰藉。然而在东方的殖民地,他见识到了更加病态的西方文明的影子,甚至把本土的东方文化色彩也冲刷掉了。失望之余,黑塞返回欧洲,随即迁移到了瑞士首都伯尔尼。当然,这一次的迁居并非出于作家的心血来潮,产生了对都市的向往,而是迫不得已的一种选择,这是因为发生在欧洲大陆的第一次世界大战也将作家拖曳进来。"一战"发生后,向往和平与宁静的诗人无法容忍极端残酷的现实,写出了著名的反战文章《啊,朋友,不要这种腔调》,这是席勒诗作《欢乐颂》里的名句,后来贝多芬将其用在交响乐中。黑塞借用席勒的名句来反对无原则的爱国主义和民族沙文主义。他呼吁各参战国的作家们不要用笔为战争摇旗呐喊。哪知这篇文章随即在德国掀起一阵轩然大波,除了两个朋友敢于站出来公开支持黑塞外,其他朋友都与他断交了。一时间"叛徒"的帽子漫天飞舞,自己祖国的二十多家报刊开始对他展开围剿,骂他为"卖国贼",称他是"没有祖国的家伙",出版商也随即中断了与他的合作。更可怕的是,黑塞的个人生活受到严密控制,置入被窃听、被监视、被侦查的境地。黑塞虽有幸躲开前线的枪林弹雨,却被文字织成的密集炮弹轰击得遍体鳞伤。真理有些时候是掌握在少数人手里的,这一次也是如此。而手握真理的作家却不能见容于自己的祖国,他只好又一次选择逃避。也因为此次逃避,堤契诺越来越挨近诗人的身体与心灵了。

早在定居堤契诺之前,黑塞就已多次与堤契诺结缘,堤契诺注定会成为黑塞的第二故乡,堤契诺的无华之美与作家的诗情向往曾数次碰撞,以至于最终结出两厢钟情的果实。1905年,黑塞在孔默湖与卢加诺地区初识阿尔卑斯南麓的风貌,深深地为之感动,他第一次呼吸到南方温润平和的空气,发觉了此地与他骨子里的诗性竟如此相投。1907年,黑塞第二次来到此地,并在一家自然疗养院工作,这一次,他发现了可以恢复他受伤的文学神经的良药:空气、岩石上的阳光、林中草地的花朵、湖畔,以及山谷中的溪流。逃离工业和技术所"摧毁"的地方,回到自然的原野之中,安顿自我的生命与精神,这样的种子,结结实实地种植到诗人的精神想象之中。1916年,黑塞父亲病故。在这沉郁、灰暗的一年,他在瑞士南部待了十六天。同年9月,他在一家专门款待艺术家的避暑庄园又逗留了一段日子。堤契诺的风景使其眼睛一亮,如他所说:千山万谷,亮绿的溪水汹涌湍急。

1919年,因家庭破裂,作家的精神变得更加紧张、纷乱,由此被送进济桑附近的疗养院休养。就是在这里,他与著名的心理学家卡尔·荣格(1875—1961)遭遇,相识并结成挚友。荣格告诉他中年危机的根源在于,利比多会伴随着人对外部世界兴趣的削减而折向内在,把人推进内心失落的巨大阴霾内。荣格的教诲直接影响了他的后半生:人生之旅其实不是理性所能把握的,灵魂会指引着人们向着深不可测的内心世界回归。而这归宿,这大写的"自我",在作家眼里,只有超越时空存在的大自然才能够为其提供舞台布景。黑塞从荣格那里接受了精神分析的观点,并把这些写进小说中,这部叫《德米安》的长篇小说为作家赢取了更为广泛的声誉。小说出版后,黑塞很快离开了伯尔尼,真正而又彻底地投入堤契诺的怀抱,他在给一个朋友的信中写道:"宁愿当一个怪人、流浪者度过半生,也不愿牺牲心灵,当一个尽职责的绅士。"这一年,黑塞42岁,此后一直定居于此,直至老去。

在堤契诺之前,黑塞是一位肉体与精神上的双重流浪者,成名后的他不仅热爱漫游,有一阵还不断变换笔名写作,可算是另一种方式的流浪。"一战"之前,他为自己的一本诗集取名叫《在路上》,后来他又在《堤契诺之歌》中提到:生命就在流浪与安定之间摇摆度过,能将异乡和家乡都留藏于心才是最高境界。流浪,是灵魂突围的存在形式,也总是出于某种寻找,一个人才开始上路,其实,所有的人都是在某种旅途之上,即使不是外在的,也肯定是在内在的旅途之上。其间当然是有分别的,有些人中途下车,放弃内在的旅途,转移到肉身的餍足之中;有些人一生都在路上,到最后也没有说出类似"真美啊,请停一停"的浮士德式的语句,82岁高龄依然选择出走的托尔斯泰是如此,客死安徽当涂的李太白也是如此,至于远离故土的索尔仁尼琴,以及89岁时以静坐反对越战的罗素更是如此。热爱精神探索的人们总是生命不息,漂泊不止,只有极少数人,在特别机缘的眷顾之下,才能找到一条安顿身心的宁静之路,而黑塞无疑是其中的幸运者。当然,他的"找到"是以不停地漂泊作为凭借,那种独有的"在路上"的刻骨铭心体验,甚至使他产生了一种对流浪的眷念。"当我倾听树木在晚风中沙沙作响时,对流浪的眷恋撕扯着我痛苦的心。你若静静地伫立,久久地倾听,对流浪的眷恋就会显示出它的核心与含义——那不是表面上看似的一种逃离痛苦的渴望,那是对家乡、对母亲、对过去的思念。它领你回家,每一条路都是回家的路,每一步都是诞生,每一步都是死亡,每一座坟墓都是母亲。"(黑塞《堤契诺之歌》)如果说其他众多作家"在路上"是为了无限靠近真理、爱或信仰的话,那么,黑塞"流浪"的目的则朝向美、自足与安宁,这是作为流浪者的黑塞与他们的不同,也是更艺术的一个黑塞之所在。堤契诺之后,黑塞的精神与肉体双重定格,并逐渐融汇,坚实地走在"回家"的路上,直到一个个星光垂落,一个个黎明重新醒来。

来到堤契诺蒙太格诺拉村的黑塞,孑然一身,只带来随身的衣服、书籍、写字桌,以及作家那颗孤独、敏感、易碎的心。这里是他的避世处所,也是饱受苦痛折磨的心灵的一方休憩地。说到底,黑塞只是顺从内心选择了一种自己想过的生活——如果将文学创作放在第一位,那么他只能生活在文学之中。于是,他甘愿家庭离散,甘愿把自己封闭于乡野斗室。是的,在堤契诺,黑塞穿着打过补丁的衣服,啜饮农人自酿的葡萄酒。在这里,世界的影像浓得化不开,时间静止,可以供观察者无限制的体会。一个个瞬间扑面而来,既是美丽的,也是永恒的,比如那飞逝而去的夏日短暂而贪婪的金色羽翼,那变幻无常的如金光闪闪的大金鱼般的云朵,以及雷雨夜被狂风刮倒的南欧紫荆,还有一束束颜色渐渐暗淡的百日草。堤契诺的生活也许是清苦的,他在堤契诺的林子与湖畔散步,也做些体力活,秋天的时候捡一些柴火,以度过寒冷的冬天;他在温煦的阳光中畅意地居住,在南方夏日的暖风中聆听夜鸟,也在灾荒的年代为食物或一枚缝衣针发愁;他料理他的菜畦,观察山间的四时变化,并且在早晨背上画架到野外作画;40岁的时候,黑塞开始学习绘画,而在堤契诺,有着川流般灿烂的素材,诗、画、心灵紧密地簇拥在一起,随手抚弄,便有一种春天般的情调,这里正如王维的辋川别业,到处流淌着天然的诗性。

最重要的是,在堤契诺,作家精神上从各个裂缝涌入的孤独感慢慢得以修复。一条直通湖畔长满欧洲越橘的小径独属于他,而不远处的圣母教堂,时刻能够满足他灵魂的低诉,至于那虽小却纯真的石窖酒馆,可以收藏太多的笑语盈盈,而整个堤契诺明亮的秋天,也倒映进他心里。而且,他和堤契诺的村民很快建立起深厚的友谊,比如老朋友妮娜,一个坚毅的老人;还有邻居马里奥,则是一位高贵而亲切的老一辈堤契诺人。他们如镜子般,照见了作家的本性,照见了他的温良与坚忍,使作家另一面人生颜色苏醒过来,并落地生根。

随着灵魂精神的渐趋安宁,以及在蒙太格诺拉的适当劳动,长期遭受病痛折磨的作家的身体也开始好转,并趋于健朗。堤契诺使黑塞得以重生,他在《冬日,寄自南方的一封信》中说:"我就是有点儿自以为是,既不去柏林,也不去慕尼黑,因为对我而言,那里的黄昏山色不够艳红,因为我会怀念这儿的一切。"身心的好转,吾乡的"此心安处"及秀美,使他时时感悟到生命的存在,生命力如泉水般滔滔汩汩充盈溢出,并最终诉诸文字。1920年,他出版了一部诗画集《画家的诗》,这一年出版的《流浪》也是一部散文、诗歌和水彩画的合集。后来的童话作品《鸟》,以及黑塞一生中最重要的两部小说《荒原狼》《玻璃球游戏》也是完成于斯地。

《堤契诺之歌》是诗性散文,是文字与画的结合,这本小册子并不像他的小说那样晦涩,暗藏作家对西方文明进程的忧虑与否定,而是明朗的,也是快乐的,有他的水彩钢笔画作证。每过几页,这样的画作就会跃入读者的眼睛,他总是选择以鲜丽明亮的色彩填充,朱砂红、柠檬黄等等,这些印象主义的炽烈,近乎燃烧状的用色,几乎就是对荣格理论的一种有力实践。而他的文字如丝绸般光滑而富有质感,亦如画,被黑塞调和成秋日之晴空,这两方面的调色,他都是高手,文既是画,画也是诗。这让人不由想起苏轼对王维所下过的评语:味摩诘之诗,诗中有画,观摩诘之画,画中有诗。与东方诗人画家的恬静自如不同,黑塞所钟情的不是素雅,不是蓓蕾般的粉嫩,而是明艳,是姹紫嫣红的亮丽,当然,这皆是堤契诺自身的色彩,是那些屋顶、草叶、树林、金合欢和火烧云的颜色。以至于整本书,掩映的皆是堤契诺的美丽与辉煌,而且,又有谁能像黑塞一样用泥土来埋住自己,如此痴迷地信任并热爱自然呢?

在欧洲散文史上,《堤契诺之歌》既不同于蒙田的炉边娓语,也不同于培根的激情之论,更不同于毛姆的幽默自适以及屠格涅夫笔下的宁静古朴,甚至,与鼎鼎大名的梭罗的《瓦尔登湖》虽有某些相似,内蕴的却有根本之别。这是因为,梭罗所呈现的是朴素的记录,而黑塞所挥洒的却是自然与生命的奔放、变幻与绚丽,我们应该看到,这种饱满是生命本来的颜色,也是最高的颜色。

1946年,黑塞由于他的富于灵感的作品具有遒劲的气势和洞察力,为崇高的人道主义理想和高尚风格提供了一个范例,而获得诺贝尔文学奖。1962年,黑塞85岁,他所居住的蒙太格诺拉村给予黑塞最后一个肯定,将他称为"蒙太格诺拉荣誉村民"。8月8日晚上,黑塞还在细心地聆听他的第三位妻子在床边的朗读,第二天早上,就因脑溢血溘然长逝。这一天,同他的出生一样,同样是静静的一天。

回到1935年,堤契诺山村的夏日草坪,诗人走过,9年后,他说:"我从来不晓得如何轻松、容易地过日子,但我总是坚持艺术的原则——居住的艺术。因为我可以选择居住的地方,多年来,我的居住环境一直是优美无比的,有时房子简陋,并不舒适,但在窗前一定有一片广阔、独一无二的景致。然而,所有的住处都比不上堤契诺小屋的美。"

堤契诺的春天周而复始,永不衰老的村庄,因为黑塞的文与画,被更多清脆的歌声濯洗,整个山谷也因此在雄浑的阿尔卑斯山脉中突围而出,成为另一处神圣之所。

《城门开》：人·岁月·生活

2010年，诗人北岛拍落来自旧金山抑或是斯德哥尔摩的尘土，结束了近20年的辗转飘零，在香港谋生并且定居。而在9年前，北岛因父亲病重，回到阔别13年之久的北京，这座崛起的国际大都市的林林总总，变得彻底的硬化和板结，几乎阻断了他归家的路，负载着童年往事和成长经验的故乡成了熟悉的陌生人，如其所言"我在自己的故乡成了异乡人"。从这一刻开始，他决心用散板文字撬开一道缝隙，透出往事的光亮，透出一座老城的古老气息。而如今，记忆中的很多东西已消失殆尽，连同儿时最珍贵的回忆。重建一座记忆之城何其困难，但是北岛他娓娓道来，或拳拳深意或义愤难平，无论怎样都带着北京城那逐渐淡去的老气象。回忆是座小小的城，9年过去了，北岛重回故里，扣响了门环。城门开，故人来，如昆德拉所言，以对抗时代的进步来谋取自身的进步。

《城门开》于北岛而言,在某种意义上是一本迟到的书,而对于作为读者的我来说,也是一次迟到的阅读。2012年底冬日的某天购进,2013年清明之后,春光熹微、乍暖还寒的季节里铺展阅读,用了不到一天的时间,就将《城门开》这部散文集子完整翻读。这几年,我个人几乎一直泡在各种各样的散文集子中,如此的阅读速率,简直是一种奇迹。北岛的这部散文集虽然相对简短,近二百个页码,总字数接近十四万字,但毕竟是一部完整的书,与此前随拿随放的断续阅读形式相比较,这一次的一气呵成多少有点与众不同。如果将其间原因条理化,我觉得因缘有二,第一个,北岛是一位令人放心的作者,通俗地说就是比较靠谱。我这样表述,其实是要把名头因素排除在外,因为阅读若掺入粉丝心理,最多也是外围的阅读,像"人生若只如初见""悲伤逆流成河"这样的句子四处出没,也就是个好玩和跟风而已,非要套上文学的名义,我不想使用"驴头对马嘴"这样触目的字眼,仅援引一句流行语即可解答,即"你若认真,你就输了"。文学固然美好,但同样也是一条曲折的幽径,没有足够的耐心和智识,就很容易中途迷失。名头因素并非阅读需求的第一要素,尤其是对我这样喜欢乱读一气的读者而言,比如手头的聂鲁达之《诗歌总集》买了近二十年,遗憾的是还没翻读一页,《泰戈尔散文诗集》五大本,草草读了十几页,便仓皇退去,陀思妥耶夫斯基的《卡拉玛卓夫兄弟》依然是书架上的贡品。这些书不可谓不好,只是有些时候如马克·吐温所言:"伟大作品是每个人希望他已经读过,但没有人想去读的书。"

言归正传,回到放心和靠谱的问题上,这里需要阐发一下,放心和靠谱看上去轻装简从,实则大不简单。不简单的原因是放心和靠谱是对文字之后所站立的那个人的极高审核,要求他是个完整的人。在完整面前,我们遭遇的局部太多了,智慧、才识、文体创新、真诚人格、担当勇气、纯真、诗意等等,甚至是如美女作家这样的名号也可归于其中。局部因素可以动心一时,但对于文学写作来说,却不可能靠谱一世。所谓人的完整,指向特伦斯的一个判断——我是人,凡是人的一切特性我皆具备。自我人格的独立、思想的自由和情思的一致,为人之完整性的主体内容。在以功利主义为底色的中国文化传统中,在人精的涌现以群为单位的中国作家序列中,对照人的完整性因素,那可不是一种遍地风流的欣欣画面,而是满地黄花堆积的憔悴局面。就北岛而言,他的诗作,我一直在追踪,言说他本人的文章,我也曾有效地遭遇,至于其近几年出版的《时间的玫瑰》与《失败之书》,读的时候固然不够快捷,却也满心欢喜。我并不在乎北岛的公共身份,所计较的仅仅是他的文字后面是否散发其本人的真实体温,他的痛苦和热情是否完整。对世界和自我的认知旅程,往往伴随着误区和歧途,人是象征森林里迷路的孩子(波德莱尔语),唯有强大的反省机制和思维勇气,才有可能真正面对他自己。在《城门开》中,我读到的是北岛本人对自我的忠实,对记忆的忠实,以及对他人的理解和宽容。诸如《父亲》一章中有两个细节让人思量,一个是以亲历者的视角再现"文革"发生后作家冰心的反应。出于保存自我的努力,这位曾写出清纯如水文字的老知识分子,将最高的智慧运用于自我保护中,运用在滴水不漏地应对组织谈心的应答中;被时代风暴卷入的所有芦苇的真实一面被文字定格,这段描写,没有价值判断的预设,只有对人、岁月、生活的直面和包容。你尽可将其解读为历史不为人知的一面,也可解读为悲怆的瞬间,不管怎样,它发生了,就在我们身边,在历史深处。另一个细节是晚年的父亲与作者本人在异地的对话,还有诗人的内心独白:"父亲,你在天有灵,一定会体谅我,把你想说的话说出来。那天夜里我们达成了默契,那就是说出真相,不管这真相是否会伤害我们自己。"(《城门开》188页)不管经历过怎样暴烈的对抗,与父亲在晚年的和解不仅是北岛本人的,甚至可以说是所有中国男性的某种宿命,关键的问题不在于和解的结果,而在于程度。很多人的和解来自血脉之亲以及孝顺的文化规约,而在北岛那里,我看到的是两位饱经沧桑的男性,因为对人,对历史,对风暴的足够理解而抵达某种坦诚,套用张爱玲的句式,因为理解,所以和解。

《父亲》也是这本散文集的压轴大章,当然也写得极为艰难,作者一直在拖着写。在严格说来仍为父权社会的今天,父亲在某种意义上等同于祖先和传统。真正认识了父亲,才能真正认清自己,也才能真正发现自我的价值。所以,去寻找父亲的生命,实际上也是在重新反省自己的身份来源和价值,如这一章中其父亲所言"人生就是个接送"。送别了父亲之后,北岛成了真正意义上的父亲。借助于父亲,借助于打开记忆之门后涌入的诸多物事,作者在晃动的光影世界里寻见了自己,也寻见了人本身。

提"文学是人学"这句话,总有点玄虚的意味在里面,文学是人所写出的,人之人格结构如何,至为关键。如果对象靠谱,令人放心,那么也许就可以得出这样的结论,即他的言说不是口腔动作,而是从身体内部涌出来的话语,因为足够纯粹,没有掺水和沙子,所以足够清晰,所以我们都能听懂。

因缘之二,回到《城门开》这个集子上来,诗人出身的北岛在散文书写上笔法甚为老练。在我看来,这部散文作品最突出的优势为线条之简练,老子言大道至简,诚哉斯言!刘义庆之《世说新语》,陶渊明之《五柳先生传》,嵇康之《声无哀乐论》《养生论》,柳宗元之山水小品,这些伟大的散文传统,皆为至简之凡例。我曾读过一篇介绍毕加索素描的文章,这篇文章的结论可归结为:大师之作,即见于简练的线条中。对于这个结论,我非常认同。散文写到线条简练的境界,实在太难了,尤其是当下散文的风气愈发重视叙事的繁复,与线条之简练恰背道而驰。或许繁复有繁复的好处,可以将足够多的人与故事带入文本,形成枝繁叶茂的局面,在可读性上比之过度抒情好过甚多。然繁复叙事终归是指向外在,无法扭转自我萎缩的颓势。

在运用简练线条的层面上,北岛在这部集子中,依赖的不是故事,或者自我的论说,而是对细节和场景的深入勾勒。那些意在言外、引而不发的细节构成了线条的起点和终点,比如1958年的冰棍与禁书,1963年的沾着鼻涕的包子以及与死亡的第一次近距离接触,1966年的短暂狂欢、四处串联与童年的终结,等等。这些细节的倒影,藏于时间的深湖中,经过一一地打捞、缝补、连缀,构成了一种完整的关系——个人的成长史与社会进程间的叠压和契合。集子的前半部分,涉及了老北京的味道与声音、儿时的玩具与游戏、光与影等要素,这些要素其实是抽象的,北岛在处理这些要素的时候,撇开了历史人文的介入,也撇开了他人的纷繁故事,而是直截了当地代入自我的经验,这种经验集合了看见、嗅到、咀嚼、听闻、触觉这些五官感觉的要素。他讲述的是一个人的老北京,也是所有人的老北京。正是因为五官感觉的进入,所以那些抽象的命题开始荡漾,沿着湖心向着周围散布,于是"水面清圆,一一风荷举"。

北岛在《城门开》的序言中说,他不仅是要用文字重建记忆中的北京,他也希望把他所生活过的那座北京城,展现给自己的儿女。他希望文化的根永远不要断。

> 故国残月,沉入深潭中,重如那些石头。你把词语垒进历史,让河道转弯。
>
> 花开几度,催动朝代盛衰,乌鸦即鼓声。帝王们如蚕吐丝,为你织成长卷。
>
> 美女如云,护送内心航程,青灯掀开梦的一角。你顺手挽住火焰,化作漫天大雪。
>
> 把酒临风,你和中国一起老去,长廊贯穿春秋。大门口的陌生人,正砸响门环。
>
> ——北岛《青灯》

与被称为欧洲文艺史诗的爱伦堡的《人·岁月·生活》相比,《城门开》也许不够宏伟,涉及的人事也难以称得上复杂和立体,不过,在触及人、岁月、生活的深度方面,这两部书皆如巴尔扎克所言——获得全世界闻名的不朽的成功的秘密在于真实。

后　　记

　　回顾来时路，未免有点仓皇，有点茫然。虽然出生于大山与平原交界处的乡间，按照美国小说家亨利·詹姆斯的说法，这里是最富于浪漫气息的地方，也是文学写作的富矿所在。只是贫瘠的生活空间以及应试教育的覆盖，使得笔者既缺乏所见所闻的故事素材，又缺乏必要的阅读。偶尔听闻的民间传说、说书人的谈笑，或者稍长后从收音机里获取的长篇评书的片段，皆被时光淘空，如泛白的、失去棱角的石头，迟滞地平躺于河床之上。直到19岁那年北上求学，阅读生活方得以启动，似懂非懂之间，文学和审美的辉光呼啸而来。直到这个时刻，自己也无法意识到，竟然会和文字结缘。

　　我自身的评论写作，起步则更晚，大概从2010年开始，转向小说、散文的评论工作。小说评论这一块，在为地方文学服务的主观想法下，主要为中原小说写作群体服务。散文评论这一块，因为主持一个专业性的散文论坛，再加上，在新散文、天涯社区等网络论坛辗转的经历，接触到了许多从事散文写作的年轻人。有一些想法渐渐成形，比如说散文评论被确立为评论工作的重心，再比如，对"80后""70"后散文群体的追踪与推举，以及由单纯的评论向着批评及理论建设逐渐过渡的基本思路。

毋庸置疑，散文在当下依然是个弱文体。这种境况极大地制约了散文的创作和批评两个环节，尤其是在评论和批评场域，人才的流失和匮乏特别严重。卓有建树的理论批评人才，多集中于小说、诗歌两种文体上面，散文评论和批评似乎成了鸡肋。除此之外，创作与评论间的良好互动氛围早已经荡然无存，夸张一点来说，甚至连冷嘲与热讽都很少见，更多的是横亘在两者之间的冷漠与无视。这种糟糕的局面不能仅仅归结于价值和信念体系的崩塌，也埋怨不得写作者、批评者各自的利害打算。文变染乎世情，进入新媒体勃兴的语境之后，交流工具愈多，交流的绝望就会愈发具体。格式化的原子型个体，有了新媒介的援救，只会刺激每个个体的言说欲望，而不会扩张个体的倾听诉求。或者可以这样说，个体精神性的困境，才是根本性的。如此情态之下，没有猛药可以醒世，唯有坚守方可发散内心的热爱。

苏格拉底曾经胸怀坦荡地承认，一个人知识再多也是沧海一粟,重要的是求知,对利害得失无动于衷的追究即为善。这也是古希腊哲学体系中"知识即美德"的原型所在。于我,则心有戚戚焉!

刘军
2016年7月于老城开封